Valentina Marcone

La croce della vita

I edizione cartacea: maggio 2016
© tutti i diritti riservati

Nativi Digitali Edizioni snc
Via Broccaindosso n.16, Bologna

ISBN: 978-88-98754-52-6

www.natividigitaliedizioni.it
info@natividigitaliedizioni.it

Copertina a cura di Mangia Gianfranco
Facebook "Jomaylab"

A Sofia,
per tutte le storie
che non ascolterai mai.

«…
dove in un punto furon dritte ratto
tre furïe infernal di sangue tinte,
che membra femminine avìeno e atto,
e con idre verdissime eran cinte;
serpentelli e ceraste avean per crine,
onde le fiere tempie erano avvinte.
E quei, che ben conobbe le meschine
della regina dell'etterno pianto.
«Guarda - mi disse - le feroci Erine.
Quest'è Megera dal sinistro canto;
quella che piange dal destro è Aletto;
Tesifone è nel mezzo»; e tacque a tanto.»

(Dante Alighieri, Divina Commedia, Inferno, Canto IX, 37
- 48)

PARTE I

MICHELE

Capitolo 1

Non mi ero mai sentito così inquieto da quando il mio cuore aveva esalato il suo ultimo battito secoli prima.

Sentivo come una mano premermi dietro il collo e spingermi ad alzarmi dal letto, come se su quel dannato soffitto sopra la mia testa ci fosse un magnete gigante e io fossi l'uomo di latta.

Sentivo che il sole non era ancora tramontato del tutto, amavo la mia Italia, la consideravo casa mia molto più di quanto considerassi tale la terra natia britannica, ma il clima non era affatto nostro amico, anzi, io e i miei fratelli migravamo sempre dalla penisola a forma di stivale non appena giungeva la primavera, causa le lunghe ore di sole che riducevano molto la nostra vita notturna e di conseguenza i nostri affari.

Perciò mi chiesi di nuovo cosa fosse tutta quella smania di aprire gli occhi. Per natura i vampiri cadevano in una specie di coma appena si avvicinava l'alba, ma con il passare degli anni, i più vecchi riuscivano a resistere svegli, se riparati, durante le ore di luce. Sia io che i miei fratelli avevamo una dettagliata percezione di quello che accadeva intorno a noi mentre dormivamo, in alcuni casi avevamo praticamente ordinato al nostro corpo di svegliarci quando il sole era ancora alto nel cielo; e nonostante la forza ridotta, ci eravamo sempre riusciti. D'altronde era pressoché impossibile restare passivi e vulnerabili mentre intorno a noi infervorava la battaglia. Fortunatamente era successo poche volte, ma dopo la prima, in cui avevamo rischiato la vita, ci eravamo allenati per anni, finché sia io sia il secondogenito di famiglia non riuscimmo a controllare completamente quella nuova abilità.

Ma quelli erano altri tempi, quando la caccia ai vampiri era così gettonata da richiamare adepti da ogni luogo. Oramai le creature della notte erano un mero ricordo per la civiltà avanzata e tecnologica del ventunesimo secolo.

Eravamo molto gettonati al cinema però, le pellicole sul grande schermo erano così tante che fornivano almeno una dozzina di interpretazioni diverse della parola 'vampiro'. Alcune più divertenti di altre, ma sempre abbastanza distanti dalla realtà. Dopotutto dovevamo tenere nascosta la nostra esistenza al mondo degli umani, ed essere un capofamiglia prevedeva anche tenersi informati su questi film, solitamente per adolescenti.

BOOM

Fu quel boato a spingermi a reagire senza aspettare ulteriormente.

Impiegai al massimo mezzo secondo per alzarmi e capire che quello che stava bussando alla mia porta non rientrava nella categoria 'amici' visto che la stava letteralmente abbattendo. Inspirai di colpo e sentii salirmi alle narici un puzzo che non avevo mai annusato prima, ma che istintivamente mi faceva pensare al tanfo degli inferi.

Corsi giù per le scale e nell'esatto istante in cui raggiunsi l'atrio, la porta venne abbattuta.

Una marea di schegge di legno invasero la stanza, mentre un mostro alto più di due metri faceva il suo plateale ingresso nella stanza.

Il puzzo di carne marcia mi fece desiderare per un momento di aver perso anche il senso dell'olfatto assieme ai battiti del mio cuore, ma potevo arginare la cosa smettendo semplicemente di respirare, ed è quello che feci mentre davo un'occhiata al mio inatteso ospite.

Era una bestia così alta che per entrare dovette abbassare il cranio deforme, il corpo era un ammasso di muscoli e carne sanguinolenta a diversi stati di decomposizione, in alcuni punti si intravedevano le viscere sottostanti, le braccia erano lunghe e sproporzionate rispetto al tronco, tanto che gli artigli lunghi e affilati raschiavano il terreno, le gambe invece, tozze e curve verso l'interno, finivano in due grossi zoccoli caprini. Ma la cosa più disgustosa era il volto, la testa era tenuta assieme da due grosse placche di ferro che gli coprivano tutta la parte sinistra del cranio e metà del viso, dalla guancia destra all'orecchio, aveva una benda sudicia che gli copriva l'occhio sinistro, il destro non aveva palpebra, ma solo un orribile bulbo oculare sanguinante.

Chi lo aveva mandato? Come mi aveva trovato?

Lasciai quelle domande in sospeso e mi concentrai su un'altra più impellente.

Come lo avrei ucciso?

Senza perdere altri attimi preziosi, lo aggirai e lo attaccai dalla parte sinistra, mi lanciai su di lui a una velocità tale che solo un muro di cemento armato avrebbe potuto resistermi.

Ma lui si scansò all'ultimo istante.

Che cazzo…

Come poteva eguagliare la mia velocità?

Prima che potessi trovare una spiegazione plausibile, il mostro mi caricò e decisi di testare la sua forza andandogli incontro con la stessa velocità di prima.

Lo scontro frontale non andò a finire come speravo, perché mi ritrovai a terra con gli artigli del mostro a un centimetro dalla mia testa, conficcati nel magnifico mosaico che ornava il mio ingresso.

Rotolai di lato evitando lo zoccolo con cui stava cercando di colpirmi al volto, sfruttando quei pochi istanti in cui impiegò ad estrarre gli artigli dal pavimento.

Lo aggirai e lo guardai meglio. La carne putrefatta si apriva in più punti, ma due erano più raggiungibili di altri. Appena sotto al costato sinistro e sulla schiena. Dovevo colpirlo in quei punti.

Il mostro mi guardò rabbioso con il suo occhio sanguinante e lanciò un urlo disumano, lasciandomi ammirare tutta la schiera di denti aguzzi che aveva in bocca.

Caricò di nuovo, continuando a ringhiare e sputando bava dappertutto.

Lo lasciai avvicinare, senza muovere un muscolo. Quando fu a portata del mio braccio scattai di lato e lo colpii proprio dove la carne cedeva. Arretrai di colpo e buttai a terra il pezzo di carne che avevo strappato, sperando appartenesse a qualche suo organo vitale.

Ma lui non sembrò nemmeno accorgersene, mi guardò continuando a ringhiare e per un attimo vidi il suo occhio illuminarsi di rosso.

Un istante dopo ero a terra, con le mani premute sui miei occhi.

Che cazzo aveva al posto dell'iride? Una specie di raggio laser?

Mi rimisi in piedi, ma gli occhi mi bruciavano ancora come fuoco e avevo la vista annebbiata.

Il mostro sfruttò il vantaggio e mi assestò un pugno in pieno petto. Sentii delle ossa incrinarsi, ma non ci feci caso. Dovevo muovermi finché non avessi riacquistato l'uso della vista.

Iniziai a correre verso le scale, sperando che almeno gli zoccoli lo rallentassero. E così fu.

Bene, almeno avevo scorto un suo punto debole.

I suoi ringhi continui inoltre mi rendevano più facile individuare la sua posizione senza aver bisogno di vederlo. Avrei potuto anche usare l'olfatto se tutta la stanza ormai non avesse quell'olezzo disgustoso. Probabilmente avrei dovuto semplicemente demolirla per scacciare via quel puzzo una volta ucciso.

Quando lo sentii appena dietro le mie spalle, mi voltai e mi abbassai di colpo, poi senza aspettare ulteriormente mi raddrizzai facendo leva sulle gambe in modo da dare quanta più potenza potevo al montante che gli assestai dritto sotto al mento.

Lo sentii barcollare per qualche istante e arrischiai ad aprire gli occhi. Vedevo ancora offuscato, ma leggermente meglio rispetto a prima.

Prima che si riprendesse lo aggirai per prenderlo alle spalle, ma lui allungò un braccio e mi afferrò per la gola, sbattendomi con tale violenza al muro vicino da creare una nicchia al suo interno, se non fosse stato un muro portante lo avrebbe semplicemente abbattuto.

Cercai di staccargli la mano che mi teneva sospeso per la gola, ma senza molto successo. Perciò alzai le gambe e gli sferrai un calcio nello stomaco, poco distante da dove lo avevo già colpito.

La cosa lo fece incazzare parecchio, perché mi ringhiò in faccia con tale violenza da schizzarmi di bava dappertutto e mi maledii mentalmente di aver inspirato proprio in quel momento, perché il suo alito era un misto di fogna, zolfo e bruciato. Evidentemente il suo creatore doveva essere il diavolo in persona, perché solo la fucina dell'Inferno poteva creare un essere così disgustoso.

Smisi di respirare e calciai di nuovo, finché non lo sentii cedere leggermente sotto la furia dei miei colpi e sfruttai quell'attimo di esitazione per liberarmi dalla sua presa al collo.

Appena libero mi tastai le ferite che mi avevano lasciato i suoi artigli, non erano così profonde, ma stavo perdendo sangue. Dovevo sbrigarmi.

Decisi di abbandonarmi completamente all'istinto e gli ringhiai contro di rimando, scoprendo i denti e facendogli vedere che, in fondo, ero una bestia peggiore di lui.

Iniziai a giragli intorno colpendolo sempre negli stessi punti, lui cercava di afferrarmi con le sue lunghe braccia, ma io ero più veloce.

Dopo pochi minuti, intorno a lui c'erano disseminati una miriade di brandelli di carne; purtroppo, anche i suoi artigli erano andati a segno più volte e il pavimento intorno a noi era segnato anche dagli schizzi del mio sangue.

Ci fermammo per un istante, ansimando. Quella battaglia mi stava sfinendo, non avevo mai affrontato una simile creatura.

Lo fissai di nuovo e decisi di giocarmi il tutto per tutto.

Se quelle barre di metallo gli erano state conficcate nel cranio, potevano benissimo essere estratte.

Andai alle sue spalle e, prima che potesse voltarsi, gli saltai sulla schiena, afferrai l'acciaio e iniziai a tirare. Il suo urlo di dolore mi fece capire che era la mossa giusta.

Sentii il metallo cedere tra le mie mani, ma prima che potessi estrarlo iniziò a correre all'indietro finché non mi ritrovai di nuovo scaraventato contro il muro.

Strinsi i denti e tirai ancora, mentre lui continuava a sbattermi in quel cazzo di buco e il cemento mi crollava intorno come se fosse fatto di carta.

Vidi il mobile di fronte a noi andare in frantumi sotto il segno del laser rosso del suo occhio.

Gridai con tutto il fiato che avevo in corpo e alla fine mi ritrovai con il metallo in mano. Abbassai lo sguardo e vidi il suo cervello grigiastro sotto i miei occhi, mentre fuoriusciva lentamente dal grosso buco che aveva in testa.

Il mostro iniziò a barcollare, ma non aspettai per vedere se quella ferita era abbastanza grave, portai le mani sull'altra barra di ferro e iniziai a tirare finché anche questa non cedette.

Scesi dalle sue spalle e lo vidi lanciare sguardi assassini tutto intorno a sé, ma evidentemente stava perdendo le forze molto in fretta, perché evitare che il raggio del suo occhio mi colpisse fu alquanto facile, nonostante la stanchezza.

Alla fine cadde in ginocchio e atterrò con un tonfo.

Rimasi immobile per qualche secondo, in modo da accertarmi che fosse davvero morto, o distrutto, o quello che era.

La stanza era praticamente devastata, il mobilio tagliato a metà, i muri crollati, il pavimento disseminato di brandelli di carne e sangue rappreso.

Evidentemente lo aveva mandato qualcuno che mi voleva morto. Ma chi?

Sospirai e all'improvviso avvertii un altro odore sotto quel tanfo.

Un aroma sottile, ma ben diverso e molto più inquietante.

Alzai lo sguardo su quello che rimaneva del pesante portone di legno.

Loro erano lì, l'una di fianco all'altra, sorridendo beffarde.

«Abbiamo scelto bene, non c'è dubbio.»

Caddi in ginocchio e piegai il capo.

Non avrei visto mai null'altro.

Non osai fare domande, le leggendarie Furie non rispondevano, ma dicevano semplicemente quello che volevano, possibilmente mentre ti facevano provare indicibili sofferenze. Gli unici che avevano mai provato a sfidarle o che erano stati così avventati da provocarle, avevano invocato la morte più e più volte. Come si raccontava stesse facendo Lilith rinchiusa da qualche parte da quasi un millennio.

Attesi che iniziassero a parlare mentre fissavo il tessuto scarlatto muoversi come acqua ai loro piedi. Leggende narravano che le loro vesti fossero candide una volta, prima di essere intrise nel sangue delle loro vittime. Non camminavano, ma semplicemente fluttuavano.

«Le mie sorelle e io non siamo solite intraprendere questi viaggi, ma abbiamo un dovere da compiere.»

«Vi ascolto» dissi, spronandole a parlare.

E mi pentii all'istante di quelle parole, perché sentii un sibilo così forte da farmi strizzare gli occhi.

«Non rovinare con la tua impudenza la buona impressione che ci siamo appena fatte di te, figlio di Lilith!»

L'ultimo nome venne sputato fuori come un insulto.

Avrei fatto bene a non dimenticarmi che le Furie non avevano per niente in simpatia la mia specie. O meglio, le Furie non avevano in simpatia nessuna specie. Nonostante non si fossero presentate sapevo riconoscere esattamente chi delle tre aveva parlato. Tisifone non era di certo la più paziente delle tre.

E allora cosa volevano da me? Riuscii a mordermi la lingua giusto un attimo prima di formulare la domanda.

Per un secondo sentii nelle orecchie la voce di Gabriel che mi ammoniva 'la tua lingua sarà la tua morte'. Quanto avrebbe sogghignato sapendo che in quel caso ci ero andato davvero vicino.

«Hai superato la prova. Non molti possono vantarsi di aver sconfitto un Servente tra le loro gesta.»

Inclinai leggermente la testa, ero sporco, puzzavo ed i miei vestiti erano praticamente a brandelli, ma mi sentii un gigante in quel momento. Il mio ego non avrebbe avuto bisogno di altro per i prossimi mesi a venire.

«Abbiamo una missione da affidarti Michele, stiamo per attraversare tempi oscuri in cui madri uccideranno i figli, fratelli leveranno armi contro fratelli, la follia prenderà il posto della ragione. La nostra presenza è richiesta altrove ed è scritto che questa anima debba crescere tra i mortali. Sono anni ormai che cerchiamo tra la vostra razza e finalmente abbiamo trovato qualcuno meritevole in forza e spirito, voi, i fratelli delle tenebre con i nomi degli arcangeli, sarete la forza, il cuore e la mente di questa bambina, la proteggerete, la amerete perché sarà la salvezza e la speranza della vostra razza.»

Spiegò Megera. Già, tipico delle Furie abbellire molto la storia e dipingerla molto diversa da quello che era pur di raggiungere i loro scopi. Ovviamente tutti lo sapevano, ma nessuno osava contraddirle mai. Non capivo. Aggrottai le sopracciglia, vidi una mano delicata, con delle lunghe dita bianche come la neve, indicarmi di alzarmi e così feci. Dicevano che quando si innervosivano le loro dita diventavano degli artigli mostruosi. Chissà se assomigliavano al loro cucciolotto. Poi ripensai alle loro parole.

Bambina?

Cosa cazzo credevano? Che casa mia fosse una specie di asilo nido? Non c'era nessuna cicogna o disegno equivoco sulla mia porta, quindi dovevano essersi   sbagliate.

Mi misi in piedi e le guardai. Le tuniche scarlatte le coprivano interamente, perfino i cappucci erano così ampi da lasciare intravedere solo il naso e le labbra.

Aletto era la più sottile delle tre, mi fissava con un sorriso vagamente divertito, Megera invece aveva la mascella contratta e l'espressione seria, mentre Tisifone aveva le labbra piegate in una smorfia di disappunto e sibilò nervosa quando si rese conto che la stavo guardando.

Distolsi lo sguardo, non volevo irritarle fissandole più del dovuto.

«Questa bambina sarà educata e cresciuta nel rispetto delle antiche leggi e tradizioni, sarà una tua protetta e nessuno dovrà conoscere la sua vera natura finché questa non si manifesterà da sola. È una Furia, nostra figlia e sorella, si unirà al suo consorte un giorno, per portare la vita tra la tua gente, la sua forza sarà senza eguali e la sua bellezza abbaglierà tutti voi»

Non mi importava niente di quanto fosse stata bella e importante. Crescere un neonato? E con i miei fratelli poi? Va bene, Gabriel non aveva mai commesso un crimine così mostruoso, ma più che crescerla l'avrebbe usata come spuntino al primo incontro troppo ravvicinato.

Meglio trovare qualche motivazione seria da sottoporgli se non volevo morire comunque dopo aver lasciato che la bambina facesse da stuzzichino al mio fratello più strano.

«Come farò a nascondere la sua natura quando vorrà vendicare tutte le ingiustizie che vede intorno a lei? Se è una Furia niente potrà fermarla, nemmeno io» chiesi fingendomi perplesso. Quale miglior modo di addolcirle dell'adulazione?

«Faremo in modo che la sua anima di Furia sia dormiente dentro di lei, si sveglierà solo quando sarà pronta ad affrontare il cambiamento. L'unione col suo consorte segnerà l'inizio di una nuova era tra le nostre razze, troppo a lungo dilaniatesi tra di loro: gli dei e i figli di Lilith prospereranno insieme e saranno guidati dalla giustizia, non più dalla sete di potere. Noi vi regaliamo la vita per fermare la distruzione e la morte che portate dentro di voi.»

Fermare distruzione e morte? Perché mai avremmo dovuto? Ero sicuro ci fosse qualcosa sotto, stavano tramando qualcosa, ne ero certo.

Così dicendo si avvicinò e tese un fagottino verso di me, afferrai gli strati di tessuto candido tenendolo a debita distanza da me, come se potesse infettarmi in qualche modo.

La prima cosa che notai fu che era piccolissima, allungai una mano per scostare le pieghe e rimasi incantato, una testolina minuscola, perfettamente rotonda e incorniciata da fitti capelli neri, spuntava tra il tessuto candido, le labbra aperte, rosse come il sangue, la pelle bianca e perfetta, gli occhi chiusi che tremarono a contatto con la luce improvvisa. Era bellissima e per un istante fui rapito.

Guardarla mi fece davvero uno strano effetto. Erano secoli ormai che non provavo sensazioni come quella, le emozioni come gioia, felicità, amore, compassione, erano sbiadite sempre più nel tempo, fino a restare solo un mero ricordo ed essere sostituite da altre quali onore, orgoglio, rispetto, emozioni che erano mie compagne da secoli. Alcuni avevano la fortuna, o sfortuna secondo i punti di vista, di conservare un pizzico di umanità anche dopo la trasformazione, ne era prova il mio fratello più giovane che, nonostante fosse un vampiro vecchio quanto me, non aveva mai perso il suo entusiasmo per la vita, alcuni lo definivano garbato o addirittura nobile, ma tutti sapevano che all'occorrenza poteva diventare spietato quanto gli altri.

Io dei tre ero sempre stato il più saggio e previdente, sempre controllato, ma davanti a quella creatura sentii qualcosa smuoversi nel mio petto.

Spalancai gli occhi. Che stava succedendo?

«È la sua anima quella che senti, vampiro. Lei riesce a farvi *sentire* di nuovo. Può tirare fuori il meglio di voi, o il peggio. A voi la scelta.»

Sentire di nuovo?

Ma una domanda che mi ronzava nella testa mi spinse ad aprire bocca, senza staccare gli occhi da quel viso angelico.

«Il suo consorte?» chiesi mentre inspiravo a pieni polmoni l'odore singolare della neonata. Sentivo il sangue scorrere veloce nelle sue vene, il cuore pulsare regolarmente, ma stranamente, tutto quello non istigava la mia sete.

«Tu e i tuoi fratelli sarete la sua forza nel fisico e nel cuore, ma solo uno di voi sarà il suo predestinato, colui che non ha più speranza...»

Alzai gli occhi di scatto e li puntai su Megera.

«Gabriel.» sussurrai.

«Lei si chiamerà Deva. Non deluderci figlio di Lilith.»

E sparirono lasciandomi con la creatura più bella che avessi mai visto.

Capitolo 2

Non riuscivo a crederci, me ne stavo lì, in piedi, immobile nel mio atrio con quella piccola tra le braccia.

Quando ero umano avevo desiderato avere dei figli, e durante i primi anni passati dalla trasformazione, più di una volta avevo rimpianto la sciagura dei vampiri di non poterne avere, ma poi quei sentimenti erano svaniti, le emozioni si erano estinte, il nostro unico piacere era uccidere, placare la nostra sete e fare sesso.

Per un attimo mi lasciai andare, godendomi le sensazioni che mi dava quella creatura. Chiusi gli occhi e assaporai nuovamente l'ansia, mista a preoccupazione e irritazione. Guardai di nuovo la bambina che avevo tra le mani, era così piccola che sarei riuscito a tenerla con una sola mano, volendo, ma avevo paura di farla cadere.

Paura? Avevo davvero paura di far del male alla piccola?

Piccola! Dio santo, mi ero completamente fritto il cervello?

Ringhiai piano verso quel faccino dormiente quasi fosse colpa sua se stavo diventando un vampiro da strapazzo, ma lei non fece una piega. Continuò a dormire beata, come se si trovasse nell'ambiente più accogliente del mondo.

Certo, tra le mani di un vampiro… Quale posto più indicato per un esserino che aveva il sangue più dolce di tutti? Eppure anche in quel momento, pensando a quanto doveva essere dolce il suo sangue, la smania di sete non mi aveva nemmeno sfiorato.

A quanto pare le tre leggende avevano studiato la cosa nei dettagli.

Bene, le Furie avevano espresso la loro volontà, nessuno era nella posizione di opporsi loro, perciò meglio non rimuginare oltre e mettersi all'opera.

Prima di tutto dovevo contattare i miei fratelli, Raffaele sarebbe arrivato nel giro di mezz'ora e, se avevo fortuna, Gabriel era ancora in città.

Fortunatamente andando via avevano portato con sé anche l'orrida creatura che avevo affrontato, ma i resti del corpo che avevo strappato erano ancora lì.

Mi diressi verso la mia camera a grandi passi, entrai senza preoccuparmi di chiudere la porta a chiave, ero solo, i domestici sarebbero arrivati solo dopo due giorni, perciò per prima cosa afferrai il cellulare con la mano libera e mandai un sms a entrambi i componenti della mia famiglia.

"Da me. Subito."

Lasciai il cellulare sul mobile accanto alla porta e mi guardai intorno.

I neonati di solito avevano tutto un mobilio e un guardaroba della loro misura, riportai alla mente l'immagine di una camera per lattanti, probabilmente vecchia di secoli, ma non credevo le cose fossero cambiate molto. O almeno lo speravo. Mi serviva un giaciglio prima di tutto.

Ovviamente non c'era nulla che fosse adatto a fare da culla alla neonata, così spostai le coperte e la adagiai al centro del letto, ricoprendola con quelle, la guardai per accertarmi che non si svegliasse e proprio in quel momento sentii il rumore della vibrazione avvisarmi dell'arrivo di un sms.

"Ok"

Ovviamente aveva risposto solo Raffaele, Gabriel non si sarebbe mai preoccupato di farmi sapere se stava arrivando o meno. Probabilmente mi stava mandando al diavolo proprio in quel momento visto che lo avevo disturbato appena sveglio.

Sette minuti dopo sentii una macchina entrare in garage. Nel frattempo mi ero dato una ripulita e le ferite erano già completamente guarite.

Mi avviai verso al porta per andare incontro al più giovane dei miei fratelli lanciando un'ultima occhiata alla creatura che dormiva beata al centro del mio letto.

Quando apparsi in cima alle scale, Raffaele guardò subito nella mia direzione, fissandomi con i suoi occhi scuri. Era l'unico di noi ad aver ereditato i capelli di nostro padre, le ciocche bionde si arricciavano intorno alle orecchie e gli ricadevano leggere sulla fronte, conferendogli quell'aria giovanile e allegra tipica del suo carattere, era il più giovane e il più gentile da umano, sempre pronto a sdrammatizzare quando i battibecchi tra me e Gabriel si facevano più accesi.

«Salve fratello» lo salutai mentre lui si guardava intorno confuso.

«Ma che diavolo è successo qui?»

Sentimmo entrambi il rombo di una moto avvicinarsi. Però! Ero convinto mi avrebbe fatto aspettare molto di più e invece il figliol prodigo era già arrivato.

«Sbrigati Gabriel, Michele ha qualcosa da spiegarci.» disse Raffaele appena il rumore del motore della sua Ducati si spense.

Man mano che i passi si avvicinavano vidi stagliarsi la sua figura alla luce della sera. Gabriel era il più problematico di noi tre, era sempre stato quello più taciturno da bambino e crescendo era diventato sempre più introverso, fino a diventare impenetrabile e oscuro dopo la trasformazione. Se Raffaele era la dimostrazione che anche i vampiri potevano conservare un minimo di umanità, Gabriel era la sua controprova. Ad essere sincero non ero del tutto sicuro che ne avesse mai avuta, ma nel suo caso, diventare vampiro aveva peggiorato le cose. Aveva una mente sveglia e calcolatrice, vedeva sempre il lato cattivo delle persone, era restio con tutti e non si fidava mai di nessuno, a volte credevo avesse dei dubbi perfino su di me, ma in fondo era leale e pronto a buttarsi nel fuoco per noi, o almeno credevo… a lui piaceva l'aura minacciosa che sapeva di emanare, così non faceva nulla per nasconderla, anzi, per sottolinearla portava sempre i lunghi capelli corvini, come i miei, davanti al viso, la camicia nera nascondeva i molti tatuaggi che segnavano il suo corpo; era una mappa, diceva sempre, per cosa però non lo aveva mai detto.

A lui erano toccati gli occhi di nostro nonno paterno, di un celeste così chiaro da sembrare bianco a volte, e in quel momento puntavano proprio verso di noi. Si avvicinò senza proferire parola, così iniziai.

«Entrate, devo parlarvi»

Eravamo tutti e tre molto alti, dei tre era Raffaele il più basso, col suo metro e ottantasei, ben otto centimetri meno di me e Gabriel, il che gli aveva conferito il soprannome di nanerottolo, che lo perseguitava tuttora.

«Siamo in guerra con qualcuno?»

La voce cavernosa di Gabriel mi riscosse dai miei pensieri.

«Nessuna guerra, ma ho ricevuto una visita poco fa. Voglio che mi ascoltiate senza interrompermi, vi dirò tutto fino alla fine»

Entrambi mi guardarono seri, in attesa, Raffaele mi fece cenno col capo di continuare, mentre Gabriel corrugò la fronte sospettoso ispirando di scatto.

«Sembra che tu abbia combattuto con il demonio.» disse Raffaele con un ghigno.

«E lo era. Ho lottato con un Servente delle Furie.»

«Un Servente?» chiese Raffaele titubante.

Dalle loro facce trapelava perplessità e curiosità, tutti conoscevano la reputazione delle Furie, e non riuscivano a spiegarsi come mai fossi ancora vivo. Quando qualcuno faceva incazzare così tanto le Furie da indurle non solo a fargli visita, ma a scomodare uno dei loro cucciolotti, non sopravviveva mai per raccontare la cosa. Così continuai la storia fino alla fine.

«E dov'è questa bambina?» chiese Raffaele aggrottando la fronte. Ovviamente credeva alla storia, ma l'idea di crescere un neonato gli era estranea quanto a me.

Rientrai in camera e rimasi in piedi davanti al letto, in modo da bloccargli la   visuale   sulla   nostra   piccola   ospite. Mi scostai e indicai il letto, entrambi fissarono il posto dove si intravedeva solo una coperta spiegazzata, mi avvicinai e alzai il tessuto per rivelare la bambina avvolta ancora in quel telo bianco.

Rimasero tutti senza fiato.

Stavano provando anche loro quello che avevo provato io poco prima. Entrambi incrociarono il mio sguardo, sapevo esattamente cosa stava facendo la bambina. Li stava come… risvegliando. Gli avevo detto che la sua sola vicinanza aveva provocato delle sensazioni strane dentro di me, ma provarle in prima persona era molto diverso.

Nonostante avessi avvertito in prima persona che il sangue della creatura non risvegliava la mia sete, tenni comunque gli occhi puntati su Gabriel. Lo vidi ingoiare a vuoto, ma il suo volto rimase immobile, senza lasciar trapelare nulla, come suo solito.

Com'era quel detto? Prevenire è meglio che curare.

«Ma è piccolissima… come faremo a occuparci di lei?» dalla voce di Raffaele percepivo che era perplesso quanto me.

«Non ne ho idea, ma le Furie sono state chiare su questo punto, dovremo essere noi tre a crescerla e proteggerla.»

Mentre parlavo, lui allungò una mano per scostare il tessuto dalla piccola e, come me, ne rimase incantato. Alla vista di quel visino angelico anche Gabriel aprì la bocca ed inspirò di colpo, come se avesse visto qualcosa di stupendo, oppure di terrificante.

Nel raccontare la storia avevo omesso un piccolo dettaglio, perché non ero ancora sicuro di doverlo rivelare e cambiare le loro sorti così presto: non avevo detto ai miei fratelli che il consorte predestinato della bambina era proprio Gabriel, perciò lo osservai attentamente mentre fissava la neonata che dormiva beata nel mio letto.

«Come faremo a nascondere una bambina nel nostro mondo? Sai che qui vengono spesso i membri della nostre stirpe, non potremo nasconderla per sempre.» mi chiese all'improvviso Gabriel.

«Questo dobbiamo deciderlo insieme, troveremo una storia che regga, le Furie mi hanno chiesto di crescerla nel rispetto della tradizione e delle leggi, quindi non la terremo nascosta, dovremo solo mettere in piedi una storia credibile.»

«E quale storia potrebbe spiegare il fatto che tre vampiri crescano una bambina che sembrerà a tutti umana? Anzi, quale storia potrebbe spiegare il fatto che noi tre cresciamo un'altra creatura?» Continuò lui scettico senza staccare gli occhi dalla piccola.

Ringhiai a quella domanda. Cosa credeva? Che io fossi contento?

«Credi che a me piaccia? Non mi hanno dato molta scelta quando si sono presentate qui con il loro cucciolotto!»

«Potremmo dire che è figlia di un nostro nemico e che l'abbiamo presa per assicurarci la sua eterna collaborazione.» propose Raffaele.

«No, la tratterebbero tutti come se fosse inferiore, dobbiamo crescerla come se fosse nostra figlia in modo che la nostra gente le porti il rispetto che merita. Le Furie mi prenderebbero a calci fino alla fine dei miei giorni se sapessero che l'ho fatta passare per la figlia di un traditore umano».

«Se dicessimo che è una discendente della nostra famiglia? E che tu aspetti solo che cresca per poterla trasformare e farla entrare nella tua discendenza?»

Propose Raffaele, ma dovetti bocciare la sua proposta perché quando si sarebbe unita a Gabriel, sarebbe passato come incesto, quindi mi affrettai a ribattere.

«Non deve essere nostra parente, altrimenti quando arriverà il momento e si trasformerà in una Furia diranno che lo abbiamo fatto per portare questa creatura dalla nostra parte all'interno della famiglia.»

«Hai ragione, scoppierebbe un pandemonio con le altre famiglie. L'unica cosa che possiamo fare ora è allontanarci per un po' e aspettare che ci venga un'idea migliore, non possiamo restare qui con lei, è troppo rischioso».

Pensai alle Furie, a come erano apparse, al loro senso di protezione verso la bambina, cosa avrei potuto fare per non deluderle? Erano delle dee e di conseguenza lo era anche Deva, doveva essere trattata come tale.

«Non c'è bisogno di creare nessuna storia. Le Furie l'hanno consegnata a te. Solo sentirle nominare stroncherà tutte le proteste.»

Sentenziò Gabriel. Era vero, se avessi rivelato la storia così com'era, nessuno avrebbe osato fiatare sapendo che quello era il volere delle Furie. Eppure non volevo nascondermi dietro la loro autorità per evitare conflitti.

«Racconterò parte della faccenda solo ai capofamiglia più fidati.»

A quell'ultima parola Gabriel emise un verso sprezzante. Conoscevo la sua posizione a riguardo, non c'era nessuno di fidato tra i capofamiglia, anche io ero sempre molto cauto, ma dopo anni, avevo imparato a distinguere gli alleati dai nemici.

Perciò decisi di cercare di omettere tutta la storia se possibile. Giocare con le parole era il mio forte, lo avrei sfruttato quanto più possibile.

«E se dovessero fare troppe domande, mi basterà rinfrescargli la memoria con quello che è successo ai Pavovsky.»

Aggiunsi con un sorriso sardonico.

Centoventuno anni prima le Furie avevano sterminato tutta la dinastia polacca. Motivo? Il fratello del capofamiglia si era rifiutato di assecondarle.

«Può funzionare… dobbiamo solo mettere a punto un paio di cose. Forse sarebbe meglio allontanarsi da qui per allevarla in tranquillità, magari in qualche posto isolato. Abbiamo diverse residenze tra cui scegliere, quindi non sarà un problema, dobbiamo solo mettere al corrente le famiglie più fidate e poi partire. La villa in Canada è abbastanza isolata dalle altre famiglie. La più vicina si trova negli Stati Uniti.» Disse Raffaele.

Non mi piaceva l'idea di scappare come dei conigli, ero uno dei vampiri più potenti e influenti al mondo, ma non avevo scelta. Nessuno di noi ce l'aveva.

Annuii, sfregandomi il mento con il palmo della mano.

«Sì, potrebbe andare. Ci serviranno i domestici più capaci e fidati, Raffaele affido a te il compito di organizzare il trasferimento, io mi occuperò di parlare con gli altri.»

«E chi si occuperà di lei? Hai presente? Pannolini, cibo? Farai la mamma tutta la notte? E di giorno? Non posso crederci cazzo! Io non ho nessuna intenzione di diventare la babysitter delle Furie! Che se la crescano da sole!» disse Gabriel furioso.

Lo guardai sgranando gli occhi. Che cazzo aveva in testa?

Ma prima che potessi aprire bocca la finestra della stanza si spalancò e sentimmo un urlo agghiacciante riempire la casa.

Rimanemmo pietrificati. Io mi guardai intorno, convinto che da un momento all'altro un esercito di creature infernali piombasse su di noi e ci facesse a brandelli.

Ma fortunatamente non successe nulla e dopo quasi un minuto riprendemmo tutti a respirare. Lanciai uno sguardo alla bambina e vidi che non si era mossa per niente. Che fosse sorda anche?

«Vuoi farci uccidere idiota?» dissi tra i denti. «Se hai tutta questa smania di mettere fine alla tua esistenza, fammi il favore di non coinvolgere anche noi nella tua stupida lotta contro le Furie.»

Lui mi rivolse uno sguardo carico d'odio. Ero reduce da uno scontro con una creatura orribile, non ci avrei pensato due volte a saltargli alla gola se questo lo avrebbe fatto ragionare. Purtroppo la mente di mio fratello non era così semplice da capire, sembrava quasi aspettasse la scusa buona per scappare da quella situazione e io non gliel'avrei mai fornita. Era con le spalle al muro, lo sapeva.

«Sei preoccupato che tocchi a te cambiargli i pannolini, Gabriel?» Commentò Raffaele con un ghigno cercando di allentare la tensione.

«A quanto pare dovremmo avere a che fare tutti con pannolini e biberon, quindi il problema è anche tuo nanerottolo» rispose scontroso.

«Ho pensato anche a questo» mi intromisi «Sceglieremo una delle domestiche che se ne occupi durante il giorno all'inizio, poi potremmo abituarla ai nostri orari e quindi dormire di giorno e vivere di notte, dovrà crescere conoscendo la nostra razza quindi non sarà un problema.»

«Voi due siete avvantaggiati rispetto a me, Michele aveva otto anni quando sono nato e tu quattro, quindi avete più esperienza di bambini» ribatté Raffaele.

«Ti ricordo che noi avevamo una balia, nanerottolo, nemmeno nostra madre sapeva come calmarti quando piangevi come un ossesso.» Gabriel amava chiamarlo nanerottolo per istigarlo.

«Bé se lo fanno donne e uomini dalla notte dei tempi ci riusciremo anche noi! Siamo appena diventati papà! Dobbiamo festeggiare!» Raffaele si avvicinò a noi e ci diede una pacca sulla schiena prima di posare le braccia sulle nostre spalle, io lo guardavo stranito mentre Gabriel lo fissava infastidito.

Un gemito improvviso fermò la nostra discussione e puntammo contemporaneamente lo sguardo verso il fagottino che iniziava a muoversi lentamente.

La bambina si stava svegliando, forse aveva fame, dovevamo subito trovare qualcuno che si occupasse di lei.

«A quanto pare qualcuno vuole dire la sua qui...» Raffaele si avvicinò alla bambina, la prese tra le braccia e la guardò più da vicino, scrutandola attento. Anche Gabriel si avvicinò e per un attimo restò immobile, senza nemmeno respirare, a fissarla.

Non so se era il mio risveglio a farmi immaginare tutto, ma vidi l'esatto momento in cui la sua espressione mutò e i suoi occhi duri come il ghiaccio si sciolsero letteralmente.

«Gabriel ti occupi tu del trasferimento? Io vado nella mia stanza e ordino tutto quello che ci serve di urgente per questa piccolina. Cerco di prendere solo il necessario, così non partiremo appesantiti e aspetterò l'arrivo nella nuova casa per poter comprare il resto.» Raffaele sembrava già entrato benissimo nei panni della chioccia, così mi allontanai dirigendomi verso la porta seguito da Gabriel.

«Buona fortuna con quelle teste di cazzo.» disse con un ghigno.

Io non lo degnai nemmeno di una risposta, ma cambiai discorso, vertendo la conversazione verso un argomento che mi interessava molto di più.

«Non ti piace?»

«Non mi pare di avere tanta scelta» fu la sua secca risposta.

«Di sicuro sarà qualcosa di diverso in tutti questi anni di noia.» Ribattei con calma, sempre fissandolo per decifrare qualsiasi emozione sul suo viso, ma più che preoccupato o arrabbiato sembrava pensieroso e basta, così non mi sorpresi quando mi rispose.

«È inaspettato, dobbiamo valutare bene tutti i possibili sviluppi senza lasciare niente al caso. Se è vero che stanno arrivando dei tempi difficili, dobbiamo prendere tutte le possibili precauzioni per evitare problemi. Se partiamo tutti e tre insieme nello stesso momento, desteremo i sospetti di tutti. Di sicuro non crederanno ad un ritiro spirituale tra le montagne o qualcosa del genere.»

Lo guardai stupito, era il discorso più lungo che gli sentivo fare da... settimane, se non mesi. Gabriel che parlava di precauzioni ed evitare problemi? Ero sempre io quello responsabile che pensava a tutte le possibili ripercussioni delle nostre azioni, d'altronde quando si vive per sempre bisogna valutare molto attentamente le conseguenze, anche perché i vampiri hanno una grande memoria.

Questo poteva solo significare che Gabriel aveva sentito qualcosa, che avesse provato anche lui quelle strane emozioni e che iniziava a capire che dovevamo prendere quella storia sul serio e accettare il nostro fato, anche se nessuno di noi avrebbe potuto rifiutarsi: mi era stato ordinato dalle Furie di crescerla e alle Furie non si poteva disobbedire, ragione per cui non era passato per la testa a nessuno dei tre di tirarsi indietro.

Che fosse solo questo? Senso del dovere verso esseri superiori?

In pochi istanti quella creaturina era riuscita a fare breccia nella dura corazza del vampiro che mi camminava accanto.

Chissà, magari avevamo scoperto il suo primo potere. Rendere degli idioti tre dei vampiri più arroganti e spietati mai esistiti.

Capitolo 3

Due ore! Due dannate ore perse a spiegare quanto era successo a tre dei capifamiglia più importanti e influenti.

Alla fine ero riuscito a sbarazzarmi di loro con la promessa di un secondo incontro, prima dell'imminente trasferimento a cui avrebbero preso parte altri membri della nostra razza.

Ancora infuriato per quella concessione, mi diressi a grande falcate verso la mia stanza, ma quando aprii la porta non trovai nessuno all'interno, così mi incamminai verso quella di Raffaele. Sentii il rumore delle sue dita che schiacciavano instancabili i tasti del computer ancor prima di aprire la porta, mentre mi avvicinavo lo sentii mormorare.

«Entra pure»

Ovviamente mi aveva sentivo.

Entrai e lo trovai con gli occhi fissi sullo schermo, mi guardai intorno e scorsi una valigia aperta posta al centro del letto, stava facendo le valige? E la bambina dov'era?

«Non ha una culla e riusciva a dormire solo in braccio a me, ho pensato che volesse sentirsi avvolta da qualcosa, così ho preso la valigia più piccola che avevo e l'ho trasformata in una culla improvvisata. Non svegliarla, si è appena addormentata. Mi sono messo in contatto con l'uomo che si occupa della nostra villa in Canada per far apportare delle modifiche alla casa prima del nostro arrivo, sai, ci serviva una camera per la bambina e tutto l'occorrente per lei... sarà tutto pronto per quando saremo là, Gabriel dice che possiamo partire tra due giorni.»

Mentre parlava continuava a tenere gli occhi fissi sullo schermo, così mi avvicinai alla valigia per vedere come aveva sistemato la bambina.

In effetti sembrava stare comoda, era adagiata su un cuscino posto al centro della culla improvvisata e tutto intorno mio fratello aveva sistemato degli asciugamani per riempire gli spazi vuoti. Io non ci avrei mai pensato.

«Come è andata la riunione? Sembra male dal tuo cipiglio»

«Di loro mi occupo io. Chi le ha dato da mangiare?» Chiesi incuriosito.

«Ho chiamato una delle domestiche, le ho detto di procurarmi una bottiglia e del latte per neonati, dovevi vedere in quanto tempo l'ha finita.

Non riusciva più a staccarla! Doveva essere davvero affamata.» Da come ne parlava sentivo che si era divertito.

«Non ha aperto nemmeno gli occhi, ero curioso di vedere di che colore fossero, invece si è limitata ad attaccarsi alla bottiglia, prosciugarla e rimettersi a dormire. Incredibile. Dobbiamo decidere anche chi dei domestici portare con noi.»

«Me ne occupo io.»

Su questo avevo sempre avuto un sesto senso, anche da umano riuscivo a capire subito se una persona era fidata o meno, capacità che mi si era rivelata molto utile, soprattutto dopo la trasformazione.

I vampiri sono avidi e opportunisti, quello che più gli preme è avere sempre più potere, la maggior parte delle volte in ogni modo possibile, senza preoccuparsi mai di infrangere leggi o promesse.

Stavo passando mentalmente in rassegna tutti i nostri domestici più fidati, quando vidi la bambina muovere le gambe nel tentativo di rannicchiarsi, si stava svegliando? Mi avvicinai per controllare, ma continuava ad avere gli occhi chiusi, muoveva solo le gambe…

«Ma cos'è quest'odore?»

Mio fratello diete alito ai miei pensieri nello stesso momento in cui il mio naso lo avvertì. Un secondo dopo realizzai che i neonati facevano esattamente tre cose: mangiare, dormire e defecare.

«Bé fratello, credo proprio che questo esserino debba essere cambiato» dissi mentre Raffaele si avvicinava.

«Oh cavolo. Avevo detto che dovevi occupartene tu di queste cose! Eri grande quando sono nato, di sicuro sarai più esperto di me in questo!»

«Più esperto di te nel cambiare pannolini? Quando sei nato tu non esistevano nemmeno e credimi, non ne ho mai cambiato uno in vita mia. Chiama Adele, digli di raggiungerci con tutto il necessario.»

Mentre parlavo, la porta si aprì di nuovo.

«Ho appena finito di parlare con il pilota, viaggeremo durante il giorno, avremo quattro guardie a occuparsi di tutto compreso la bambina… Ma cos'è questa puzza?» Gli occhi di Gabriel ci fulminarono nell'attesa di una risposta, poi si spostarono verso la valigia e strinse gli occhi. «Oh, merda.»

«Esatto, proprio quello» rispose Raffaele con un ghigno divertito «Vuoi assistere Adele mentre la cambia? Credo sia un'esperienza molto istruttiva per tutti…»

«Vado a trasferire i conti e preparare il resto del viaggio» e si avviò deciso verso la porta.

Forse era meglio così sapendo che un giorno sarebbe stata la sua compagna, non era per niente decoroso che le cambiasse i pannolini, o avrebbe potuto compromettere per sempre il loro rapporto intimo.

Pensavo che lasciare la casa e la città in cui avevo vissuto per quasi cinquant'anni mi avrebbe creato almeno un minimo di malinconia, invece quando salimmo sull'aereo privato che avrebbe dovuto portarci in Canada ero molto calmo.

Forse perché avevo la mia missione, o perché dopo secoli passati a non aspettarti nulla di nuovo ti rassegni a una vita senza emozioni, invece adesso avevamo molti anni di scoperte davanti a noi, quella bambina ci avrebbe insegnato a guardare il mondo con occhi diversi, sarebbe stata lei a cambiare noi, ma era questo che volevo? Ero pronto ad affrontare un cambiamento simile? Pronti o meno oramai non avevamo altra scelta. Ero stato costretto e la cosa mi contrariava non poco.

Da umano ero stato obbligato a piegarmi più volte, essere un nobile significava anche essere il primo a soddisfare i capricci del proprio re.

Negli anni avevo assistito a troppe guerre combattute per la gloria di boriosi re che mandavano il loro popolo a morire solo e soltanto per pagare i gioielli ad una nuova amante, o per costruirsi un palazzo più lussuoso, stupidi ragazzini che si arruolavano per la libertà, per l'onore, e ora il loro nome era inciso su qualche lastra di marmo a ornare un vecchio museo o una scuola. Quanto tempo della mia vita da umano avevo sprecato con una spada tra le mani, sempre pronto a rispondere con il ferro a qualunque offesa, per difendere l'onore della famiglia, l'onore della mia gente, l'onore di una donna.

Tutto cambiò quando venni gravemente ferito in un'imboscata, Gabriel riuscì a salvarmi la vita, ma non il braccio e la gamba sinistra. Rimasi bloccato a letto per mesi ed allora iniziai a scoprire il talento che ancora oggi mi contraddistingue, la parola. Ero un ottimo diplomatico, così lasciai che fosse Gabriel a occuparsi del reparto bellico, mentre io cercavo di risolvere i conflitti con un'arma che prima di allora raramente avevo impugnato. E in effetti il mio verbo riuscì ad evitarci numerose battaglie.

Adesso ero ritenuto una specie di *pater familias* tra i miei discendenti, molti si recavano alla mia porta per ricevere consiglio, senza ovviamente perdere per questo il mio lato minaccioso, dopotutto i vampiri erano maestri nell'individuare il più debole del gruppo, perciò non era ammessa alcuna debolezza. Diciamo che dopo la trasformazione ero diventato la mente, mentre Gabriel era il braccio.

Canada, regione di Stikine.
20 ore dopo
La nostra villa era immersa nel bosco, ma dopotutto quasi l'intera regione di Stikine era composta da esseri viventi fatti di tronco, rami e foglie, la popolazione era davvero minima, il che lo rendeva un posto ideale dove costruire la casa di tre vampiri, peccato per il clima.

L'unico che sembrava sentirsi a casa era Gabriel, adorava quel posto, era stato lui a far costruire la casa circa sessant'anni prima, il caos delle città non gli era mai piaciuto.

Durante il viaggio, Deva era stata affidata alle cure di Adele, avevo piena fiducia in quella domestica. Ora la bambina dormiva beata in una carrozzina accanto a Raffaele, era davvero tranquilla, dormiva e mangiava, non strillava mai né faceva i capricci.

Ricordavo quando nacque Raffaele, non aveva una balia, ma ben due che si alternavano per cullarlo, lo portavano su e giù per le scale per ore intere, finché non si addormentava stremato, una volta tenne sveglio il castello per tre notti e tre giorni, nostra madre aveva mandato a chiamare medici, levatrici e parroci, ma nessuno sapeva cosa avesse, alla fine riuscirono a calmarlo.

Solo anni dopo, la balia confessò di avergli preparato un decotto di papavero. Dormì per cinque giorni di seguito.

La nostra casa era una riproduzione del Castello di Culzean, non proprio identica ovviamente, ma lo stile ero lo stesso, Gabriel aveva visitato il castello scozzese poco dopo che venne costruito e se ne era innamorato a prima vista, così decise di progettare casa sua seguendo lo stesso stile, in un posto selvaggio come quello.

Era alta tre piani, di pietra color sabbia, più un sotterraneo, la facciata era davvero imponente, con sei colonne tortili sempre in pietra che precedevano l'ingresso formato da una grande porta ad arco. Anche le finestre erano tutte di quella forma, rendendo lo stile molto più simile al gotico che al medievale. Fortunatamente lo avevo ricondotto alla ragione quando seppi che voleva far costruire anche qui una torre con l'orologio. Stranamente non aveva intenzione di riproporre i giardini del castello d'origine, sostituiti da un'immensa fontana che rimaneva ghiacciata buona parte dell'anno.

Un'ora dopo ci eravamo già sistemati nelle nostre stanze, tutte al secondo piano. Erano stati velocissimi nell'apportare le opportune migliorie alla villa, comprese le tapparelle elettriche.

La stanza di Deva era stata arredata con un'enorme culla, in cui adesso dormiva beata, fasciatoio, comò, armadio a muro e una grande sedia a dondolo. Nella stanza attigua era stato posizionato un letto e un piccolo armadio, così se ci fosse stato bisogno, qualcuno poteva dormire accanto a lei. Era tutto bianco e marrone scuro, le pareti erano di un caldo color crema, la tenda dorata serviva a dare un tocco di colore al tutto. Quando sarebbe cresciuta avrebbe di sicuro rivoluzionato ogni cosa, quindi per ora andava bene così.

Capitolo 4

Passarono così i primi tre mesi, la bambina cresceva forte e sana, ma continuava a non aprire mai gli occhi.

Raffaele aveva iniziato a fare molte ricerche sulle Furie, ma ovviamente non era mai esistita una bambina tra loro, quindi non riuscivamo a capire il perché di quello strano comportamento, era forse cieca? Poco probabile. I vampiri non si ammalavano, ed erano stati umani, le Furie erano delle divinità, perciò non era plausibile che avessero difetti di alcun tipo.

Anche i nostri sentimenti verso la piccola si accrescevano sempre più, ora sentivamo quasi come se fosse parte della nostra famiglia. Eravamo preoccupati per lei, ci interessavamo dei suoi bisogni. Inizialmente provavo imbarazzo solo nel chiedere se avesse mangiato o meno e per Gabriel era lo stesso. Di solito aspettavamo che fosse Raffaele a chiederlo per noi, cercando di stare nei paraggi per ascoltare la risposta della domestica. Ridicolo.

Era l'unico ad essersi adattato senza il minimo sforzo alla situazione, ma pian piano mi stavo abituando.

Gabriel invece aveva ancora parecchie difficoltà. La evitava spesso all'inizio, ma sembrava le cose stessero migliorando, anche se molto lentamente, probabilmente non solo per merito suo. Riportai alla mente una conversazione molto strana che avevo avuto con lui qualche settimana prima.

«Quel dannato pennuto inizia proprio a darmi sui nervi.»

Eravamo in biblioteca, io stavo osservando i volumi in essa contenuti, realizzando che, nonostante la vasta scelta di titoli, nessuno di questi fosse adatto a una bambina. Forse avrei potuto trovare le Favole di Fedro da qualche parte…

Mi voltai e lo vidi fissare fuori dalla grande finestra che dava sul retro della casa, la vista non era molto varia, una distesa di alberi scuri, ma faceva il suo effetto, soprattutto di notte.

«Quale uccello?» Gli chiesi stringendo gli occhi.

Non che avessi bisogno di aguzzare la vista, quella dei vampiri era perfetta anche di notte, ma io non vedevo nessun uccello lì fuori.

«Quello con un occhio solo. Si aggira intorno alla casa come se fosse un avvoltoio intorno a una carcassa.»

Mi avvicinai alla finestra e mi misi di fianco a lui. Guardai meglio, ma ero sicuro non ci fosse niente lì fuori.

«Io non vedo niente.» dissi convinto.

Lui mi guardò corrugando la fronte, ma quando capì che dicevo sul serio, rimase perplesso quanto me.

Vedeva un uccello invisibile? Con un occhio solo? Quasi gli scoppiai a ridere in faccia, ma poi mi bloccai. Un occhio solo... anche il Servente che avevo affrontato mesi prima aveva un solo occhio. Che fosse una coincidenza?

Scrutai di nuovo la notte e poi aggiunsi in tono grave.

«Forse qualcuno ti tiene d'occhio, fratello.»

Lo vidi stringere le labbra in una posa dura. Mi voltai e continuai la mia ricerca tra i libri.

Non so se continuò a vedere quell'animale, ma da qual giorno sembrò più ben disposto verso la creatura. O forse era solo una mia impressione, di sicuro pensare che le Furie tenessero d'occhio i suoi movimenti era una buona ragione per convincerlo ad impegnarsi.

Con Deva avevamo raggiunto una routine giornaliera, di solito era Adele ad occuparsi di lei durante il giorno e a cambiarle i pannolini, mentre io e i miei fratelli le davamo da mangiare e Raffaele la cullava finché non si addormentava durante la notte.

Quel giorno però Deva era nervosa, il che era molto strano visto che era una bambina sempre così tranquilla, alla fine avevo ceduto e, per la prima volta, l'avevo presa in braccio con l'intenzione di farla addormentare cullandola come di solito vedevo fare gli altri, ma sembrava proprio che qualcosa non andasse, perché lei continuava ad emettere uno strano borbottio, come un lamento, più di fastidio che di dolore, perciò mi ero accomodato sulla sedia a dondolo, ma nulla, così era passato il tempo...

In quel momento entrò Raffaele nella stanza, con la fronte corrugata per la preoccupazione, scrollai la testa facendogli capire che era meglio restare in silenzio, magari riusciva a calmarsi... Tese la mano e gliela posò sulla fronte, non aveva la febbre.

Mi alzai dalla sedia e gli porsi la bambina, erano passate ore e le mie gambe, che già risentivano dell'immobilità forzata a cui erano state sottoposte durante il giorno, scricchiolarono per protesta. Mi avvicinai alla porta nello stesso momento in cui Gabriel entrò.

«Che succede? Fa ancora la lagna?»

«Non riusciamo a capire cosa...»

Mi voltai di scatto perché il suo borbottio si era trasformato in un pianto stridulo. Ci avvicinammo entrambi a Raffaele che nel frattempo la fissava con la stessa preoccupazione che trapelava dai nostri volti.

«E se stesse male? Dobbiamo chiamare un medico.»

«Già e lo trovo sull'elenco un medico vampiro specializzato in furiologia?» Ribatté Gabriel.

Dovette quasi urlare per far sentire la sua voce sopra le urla della bambina, che accompagnava quel baccano a furiosi movimenti di braccia e gambe.

La fissai e vidi che non aveva il volto rivolto verso di me, aveva spostato il viso quando Gabriel era entrato nella stanza e non si era più voltata...

«Gabriel, prendila» dissi all'improvviso, non sapevo perché, ma avevo uno strano presentimento.

«Vuoi proprio rompermi i timpani, eh Scricciolo?» Disse lui avvicinandosi, e lei spostò di nuovo il volto verso la sua voce. Lui la sollevò e la portò faccia a faccia «Cosa c'è che non va?»

Io e Raffaele li guardavamo in attesa, lui perplesso, io ansioso, fino a che le urla cessarono, le palpebre, strizzate fino a quel momento, si rilassarono e poi lentamente si alzarono, e aprì gli occhi.

Smettemmo di respirare.

Aveva gli occhi completamente neri, non c'era pupilla, iride o altro. Erano due orbite nere.

Occhi di una Furia.

Man mano che fissavano Gabriel, il nero si ridusse sempre di più fino a formare la pupilla, lasciando intorno a sé una pozza azzurra così limpida da sembrare uno specchio d'acqua. Non erano celesti e non erano blu, erano dello stesso azzurro del cielo mattutino dell'Italia. Nessuno aveva ripreso a respirare, persi tutti in quel momento spettacolare.

«Così hai gli occhi azzurri... era per questo che hai fatto tutto questo baccano? Volevi pubblico ad ammirarti?» Gabriel parlava con voce calma e ferma, le parlava semplicemente come faceva con noi.

No, forse no, con noi grugniva e di tanto in tanto, tra un verso e l'altro, riusciva ad articolare qualche parola. Con lei invece parlava.

Deva continuò a guardarlo e poi sbadigliò, Gabriel si avvicinò alla culla e la adagiò piano, e quando la testa poggiò sul cuscino, lei cadde in un sonno profondo. Rimanemmo tutti lì immobili, forse aspettando che si svegliasse di nuovo per mettersi ad urlare, e invece continuò a dormire.

«Forse la prima volta che aprono gli occhi il contatto con la luce provoca dolore. Peccato però che la prima cosa che abbia visto sia stato il tuo brutto muso» disse Raffaele rivolgendosi a Gabriel «non potevi sorridere almeno per una volta? Ora penserà che siamo tutti come te, con un cipiglio perenne e l'aria assassina»

Gabriel non si voltò nemmeno a guardarlo, si limitò a dare un'ultima occhiata alla bambina e poi uscì dalla stanza blaterando qualcosa su un incontro, o almeno era l'unica parola che ero riuscito a cogliere.

Non sapevo se mi sentissi più sollevato del fatto che avessimo scoperto il motivo di quello strano malessere, o che finalmente avessimo risolto l'enigma sui suoi occhi, una cosa però era certa: aveva aspettato Gabriel per aprirli e qualcosa mi diceva che era perché voleva donare a lui la gioia di essere il primo a vedere i suoi occhi.

Che stessi diventando quasi romantico?

Quel poetico pensiero fu confermato più volte nel corso dei mesi successivi.

Deva aspettava sempre Gabriel per compiere delle tappe importanti, come ad esempio quando rise per la prima volta, o quando pronunciò la sua prima parola che era più un 'tata' ripetuto, o quando iniziò a gattonare e infine quando, a quasi nove mesi, fece il suo primo, incerto, passo.

Ero in una delle sale più grandi insieme a Gabriel, avevo appena ricevuto una lettera da parte del capofamiglia russo, uno dei pochi a sapere come contattarci per tenermi informato sugli avvenimenti importanti, in cui raccontava preoccupato che nella sua zona aveva riscontrato un atteggiamento sempre più nervoso e strano dei licantropi, e che discutendo dei suoi sospetti con altri capifamiglia aveva appreso che anche in altre zone si era verificato lo stesso fenomeno, con profondo turbamento di tutti.

Tra vampiri e licantropi non era mai corso buon sangue, anzi, anticamente trovavano ambo le parti qualsiasi pretesto per far scoppiare una guerra, ma poi eravamo giunti a una tregua con i loro capibranco agli inizi del secolo, convenendo tutti che entrambe le razze sarebbero state più al sicuro dagli umani se avessero smesso di combattersi tra loro, concentrando le forze nel rimanere una mera fantasia per il resto del mondo. Ma anche così le due razze si tolleravano a stento.

Avevo chiesto a Gabriel di informarsi sui movimenti del branco più vicino a noi, che doveva trovarsi a chilometri di distanza verso sud. I licantropi odiavano il freddo.

Proprio in quel momento entrò Raffaele con Adele e Deva al seguito, la bambina continuava a scalciare tra le braccia della domestica pretendendo di essere messa giù, negli ultimi due mesi gattonava per tutta casa costringendo i domestici a tenere i pavimenti di marmo sempre lucidi come specchi.

«Mettila giù Adele, ne avremo per un po' di tempo qui» disse Raffaele mentre si avvicinava al grande tavolo al centro della stanza, uno dei più belli, di legno massiccio con la superficie intagliata che riproduceva una mappa molto accurata del mondo conosciuto, riproduzione migliorata e perfezionata dello stesso tavolo che Enrico VIII usava per pianificare le sue guerre.

Iniziai a parlare a Raffaele della lettera, mentre Deva gattonando si spinse fino al divano in pelle a poca distanza da noi, lo guardò attenta e passò oltre, sembrava che cercasse qualcosa, studiò la poltrona accanto e con la fronte corrugata proseguì fino ad arrivare sotto il tavolo.

Raffaele stava cercando di dare una spiegazione logica, come al suo solito, al fenomeno dei licantropi, quando vedemmo Gabriel guardare verso il basso.

«Che fai Scricciolo?»

Ci sporgemmo oltre il tavolo per vedere cosa stesse facendo, Deva era aggrappata ai suoi pantaloni e afferrava con le manine paffute il tessuto liscio. Guardò in basso verso i suoi piedi e poi, stringendo forte i pugni, si mise in piedi, staccò le mani dalle gambe di Gabriel e si diresse a passi incerti verso il divano, dove si lanciò a braccia tese, si voltò verso di noi ed emise un gridolino di gioia.

«Ah bene! Così la smetterai di lucidare i pavimenti, eh piccolina?» Dissi sorridendo.

Il suo volto era così solare e felice che veniva spontaneo farsi contagiare.

Era impossibile non volerle bene, ogni giorno in cui assistevamo ad un evento, anche minimo, della sua vita, lo consideravamo un dono immenso per noi.

Lei era vita, era gioia, era tutto quello che ci mancava da secoli.

Forse qualcuno poteva giudicare inappropriato o addirittura imbarazzante il nostro attaccamento alla bambina, i temuti fratelli Sincore messi in ginocchio da un sorriso, emozionati per i primi passi di un esserino così piccolo, ma la verità era che Deva ci era entrata dentro al primo sguardo, e lì ci trovavamo nell'intimità di casa nostra dove potavamo dare sfogo a sentimenti che credevo non avremmo mai più provato.

Sì, eravamo tre vecchi vampiri scontrosi e brutali, ma con quella creatura ci scioglievamo come burro.

Era passato un altro anno senza grandi difficoltà, tenevamo sempre sotto controllo la faccenda dei licantropi, che sembrava essersi placata.

Raffaele e Gabriel andavano spesso in ricognizione verso sud per tenersi informati personalmente sulla faccenda ed anche per svagarsi un po', dopotutto la prigionia autoinflitta non mi pesava affatto, ma non potevo pretendere che fosse lo stesso anche per i miei giovani fratelli. Il rifornimento delle sacche di sangue era sempre sotto controllo, ma sapevo quanto fosse diverso bere sangue direttamente dal collo di un umano, specialmente se si trattava di una bella ragazza giovane. Sapevo che Raffaele amava divertirsi con le sue prede prima di cibarsi, mentre Gabriel preferiva andare direttamente al punto, efficiente e concreto come al solito, ma verso di lui mi sentivo tremendamente in colpa, e la sensazione non faceva che aumentare col passare del tempo.

Forse credevo che lasciargli il tempo di divertirsi prima di dirgli che la sua vita sarebbe cambiata per sempre lo avrebbe addolcito.

La verità era che non sapevo come dirglielo né come l'avrebbe presa, perciò preferivo aspettare il momento giusto. Non è forse quello che dicono tutti quando vogliono sottrarsi ad un onere così grande? In un angolo della mia mente temevo andasse via una volta saputa la verità, deciso a sottrarsi a quel destino che altri avevano deciso per lui, ma poi ripensai al rapporto che aveva con la piccola, a quando si lasciava convincere da quegli occhioni azzurri a leggerle una fiaba per addormentarsi, oppure a come gli brillavano gli occhi quando, al ritorno dai suoi viaggi, la piccola gli correva incontro urlandogli «Gab!», già, perché per lei eravamo Micha, Gab e Raffa, e nessuno si era mai opposto a quei nomignoli.

Oramai si era completamente adattata anche ai ritmi della nostra vita, dormiva di giorno e viveva di notte, col passare del tempo Raffaele era diventato sempre più suo compagno di giochi, io ero il suo maestro, passavo molte ore con lei indicandole la giusta pronuncia delle parole e insegnandogliene di nuove, io ero quello che la sgridava se non mangiava tutto, cosa non molto rara visto che c'erano molti cibi che non le piacevano, odiava la cioccolata e gli spaghetti, per non parlare del pesce; aveva uno strano rapporto col cibo, mangiava quando le andava, e se era nervosa o arrabbiata non toccava nulla anche per un giorno intero.

Con Gabriel invece passava ore intere in silenzio, seduta accanto a lui in biblioteca o sul 'tavolo col mondo' come lo chiamava lei, disegnando o colorando per poi mostrargli sorridente i suoi scarabocchi variopinti. Gabriel faceva finta di non accorgersi quando lei si intrufolava nella stanza portandosi dietro fogli e colori, arrampicandosi su una sedia accanto a lui e inginocchiandosi per essere alla giusta altezza.

Si rilassava molto con lui, anche se quando noi due la sgridavamo per qualcosa che aveva combinato, era sempre Raffaele che andava a cercare, lui era il suo protettore, non la sgridava mai e prendeva sempre le sue difese, qualsiasi cosa facesse.

Più passavano i giorni più diventava bella, i capelli neri le arrivavano appena sopra le spalle, lisci e folti, gli occhi erano grandi ed espressivi, con le iridi di quell'azzurro impossibile, man mano che cresceva l'aspetto paffuto dei bambini lasciava spazio a lineamenti delicati ma decisi, aveva un'altezza nella media per la sua età, ma la sua figura sottile la faceva sembrare slanciata.

Sarebbe diventata un incanto.

Capitolo 5

A quattro anni Deva era una bambina solare e vivace, così curiosa che a volte riusciva a sfinire anche Raffaele, con i suoi mille 'perché'. Di comune accordo con i miei fratelli, avevamo deciso che iniziasse a studiare e ad allenarsi; una volta raggiunta la loro forma di Furia quelle creature erano inarrestabili, ma non sapevamo se con le sue sembianze umane avesse la forza necessaria per difendersi, così almeno tre volte a settimana Gabriel la faceva correre e saltare facendole credere che fosse un gioco, ma per quanto la sua mente fosse attiva non potevamo dire la stessa cosa delle sue gambe, era molto goffa, ma soprattutto svogliata, non le piaceva correre, in particolar modo quando faceva freddo preferiva stare sul divano, al caldo, a farsi leggere un libro o colorare. Gabriel però era un allenatore assolutamente inflessibile, diceva che doveva abituarsi al freddo e così le raccontava di quando, da umani, eravamo costretti a dormire sulla terra fredda anche in mezzo alla neve, non che ci aspettassimo che anche lei avrebbe affrontato quella vita, ma di sicuro riusciva quantomeno a motivarla.

Nonostante tutti i suoi ammonimenti, più di una volta Gabriel aveva dovuto trascinarla a forza fuori, e nemmeno le lacrime disperate della bambina erano riuscite a frenarlo. Ripensandoci, era un bene che fosse stato lui e non Raffaele ad assumersi quel compito, Deva avrebbe piegato a suo piacere mio fratello minore al primo accenno di lacrima.

Dopo gli allenamenti riusciva perfino a mangiare un pasto completo preparato da Adele, il che era davvero cosa rara visto che mangiava più per voglia che per vera e propria fame, non eravamo mai riusciti a farla mangiare appena sveglia, l'equivalente della colazione per gli umani, anche se consumata ad un orario del tutto diverso. Adele insisteva che il primo pasto era fondamentale e quindi aveva provato con ogni tipo di cibo, cercando di farle bere almeno una tazza di latte o di the, ma ogni volta che la bambina aveva ceduto, ovviamente dopo aver strappato promesse e concessioni di ogni genere alla domestica, aveva sempre avuto mal di pancia, così alla fine avevamo desistito. Appena sveglia quindi mi raggiungeva nella stanza che avevo trasformato nel mio studio, dovendo tenere frequenti contatti con i nostri discendenti o con altri capifamiglia, ed ogni notte passavo così due ore a insegnarle a scrivere, leggere e fare da conto.

Deva era molto sveglia, perciò imparava in fretta e adorava i libri, di conseguenza le piaceva molto studiare, ma soprattutto adorava che le si leggessero delle favole, così Raffaele, per il suo compleanno, aveva deciso di adibire una stanza a suo cinema personale, fornendola di un grande schermo e comodi divani, con una parete piena di videocassette di cartoni animati.

Aveva il permesso di guardare una pellicola a settimana, che poteva diventare due o nessuna a seconda del suo comportamento, il problema è che odiava vederli da sola, ma quella che all'inizio sembrava una noiosa incombenza, finiva sempre per diventare una bellissima pausa, a cui puntualmente ci trovavamo ad assistere tutti e quattro. Ovviamente io e i miei fratelli non conoscevamo nessuna di quelle fiabe, quindi era una scoperta anche per noi.

Quella sera era sabato, il giorno in cui aveva il permesso di vedere una di quelle favole, perciò passando in sala da pranzo la trovai intenta a ingozzarsi in fretta.

«Perché così di fretta signorina?»

Chiesi in tono accusatorio, odiavo vederla mangiare come un'affamata, mi ricordava, durante la guerra, la gente che mordeva il suo pezzo di pane guardandosi attorno circospetta come cani rabbiosi.

«Raffa ha da fare dopo, dobbiamo fare in fretta» spiegò lei afferrando il bicchiere e versandosi del succo di frutta.

«Questo non vieta a te di finire di guardare la favola fino alla fine, quindi perché tanta fretta?»

«Ma poi lui si perde il finale!» Rispose lei come se fosse un ovvietà sfuggitami sotto il naso.

«Allora domani potrai raccontargli tu la storia, dopo che l'avrai raccontata a me. Quindi ora mettiti seduta e finisci il tuo pasto con calma, se non vuoi andare a letto senza aver visto nulla.»

«Va bene Micha. Potresti però almeno andare a preparare tutto? Così quando arriviamo dobbiamo solo premere il tasto?» Chiese speranzosa.

«Va bene… hai deciso già cosa vedere?»

Ero sicuro di sì, visto che iniziava a scegliere la pellicola da vedere alcuni giorni prima.

«Sì, stasera voglio vedere 'la bella e la bestia'»

«Ti aspetto lì» dissi uscendo.

Mi avviai verso la stanza dei cartoni, come la chiamava Deva, e iniziai la ricerca di quello spettacolo che ci avrebbe tenuto compagnia per quella sera, il titolo sembrava propiziatorio, chissà di che bestia trattava quella storia… di sicuro non poteva essere un vampiro visto che era una storia per bambini.

«Stasera scegli tu?» Mi chiese Gabriel con un sorriso ironico.

«Deva sta finendo di mangiare. Novità dagli Stati Uniti?»

«Tutto regolare. Nessun segno dei licantropi.»

Si accomodò sul divano di pelle chiara di fronte allo schermo con un braccio lungo lo schienale e il piede destro appoggiato sull'altro ginocchio.

In quel momento la piccola entrò correndo nella stanza, lanciandosi sul divano accanto a Gabriel che la guardò sorridendo.

«Raffa dov'è? È tardi, non farà in tempo a vedere il finale!» Disse ansiosa.

«Sono qui, sono qui. Vai fallo partire» disse Raffaele entrando a passo veloce nella stanza e prendendo subito posto accanto a lei sul divano.

Poi si rivolse alla bimba «Allora? Cosa vediamo stavolta? L'ultimo che hai scelto non mi piaceva molto, quel Galileo non era per niente simpatico.»

«Romeo, Raffa! Non Galileo!» Rispose spazientita.

In quel momento spensi le luci e mi accomodai sulla poltrona, era incredibile come una personcina così piccola potesse occupare così tanto spazio sul divano, occupava almeno due posti, costringendo quasi sempre uno di noi a sedersi sulla poltrona posta di fianco al divano.

«La bella e la bestia… il titolo mi piace» con quel commento Raffaele si meritò un'occhiata assassina da parte di Deva, odiava che si parlasse durante il film.

Un'ora e mezza dopo, stavamo fissando i titoli di coda.

«Mi piace moltissimo Belle! È intelligente e poi le piacciono i libri ed è anche molto bella! Un giorno anche io voglio essere così! E Chicco! È troppo simpatico. E la biblioteca! Anche io voglio una biblioteca così un giorno! Quel Tokins però è davvero fastidioso! Lui e le sue regole…»

Ogni volta che finiva un cartone, Deva era un fiume in piena, non la fermava più nessuno finché non si addormentava sfinita.

«Non ricorda un po' Michele? Lui e le sue regole.» Mi pungolò Gabriel.

«Hai ragione!» Esclamò la piccola sgranando gli occhi verso di me. Poi si voltò verso il mio accusatore «Tu somigli più alla bestia però. Vero? Faceva gli stessi versi che fai tu!»

Così dicendo imitò la parte in cui la bestia invitava Belle ad unirsi a cena con lui, iniziò a ridere e continuò fino a piegarsi in due, tanto che nessuno di noi riuscì a trattenersi dall'unirsi a lei. Gabriel si finse offeso e iniziò a farle il solletico, lei per difendersi si lanciò addosso a lui, stringendogli le braccia al collo.

«Bene, io devo scappare. Ci vediamo tra un paio di giorni Deva. Fai la brava» Raffaele si avvicinò a lei stampandole un bacio sulla fronte e poi uscì dalla stanza.

«Su Scricciolo, devi andare a dormire.» La ammonì Gabriel, accarezzandole la schiena con una mano.

«Mi porti tu? Puoi scegliere la favola più corta del libro.» Disse la piccola speranzosa.

«Ah però, che grande concessione…» così dicendo si alzò, tenendo ancora la bambina avvinghiata intorno al collo, e si avviò verso la porta, mentre si allontanava sentii Deva augurarmi buona notte, li seguii anche io dirigendomi verso la mia stanza che si trovava proprio accanto a quella di Deva.

«Vai a mettere il pigiama mentre io scelgo la favola» sentii dire a Gabriel, mentre dal bagno annesso alla camera arrivavano i rumori della piccola che trafficava con lo spazzolino.

Poco dopo riconobbi il rumore del materasso che si abbassava sotto il considerevole peso di mio fratello.

«Sono pronta! Cosa hai scelto?»

Già la immaginavo mentre si appollaiava sotto le coperte, poggiando la testa nell'incavo del braccio di Gabriel.

«Dai Gab sono pronta!»

«C'era una volta…»

Era confortante sapere che, anche senza ascoltarne le vicende, quella storia sarebbe finita con la solita formula 'e vissero felici e contenti' e desiderai con tutto il cuore che ce ne fosse una anche per loro due.

All'età di sei anni Deva aveva ricevuto l'istruzione che i bambini umani hanno al doppio della sua età, questo non solo perché adorava studiare, ma perché chiedeva sempre che le raccontassimo tante storie, anche quando aveva appena chiuso i libri, così noi le raccontavamo delle guerre che avevamo visto con i nostri occhi, finché la sua immensa curiosità non la spinse a fare la fatidica domanda che tutti aspettavamo.

Eravamo in biblioteca, lei stava finendo i compiti che le avevo assegnato, mentre io revisionavo alcuni documenti.

«Micha ma… che vuol dire che sono una Furia?» Chiese senza alzare la testa dal foglio.

«Significa che appartieni ad un'altra razza, come gli umani, i vampiri, i licantropi. Tu sei una Furia»

«E come sono le Furie?»

Misi da parte i fogli sulla scrivania e mi concentrai per rispondere alla sua domanda.

«Vediamo… bé, io ho conosciuto solo le tre Furie che ti hanno portata qui da me e non credo ne esistano altre, quindi ti racconterò quello che so. Le Furie sono tre sorelle: Aletto, Megera e Tisifone, nate dal fiume Acheronte e dalla Notte, sono delle divinità, il cui compito è quello di vendicare i delitti, una specie di dee della vendetta se così le si può chiamare. Esteticamente sono donne bellissime ed affascinanti, ma quando si arrabbiano assumono la loro vera forma...»

«Coooosa? Si trasformano? Come Fiona?» Mi domandò con occhi sgranati.

«Non mi interrompere Deva. Comunque sì, si trasformano, ma non in un'orchessa. Diventano più grandi, i loro occhi cambiano, diventando completamente neri, le unghie di mani e piedi diventano lunghi artigli, la pelle assume un colore grigio verde e sembra quasi illuminata e infine hanno le ali, come quelle dei pipistrelli, ma con due grandi artigli in cima. E quando si trovano nella loro forma originaria hanno così tanta energia che riescono a controllare i fulmini.»

Lei mi fissava con gli occhi e bocca spalancati, ovviamente non si aspettava quella descrizione.

«Si dice addirittura che alcuni umani siano morti dalla paura solo guardandole. E poi gridano, quando una Furia grida la si sente fino a chilometri di distanza, lanciano urla strazianti che si dice riescano a far tremare le montagne.»

«Ma è terribile! Io non voglio diventare così!»

Aggrottai la fronte a quel rifiuto.

«Tu mi hai visto mentre mi nutrivo. Mi hai visto quando i canini si allungano al primo sentore del sangue. Per molti sono un mostro, è così che mi vedi tu?»

«No Micha, lo so che i canini ti servono per poter bere il sangue, non sei un mostro e non mi fai paura.» Disse subito.

«Ma come credi si comporterebbe un umano vedendomi mentre mi nutro? Non pensi avrebbe paura di me?»

«Bé forse un pochino, ma tu prendi il sangue da una sacca, non fai del male a nessuno, e anche se fosse, uccidi solo i cattivi»

«Ma questo loro non lo sanno. Avrebbero paura o no secondo te?»

Lei arricciò le labbra e inclinò la testa di lato.

«Uhm... forse sì.»

«Le Furie devono essere forti, devono vendicare le azioni più terribili e devono combattere, è per questo che diventano così e hanno artigli capaci di ferire. Sono come i miei canini, il loro corpo cambia per permetter loro di fare quello per cui sono state create. Ora finisci di fare i compiti, è quasi ora di mangiare per te.» Questa spiegazione sembrò calmarla, annuì e tornò a concentrarsi sui suoi quaderni.

In quell'istante decisi che era giunto il momento di iniziare a raccontarle la storia delle creature della notte.

Capitolo 6

Mi raggiunse come ogni notte nel mio studio, era inverno inoltrato e la temperatura era calata terribilmente in poche settimane, così attizzai il fuoco del grande camino posto su un lato della stanza. Avevamo il riscaldamento in tutta la casa, ma il fuoco scoppiettante di un camino non perdeva mai il suo fascino e, inoltre, ero fermamente convinto che il solo fatto di sentire il rumore del fuoco in una stanza facesse sentire meno freddo.

Deva portava un vestito di lana color crema, che le arrivava fin sotto le ginocchia, con delle calze anch'esse di lana di un blu elettrico accecante, questo mi fece involontariamente sorridere; anche se era una femmina odiava il rosa e non sopportava cappelli e fiocchi di nessun genere, preferiva le fasce o al massimo qualche cerchietto, e poi adorava l'azzurro, era il suo colore preferito.

«Cosa prendo Micha? Matematica, storia o…»

«No Deva, oggi voglio raccontarti come sono nati i vampiri.»

Lei mi guardò perplessa, poi sorrise ed esclamò.

«Vampirologia allora!»

Le sorrisi di rimando e dissi

«Non parleremo solo di vampiri, ma anche dei licantropi, quindi penso che dovrai modificare la denominazione della materia.»

«Mostrologia?» Reclamò titubante.

«Sì, direi che è appropriato.»

Presi posto sulla poltrona davanti al fuoco, così lei si sarebbe appollaiata, come era solita fare, sul tappeto davanti al camino, infatti proprio in quel momento depositò i quaderni sul tavolo e mi raggiunse, prendendo un cuscino dal divano vicino. Anche attraverso il tappeto doveva sentire il freddo marmo sottostante, pensai.

«Bene allora, ricordi la Bibbia? Il libro sacro del cristianesimo?»

Lei annuì con la testa «E ricordi come inizia?»

«Con la creazione del mondo e di Adamo ed Eva» spiegò convinta.

«Questa è la versione ufficiale. Ma Eva non fu la prima donna che Dio creò, prima di lei ce ne fu un'altra. Subito dopo Adamo, Dio non creò Eva, bensì Lilith, che generò non da una costola di Adamo, ma dalla stessa materia fangosa del primo uomo, quindi Lilith non era sottomessa ad Adamo, ma era una sua pari. Quando dovettero consumare il loro...» per un attimo mi bloccai, come avrei fatto adesso a spiegarle che Lilith si era rifiutata di assumere la posizione del missionario al loro primo rapporto sessuale?

Lei mi fissava in attesa. «La prima volta che dormirono insieme, Adamo si distese sopra Lilith, ma lei si arrabbiò. A Lilith non piaceva che Adamo volesse imporle la sua superiorità, così scappò dal Paradiso. Dio le chiese di tornare, ma lei rifiutò. L'onnipotente mandò tre angeli a cercarla, e quando questi la trovarono lei era presso un fiume, insieme ad un lupo e ad un uomo. Si era accoppiata con entrambi e portava già in grembo i loro figli, così Dio si infuriò, ma non poteva ucciderla, poiché Lilith era immortale, era scappata dal paradiso prima ancora che Adamo compisse il peccato originale insieme ad Eva. Così invece che ucciderla, condannò la sua stirpe, infliggendo al figlio avuto con l'uomo la pena di non vedere mai più il sole e di cibarsi solo di sangue umano, e costringendo il figlio del lupo a trasformarsi in una bestia ad ogni luna piena. E i suoi figli avrebbero lottato sempre gli uni contro gli altri, fino alla morte. Per anni Lilith si vendicò uccidendo le creature che Dio amava più di tutti, i bambini. Le Furie lasciarono che Lilith si vendicasse all'inizio, ma quando si resero conto che lei iniziava ad uccidere i bambini non per vendetta ma per piacere, intervennero e la rinchiusero lontano dal mondo per mille anni. La storia finisce così, ma io so che alla fine le Furie hanno liberato Lilith, la quale provò ad ucciderle per averle inflitto una pena così grande.

Le Furie però hanno molti altri nemici. Vedi, i licantropi sono sempre stati nemici degli dei, loro vivono in branchi e non si sottomettono a nessuno, tranne che al loro capo branco, e inoltre si dice che le Furie abbiano fatto loro un gravissimo torto e che da allora le considerino nemiche. Così esse preferirono i vampiri: donando loro la possibilità di creare la vita. Per questo il tuo consorte sarà un vampiro, tu sei il simbolo della pace tra le Furie e i vampiri. Loro sono figlie del fiume Acheronte e della Notte perciò era più plausibile che una Furia si unisse a un vampiro piuttosto che ad un licantropo. Ora puoi farmi tutte le domande che vedo accumularsi nella tua testolina. Spara prima che ti escano dalle orecchie»

«Ma se i licantropi odiano le Furie, perché queste non scendono semplicemente sulla terra e gli danno una lezione?»

«Perché loro sono le dee della vendetta, possono vendicarsi, non punire senza subire un'offesa»

«Quindi è come per i poliziotti, finché il ladro non gli spara non possono aprire il fuoco? Possono solo minacciarlo?»

«Esattamente» a volte riusciva a trovare delle similitudini che rendevano semplicissimo anche un concetto complesso.

«E Lilith dov'è adesso? Tu l'hai mai vista?»

«Nessuno sa dove sia Lilith e no, io non l'ho mai vista.»

«I licantropi possono avere dei figli?»

«No, siamo degli incroci tra una specie di divinità e altre due razze, siamo praticamente come i muli, degli ibridi sterili, possiamo aumentare il nostro numero solo trasformando altre persone.»

«Tu credi in Dio?»

Pensai la risposta a quella domanda posta così all'improvviso… credevo in Dio? Era qualcosa che mi ero chiesto spesso, e adesso davanti a lei seppi che la risposta che stavo per dare era quella giusta.

«Sì Deva, credo in Dio. Credo che lui abbia creato tutto questo, credo che ci sia un paradiso o un inferno dopo questa vita, credo che è a lui che dovremo rispondere di tutti i nostri peccati un giorno. Ci deve essere qualcuno migliore di tutti noi che ha creato le cose più belle di questo mondo, l'innocenza, l'amore, la grazia, sono le sole cose in cui valga la pena credere e se Dio ha creato tutto questo, allora io voglio credere in lui.»

Due giorni dopo mi trovavo da solo con Deva, Gabriel e Raffaele erano usciti rispettivamente per controllare i licantropi e per incontrare alcuni discendenti. Essendo noi tre dei vampiri molto antichi, negli anni avevamo accumulato un notevole numero di discendenti, vampiri che avevamo trasformato e che avevano deciso di giurarci fedeltà.

Ero seduto al pianoforte suonando un classico, quando Deva mi raggiunse e si sedette accanto a me sulla panca del pianoforte seguendo con lo sguardo le mie dita che si muovevano veloci tra i tasti bianchi e neri.

«Voglio suonare anche io come te» mi disse con voce triste.

Mi voltai a guardarla interrompendo la musica, la presi sotto le braccia e la sedetti in grembo verso la tastiera, dicendole:.

«Metti le mani sulle mie» lei obbedì all'istante e ricominciai la melodia da dove l'avevo interrotta «Vedi? Ora stai suonando anche tu» lei iniziò a ridere di cuore. A volte era davvero facile farla felice.

Suonammo altre melodie così, mani sulle mani, finché non mi resi conto che l'alba era vicina.

«È ora di andare a letto piccolina.» Mi alzai e la poggiai a terra.

«Mi racconti una storia prima?»

Non riuscivamo a farle togliere quell'abitudine in nessun modo, all'inizio pensavamo che fosse una bugia il fatto che non riuscisse ad addormentarsi da sola, ma poi ci rendemmo conto che così non era, non riusciva davvero ad addormentarsi se non c'era qualcuno che le parlasse, perciò mi avviai verso la sua stanza con lei che mi saltellava accanto, i capelli neri che ormai le arrivavano quasi alla vita, si muovevano ad ogni suo saltello agitandosi intorno alla sua testa.

«Faccio in un attimo» mi gridò mentre si chiudeva la porta del bagno alle spalle. Tornò pochi minuti dopo con un pigiama di flanella giallo con dei coniglietti. Si arrampicò sul letto e si tirò le coperte fino al mento.

«Allora vediamo… cosa vuoi che ti racconti?» sembrava ancora più piccola sotto tutte quelle coltri.

«Raccontami come siete diventati vampiri»

Sapevo che prima o poi lo avrebbe chiesto e avevo sempre immaginato che sarei stato io a raccontarle le vicende che ci avevano portato a perdere la nostra umanità. Perciò mi misi comodo sul letto, incrociando le gambe all'altezza delle caviglie e le braccia sul petto.

«Va bene. Siamo nati in un'epoca molto diversa da questa, le persone o erano molto ricche e vivevano in bellissimi castelli o erano molto povere ed erano costrette anche a mendicare il pane se necessario. Io nacqui in una famiglia nobile, nostro padre era un marchese ed allora i titoli erano tutto, sposò una donna italiana che non era nobile per nascita, era figlia di un mercante e la sua bellezza lo aveva abbagliato fin dal loro primo incontro, avvenuto quando lei aveva solo dodici anni. Diceva che la prima volta aveva creduto di vedere la Madonna in carne ed ossa, così aspettò che raggiungesse l'età da marito e si sposarono. Lei era molto cattolica, passava la maggior parte delle sue giornate a pregare e recitare il rosario nella cappella del castello insieme alle sue dame. Passarono più di due anni prima che rimanesse incinta di me, inizialmente credeva che i suoi peccati fossero così grandi che Dio l'avesse punita negandole dei figli, ma una notte sentì una voce chiamarla mentre dormiva, si vestì e seguì la voce fino ad arrivare nella cappella, dove vide tre figure alate inginocchiate davanti alla statua della Madonna, rimase lì a pregare con i tre Angeli tutta la notte e giurò a Dio che se avesse avuto dei figli, li avrebbe chiamati come i tre Arcangeli.

Nove mesi dopo nacqui io, quattro anni dopo nacque Gabriel e dopo altri quattro anni arrivò Raffaele. Io ero il maggiore, perciò venni cresciuto come l'erede di tutto quanto, Gabriel avrebbe dovuto prendere i voti e diventare prete, ma si ribellò a quella decisione dicendo che lui avrebbe fatto il guerriero e così anche Raffaele. Perciò nostro padre cedette e ci addestrò tutti a combattere. Eravamo dei bambini molto felici, nostra madre ci adorava e nonostante le diversità di carattere, andavamo molto d'accordo l'uno con l'altro. Tutto cambiò quando iniziammo a seguire nostro padre nelle sue battaglie, la guerra ci cambiò tutti. Uccisi per la prima volta a sedici anni e per quell'epoca era già un'età molto avanzata, Gabriel invece uccise il suo primo uomo a soli tredici anni. Eravamo molto abili a combattere, perciò venivamo sempre convocati dal nostro re, arrivammo al punto da non chiedere nemmeno perché stavamo combattendo, chiedevamo solo dove dovevamo andare e chi uccidere. Passarono molti anni così, finché nostro padre non morì di peste e io dovetti far ritorno a casa per prendere il suo posto come marchese. All'epoca più del dolore per la perdita di mio padre provai tanta rabbia. Non volevo tornare a casa, a me piaceva combattere, non volevo che la mia vita si riducesse a trovare una moglie e assicurarmi che le mie terre avessero un erede, così ignorai le molte lettere di mia madre, in cui mi pregava di tornare a casa per prendere il posto cui ero destinato dalla nascita. Parlai con i miei fratelli e proposi a Raffaele di prendere il mio posto e tornare a casa, a lui la guerra non era mai piaciuta, gli piaceva duellare con la spada ma non in battaglia, aveva un animo molto più delicato e sensibile del nostro, così lui accettò subito e partì. Passarono gli anni e io e Gabriel ci spingevamo sempre in nuovi luoghi alla ricerca di altre guerre da combattere. Ogni giorno, ad ogni persona che uccidevamo, diventavamo più crudeli e più vuoti. Una sera eravamo in una taverna a festeggiare l'ennesima vittoria, quando entrò un uomo. Tutti si zittirono nel vederlo, una donna gli si avvicinò e lo condusse in una delle stanze sopra la taverna. Quando chiedemmo agli altri chi fosse ci dissero che era un demonio, che andava lì sporadicamente, chiedeva una o due ragazze e si ritirava con loro in una delle stanze. La mattina però, trovavano solo le ragazze che ancora dormivano nel letto e i soldi sul bancone all'ingresso. Nessuno osava chiedergli nulla perché dicevano avesse ucciso un uomo solo guardandolo una volta. Io e Gabriel eravamo molto incuriositi dalla storia, erano anni ormai che le nostre vite erano un incessante susseguirsi di battaglie che si portavano via un pezzo di noi poco a poco, così decidemmo di scoprire il mistero di quell'uomo e dopo qualche ora irrompemmo dalla finestra nella stanza che aveva occupato con la ragazza.

Lo trovammo chino sul suo collo, mentre lei giaceva inerte sotto di lui, rimanemmo lì a guardare senza fare nulla, lui alzò la testa e ci venne incontro chiedendoci perché non eravamo intervenuti a salvare la ragazza e allora Gabriel rispose che eravamo dei guerrieri e che la vita di una ragazza di una taverna non era così importante da mettere a rischio la nostra. Allora lo vedemmo infuriarsi così tanto che subito estraemmo le nostre armi, ma prima che riuscissimo a muoverci, lui ci aveva già disarmati e buttati a terra. Eravamo sbalorditi, non aveva un fisico imponente, come aveva fatto a sconfiggerci così facilmente?

Si abbassò verso di noi e disse 'se avete così poca considerazione della vita di questa ragazza, se pensate che la sua vita valga meno della vostra, allora d'ora in poi farò in modo che dipendiate per sempre da altre creature come lei. Le desidererete e ringrazierete ogni volta che si doneranno a voi per tenervi in vita, stupidi umani.'

Il giorno dopo ci svegliammo entrambi con il peggior mal di testa della nostra vita, tutti i vestiti ci erano stati portati via, la stanza era vuota, salvo un biglietto in cui c'era scritto 'se sopravvivete, incontriamoci ad Antalya.' Ovviamente nei giorni successivi, non riuscivamo a capire cosa ci fosse successo, sopportavamo male la luce del sole, il cibo non ci attirava più e cominciammo a soffrire terribilmente la sete, senza che l'acqua ci recasse sollievo. Così decidemmo di trovare quell'uomo, preoccupati che ci avesse infettato con qualche tipo di morbo e che solo lui avesse la cura, e partimmo per la Turchia. Arrivati in città eravamo sfiniti, credevamo saremmo morti di lì a poco, avevamo impiegato più tempo delle due settimane previste per raggiungere quella città, le nostre condizioni peggioravano di ora in ora.

Trovammo il nostro amico misterioso al centro di una strada deserta, mentre io e Gabriel ci trascinavamo alla ricerca di un riparo per il giorno, i raggi del sole ci bruciavano così tanto gli occhi da renderci impossibile uscire durante le ore di luce. Avremmo voluto inveire contro di lui, costringerlo a dirci cosa ci aveva fatto, invece lui si voltò e disse che se volevamo delle risposte avremmo dovuto seguirlo. Ci condusse a casa sua e lì ci portò di fronte a due giovani ragazze e ci disse 'Loro due hanno la sola medicina che può salvarvi, prostatevi ai loro piedi e chiedete loro di offrirvi quello che tanto bramate. Altrimenti morirete.' Gabriel iniziò a protestare, mai e poi mai si sarebbe inginocchiato, ma la sofferenza era insopportabile, così lo convinsi.

Una volta fatto quello che lui aveva chiesto, le ragazze si inginocchiarono di fronte a noi ed estrassero un pugnale, credevo stessero per ucciderci, invece si tagliarono il palmo della mano e posarono la ferita sanguinante sulle nostre labbra. Quando sentimmo sulla lingua il sapore del sangue, iniziammo a succhiare ingordi dalla ferita, era il paradiso, più bevevamo più il dolore si placava, finché l'uomo si avvicinò e allontanò le due ragazze. Ci fece alzare e ci spiegò cosa eravamo divenuti. Inizialmente non volevamo crederci, ma poi guardando i nostri volti insanguinati, i nostri canini sporgenti, ci rendemmo conto che era tutto vero. Smettemmo di combattere, nonostante la nostra forza fosse cento volte maggiore, quell'uomo ci aveva insegnato una grande lezione che non avremmo dimenticato mai più.

Tornammo a casa, decisi a salutare per un'ultima volta nostra madre e nostro fratello prima di sparire per sempre, ma quando giungemmo nella dimora della nostra infanzia, trovammo uno spettacolo terribile. Il villaggio era quasi completamente deserto, solo pochi erano rimasti, il castello era in rovina e quando entrammo, l'unico domestico rimasto ci disse che nostra madre era morta e che nostro fratello era in fin di vita, la peste li aveva colpiti con una tale violenza da non lasciargli il tempo nemmeno di seppellire i morti. Trovammo Raffaele disteso sul grande letto nella stanza che una volta era stata dei nostri genitori, aprì gli occhi solo per un istante e tra i deliri della febbre ci pregò di andarcene, di allontanarci da quel posto, che ormai per lui non c'era nessuna speranza ma che noi potevamo salvarci. Anche in fin di vita si preoccupava più per noi che per se stesso. Discussi a lungo con Gabriel, volevamo salvarlo ma non sapevamo come farlo senza ucciderlo, ma dopotutto sarebbe morto sicuramente se non avessimo tentato qualcosa, così lo morsi mentre Gabriel gli faceva ingoiare il suo sangue. E così trasformammo anche lui in una creatura della notte come noi.»

Mi voltai per guardarla e vidi che non era affatto addormentata, anzi mi guardava affascinata. Ero sicuro che quella storia, a differenza delle altre, non l'avrebbe fatta addormentare.

«Quindi voi siete i tre Arcangeli, ecco perché avete questi nomi strani. Ma il secondo Arcangelo non si chiamava Gabriele? Perché invece lui si chiama Gabriel?»

«Perché nostro padre convinse nostra madre a dare almeno a uno dei figli un nome inglese visto che il primo era italiano. Così invece di Gabriele lo chiamò Gabriel.»

«Chi era l'uomo che vi ha trasformati? Lo vedete ancora?»

«È morto molto tempo fa liberandoci così dalla sua dinastia e permettendoci di averne una completamente nostra. Ma ora basta domande signorina, è ora di dormire.» Così dicendo iniziai ad alzarmi dal letto.

«No ti prego, parla ancora anche solo per un minuto, mi addormento subito, promesso» mi chiese con occhi speranzosi.

«Va bene, ma vedi di mantenere la promessa, altrimenti ti lascio qui sveglia e me ne vado.»

Pensai a qualcosa che potesse farla addormentare subito, con un ritmo rilassante, così iniziai a recitare l'Eneide di Virgilio e non riuscii a finire nemmeno il proemio che lei già dormiva.

Capitolo 7

Erano i primi giorni di dicembre e la temperatura era davvero rigida, la fontana davanti casa era gelata da mesi e c'erano vere e proprie bufere di neve.

Io e i miei fratelli eravamo seduti sul divano dello studio di Gabriel, che in quel momento stava versandosi da bere, in tutta la casa c'erano tavolini forniti di ogni tipo di liquore, era strano come l'alcool continuasse ad avere un buon sapere anche da vampiri, anzi, più il liquore era forte più era piacevole.

Stavamo progettando un viaggio a cui, a quanto sembrava, avrei dovuto inevitabilmente prendere parte, il capofamiglia voleva incontrarmi personalmente per discutere di alcune importanti questioni che, a suo avviso, non potevano essere affrontate per via epistolare o telefonicamente, e sarebbe stato estremamente scortese da parte mia mandare uno dei miei fratelli in mia vece. Erano ormai quasi sette anni che non mi allontanavo per più di un giorno da casa, esattamente da quando Deva era con noi e l'idea di quel viaggio mi dava una strana sensazione, come se ad aspettarmi ci fossero delle gran brutte notizie. Perciò stavamo mettendo a punto gli ultimi dettagli: quando si hanno svariate necessità tra cui evitare il sole e procurarsi sangue, pianificare un viaggio può essere lungo e laborioso.

In quel momento la porta si aprì all'improvviso e Deva entrò a passi decisi nella stanza. Era avvolta in una felpa molto pesante, con dei pantaloni di velluto verdi e delle scarpe rivestite di pelliccia, sembrava pronta a scalare una montagna o andare alla ricerca di uno Yeti, cosa molto più probabile visto il soggetto in questione.

«Quest'anno voglio un albero di Natale. Tutte le famiglie festeggiano il Natale e non vedo perché non dovremmo farlo anche noi, dopotutto siamo tutti cristiani no? Quindi abbiamo assolutamente bisogno di un albero.»

Lo disse con tale sicurezza che ero convinto avesse provato quel discorso più volte nella sua testa.

Ci voltammo tutti verso di lei e la fissammo interdetti, non solo ci aveva interrotti senza bussare, ma ora se ne stava lì impaziente, come se le stessimo rubando del tempo prezioso.

«Signorina, non solo sei entrata qui senza nemmeno bussare, sapendo che avevamo delle faccende di cui discutere, ma hai anche usato per ben due volte l'imperativo quando il modo più appropriato per una richiesta, in genere, è il condizionale, detto anche appunto il tempo del desiderio o della richiesta, quindi se per favore potessi uscire, ripetere daccapo la scena correggendo tutti questi piccoli dettagli, potremmo anche decidere di prendere in considerazione quello che hai da dire.»

Poche cose mi facevano imbestialire e la mancanza di educazione e rispetto era una di queste, nell'istante stesso in cui smisi di parlare, capì di aver esagerato, quindi si voltò ed uscì chiudendosi la porta alle spalle.

In suo favore c'era da dire che, anche quando aveva torto o veniva ammonita severamente, non abbassava mai la testa né piagnucolava, ma cercava di capire sempre l'errore, anche se poi inevitabilmente lo ricommetteva.

Nessuno disse una parola, ma restammo a fissare la porta sicuri di quello che avrebbe fatto.

E proprio in quel momento sentimmo bussare debolmente. Raffaele sorrise e così anche io, mi ricomposi e le dissi di entrare. Si richiuse la porta alle spalle e si fermò pochi passi dopo, in attesa.

«Di cosa hai bisogno Deva?» Chiesi garbatamente.

«Ecco mi chiedevo… stavo leggendo un libro sul Natale e quindi non vedo perché noi non dovremmo festeggiarlo, dopotutto siamo una famiglia cristiana e quindi dovremmo festeggiarlo con albero e presepe.»

«La tua è una domanda o un'affermazione?» Replicai.

«Un'affermazione ovviamente.» Mi rispose subito.

Alzai un sopracciglio e Raffaele emise uno sbuffo divertito, mentre Gabriel continuava a sorseggiare il suo liquore.

«Una domanda?» Si corresse titubante.

«Bé, dovrebbe essere una domanda, ma da come l'hai posta non mi sembrava tale. In ogni caso, chi ti dice che siamo tutti cristiani?»

Mi sporsi verso di lei appoggiando i gomiti sulle ginocchia.

«Ma tu hai detto che credi in Dio! Quindi devi essere per forza cristiano! E poi non lo abbiamo mai festeggiato! Per favore! Mi piacerebbe così tanto fare l'albero di Natale!»

Iniziò a saltellare sul posto a mani giunte, aveva perso tutta la spavalderia di pochi minuti prima.

Ancora non ero convinto che avesse imparato la lezione, quando Raffaele come al solito si calò nei panni di suo protettore.

«In fondo ha ragione, noi da piccoli lo festeggiavamo, quindi non vedo perché non dovremmo festeggiarlo anche adesso.» Poi si rivolse a Deva e disse «Però dovresti chiedere a Gabriel se puoi allestire un albero e un presepe qui, infondo è casa sua, quindi devi convincere lui.»

La bambina si voltò arricciando le labbra verso Gabriel, sapeva che tra i tre lui era quello meno tenero, perciò la storia del Natale avrebbe avuto meno presa su di lui.

«Anche piccolo andrebbe bene, potremmo metterlo in un angolo della casa e tu nemmeno lo noteresti entrando!» Si affrettò a dire speranzosa.

«Mi sembra difficile non notare un albero addobbato e un presepe. Ma magari, se prometti di non far più disperare Adele ogni volta che devi mangiare, allora forse potrei darti il permesso.»

Gabriel cercava sempre di ottenere qualcosa in cambio dalla piccola, anni di contrattazioni lo avevano segnato per sempre.

«Va bene lo prometto! Quindi possiamo andare a comprare l'albero domani? Ti prego!»

Il sorriso a trentadue denti che aveva sulla faccia fu il colpo finale per tutti.

«Se trovi qualcuno che vada a prendere un albero con questo...»

Gabriel non riuscì a finire la frase che lei gli si era lanciata addosso attaccandosi al suo collo, per poco non faceva cadere il prezioso liquore sul tappeto persiano del suo studio.

Seguirono una serie di strilli alternati da vari 'grazie' e 'ti voglio bene', poi toccò anche a noi lo stesso ringraziamento prima di abbandonare la stanza correndo. Restammo tutti a fissare increduli la porta, con un sorriso sciocco sulla faccia mentre Raffaele diceva

«Fratelli, quella bambina ci tiene in pugno.»

E aveva tremendamente ragione.

Nel giro di due giorni la casa si era riempita di ogni addobbo possibile concepito per il Natale, il marito di Adele, che di solito si occupava dei giardini, in quel periodo si dedicava solo alla manutenzione della casa, il che gli lasciava molto tempo libero e di conseguenza si era detto disposto ad andare in città a comprare tutto quello che la bambina aveva richiesto. La lista, accuratamente scritta in bella copia su un foglio verde profumato, era lunga due pagine e visto che aveva scelto la piccola tutte le componenti, la maggior parte delle decorazioni era ovviamente blu.

A fine giornata l'atrio e il salone erano completamente addobbati a festa con vischio e palline ovunque. Nell'angolo del salone si ergeva un albero di Natale alto almeno due metri e mezzo ancora senza decorazioni, il presepe era sistemato sul camino con tutti i personaggi, tranne la Sacra Famiglia.

«Non lo noterei nemmeno eh Scricciolo? Sembra che Babbo Natale abbia vomitato su ogni mobilio disponibile.»

Gabriel si finse arrabbiato, ma un suo sguardo alla bambina gli fece cambiare idea, Deva era letteralmente impazzita dalla gioia, correva da una parte all'altra senza sosta, portando palline e fiocchi per tutta la stanza.

Poi si voltò verso di noi spazientita.

«Che fate ancora lì? Venite, dobbiamo addobbare l'albero! L'ho lasciato per ultimo proprio perché lo facessimo tutti insieme!»

Ci avvicinammo al mostro verde, rigorosamente finto, nell'angolo della sala, e scuotendo la testa iniziammo a impegnarci nella disposizione di palline di tutte le forme, nastri e luci intermittenti.

Dopo due ore di lavoro, interrotto continuamente da inseguimenti e prese in giro, ci trovammo interamente ricoperti da brillantini blu e argento.

«Credi che questa roba vada via prima o poi?» Chiesi preoccupato.

«Tra un anno o due forse la smetterai di brillare» disse Raffaele con un ghigno.

«Forza, manca solo la stella in cima e quella dobbiamo metterla insieme! Raffa potresti prenderla tu per favore? È quella nella scatola grande.»

Deva continuava a dare indicazioni dalla postazione che ormai aveva occupato per quasi tutta la durata dell'operazione, ovvero dalle spalle di Gabriel; aveva deciso di disporre lei le palline in alto dopo averle sistemato sugli ultimi rami in fondo.

«Ma dove l'hai trovata? Hai abbattuto una stella cometa?» La stella che Raffaele teneva in mano era davvero enorme.

«Dai forza, mettiamola in cima tutti insieme, pronti? Prendi un raggio anche tu Gabriel.»

Così posizionammo la stella in cima a quell'enorme albero, dovevo ammettere che il risultato finale era davvero stupefacente.

«Allora? Non è bellissimo?»

Temevo che a forza di sorridere così tanto, le si sarebbe slogata la mascella.

«Ora però dobbiamo scrivere le lettere con i nostri desideri e metterle sotto l'albero». Era davvero convinta di farci scrivere la letterina a Babbo Natale?

«Facciamo così, pensa a cosa vuoi e scrivila tu, mentre noi ci occuperemo di farla recapitare a Babbo Natale, che ne dici?».

Speravo che cedesse al primo tentativo vista l'aura di felicità che emanava.

«Ma io non ho bisogno di pensarci, so già cosa voglio!»

«E sarebbe?»

«Voglio imparare a nuotare» disse orgogliosa.

La guardammo perplessi.

«Ma questo non è un regalo» le spiegò Raffaele.

«Certo che lo è! Avrò bisogno di andare in una piscina o al mare per imparare a nuotare, perciò è come se fosse un regalo visto che uno di voi dovrà per forza venire con me». La sua spiegazione non faceva una grinza.

Stavo per protestare e convincerla a cambiare idea quando Gabriel mi interruppe.

«Vedremo che si può fare allora» lo guardai corrugando la fronte, cos'aveva in mente? Non avremmo mai potuto portarla al mare, e nemmeno in una piscina.

Capii il motivo della sua affermazione due giorni più tardi, quando ci avvertì che l'indomani sarebbero iniziati i lavori per la realizzazione di una piscina nel seminterrato che sarebbe stata affiancata ad una piccola palestra, disse che aveva in mente già da tempo di demolire la vecchia sala delle armi per trasformarla in qualcos'altro, ma prima di allora non aveva ancora avuto l'ispirazione adatta.

Era la vigilia di Natale e i rumori insopportabili della realizzazione del nuovo progetto erano terminati ormai da giorni, nessuno aveva ancora visto però il risultato finale, dovevamo vederlo tutti quella sera.

Era quasi mezzanotte e proprio in quel momento erano iniziati i titoli di coda di Balto quando Raffaele si alzò e disse:

«E adesso come si fa? Sai che Babbo Natale non viene se non dormi?»

«Ma io non vado a dormire a quest'ora!» protestò lei.

«Su, è ora del tuo regalo, andiamo» Gabriel la prese per le gambe e la caricò in spalla a testa in giù, portandola come un sacco di patate.

«Non credi che dovremmo bendarla anche?» suggerì Raffaele avvicinandosi alla bambina con una delle sue sciarpe, cercando di posizionarla nel modo giusto mentre lei si dibatteva e protestava.

«Bene, ora sì che non vede nulla» esclamò soddisfatto.

Scendemmo le scale e seguimmo un piccolo corridoio che terminava in una stanza enorme al cui centro dominava una grande piscina rettangolare, sul lato destro erano allineati una serie di tapis roulant e panche per il sollevamento pesi, tutti posizionati in modo da affacciarsi sulla piscina.

Deva avrebbe adorato quel posto.

Gabriel la mise giù e le disse.

«Allora? Pronta per il tuo regalo?»

«Sìì ti prego!» Esplose lei.

Odiava con tutto il cuore le sorprese, voleva sempre sapere tutto in anticipo, per lei era una vera sofferenza fisica non sapere le cose. Gabriel si spostò alle sue spalle e le slacciò la sciarpa: quando Deva realizzò cosa aveva davanti, rimase senza parole, con la bocca spalancata per lo stupore.

Ci godemmo quella sensazione, era davvero raro zittirla in quel modo e oserei dire che era la prima volta che la vedevo così stupita, non sapeva nemmeno lei cosa fare.

«Ma… è una piscina! L'avete costruita per me?»

Non so se si rendeva conto che stava gridando.

«Veramente abbiamo chiesto ad altri di costruirla per te, ma sì, questo è il tuo regalo di Natale. Volevi imparare a nuotare no?» Le chiarì Raffaele.

Lei si avvicinò alla piscina e si abbassò per immergere una mano nell'acqua.

«Ma è calda!» Esplose voltandosi verso di noi, credo di non averla mai vista così felice.

Corse verso Raffaele che era il più vicino e gli saltò al collo, per poi ripetere lo stesso gesto, sia con me che con Gabriel.

«Quando potrò imparare?» Ovviamente era impaziente di usare il suo regalo.

«Quando vuoi» rispose Gabriel «se nuotare ti piace, magari potremmo farlo valere come allenamento qualche volta. Ci sono costumi e tutto l'occorrente negli armadietti»

«Anche adesso?» Chiese implorante.

Era tipico di Deva volere tutto e subito.

«Se proprio non riesci ad aspettare, Scricciolo.»

Gabriel non finì nemmeno la frase, che lei era già scattata verso gli armadietti aprendoli uno ad uno per ispezionarne il contenuto, e tirando fuori i costumi che dedussi avremmo dovuto indossare tutti. «Che fate ancora lì? Cambiatevi, forza!» esplose lei mentre si toglieva i vestiti, ma prima che si sfilasse la canottiera la ammonii

«Deva non credi sia opportuno usare gli spogliatoi?»

Si immobilizzò con le braccia a mezz'aria, con la canottiera già sollevata per metà, poi si chinò a raccogliere tutto quello che aveva accumulato ai suoi piedi e corse verso uno degli spogliatoi.

Ispezionammo i costumi che aveva scelto e ci dirigemmo anche noi verso gli spogliatoi, nel frattempo mi fermai ad aumentare il riscaldamento prima di buttarmi in piscina.

Restammo in acqua tutta la notte a schizzarci e rincorrerla come bambini, alla fine riusciva già a tenersi a galla da sola.

Non avevo memoria dei Natali passati da bambino, quindi per me quello era il Natale più bello della mia esistenza, ed ero sicuro potessi parlare anche per i miei fratelli.

Capitolo 8

Il segreto che ormai mi tormentava dalla notte in cui le tre Furie mi fecero visita, venne svelato nel peggiore dei modi, realizzando un incubo ancora peggiore di quanto avessi immaginato.

Era il giorno dopo l'ottavo compleanno di Deva, la notte prima avevamo festeggiato per tutto il tempo, esonerandola sia dalle nostre lezioni che dai suoi allenamenti, era stata contentissima della vera e propria festa che le era stata organizzata, compresa di musica assordante e balli scatenati, lei adorava ballare, perciò in uno dei saloni era stato installato un sistema dolby surround che rendeva quella stanza una vera e propria discoteca con tanto di luci stroboscopiche.

Adele venne nel mio studio, dicendomi che i suoi acciacchi iniziavano a gravare molto sulle altre due domestiche, non altrettanto anziane quanto lei ma comunque entrambe non più in età da marito, così mi chiese il permesso di assumere una nuova ragazza che le aiutasse nelle faccende più pesanti, e aveva già in mente una persona che conosceva sin da piccola e che avrebbe fatto al caso nostro, così le diedi il permesso di assumerla. Due giorni dopo si presentò di nuovo nel mio studio con la fanciulla in questione al seguito, si chiamava Clara, aveva i capelli castano dorato, la pelle baciata dal sole e due grandi occhi color caffè, di sicuro non sarebbe passata inosservata con il suo fisico minuto ma molto ben fatto. I miei occhi di predatore si posarono subito sulla curva aggraziata del collo, aveva una maglia blu con scollo a V che metteva in risalto la pelle liscia e luminosa, anche il suo odore era molto particolare, di biancospino e sole, ma quello che colpiva di più, era la dolcezza del suo sguardo e la sincerità del suo sorriso, quando la vidi pensai subito che a Deva sarebbe piaciuta.

Mi disse che lei adorava i bambini e che quindi sarebbe stata felicissima anche di occuparsi personalmente della piccola. Dissi ad Adele di portarla nel mio studio dopo che Deva avesse mangiato così da presentarla anche ai miei fratelli, e così fece.

Clara e Deva strinsero subito amicizia. La ragazza aveva preso molto a cuore la bambina, e siccome lei sembrava gradire molto la presenza dell'ultima arrivata, Clara sostituiva spesso Adele nell'aiutarla a fare il bagno o in altre faccende che prima svolgeva solo l'anziana domestica.

Forse ero troppo impegnato e distratto, ma non mi accorsi delle occhiate che mio fratello Raffaele lanciava alla nuova arrivata, fino a quando una sera li sorpresi a baciarsi in biblioteca, per un attimo rimasi impietrito, di solito mi accorgevo sempre di quello che mi succedeva intorno, come aveva potuto un sentimento, anche solo di infatuazione, non catturare la mia attenzione?

Raffaele ovviamente aveva avvertito la mia presenza, così mi voltai e uscii silenziosamente, certo che sarebbe venuto da me a darmi spiegazioni il prima possibile.

Non riuscivo a capire se fossi più infastidito dalla mia mancanza o dalla sua tresca. Cosa aveva intenzione di fare? Non aveva mai mostrato interesse per i domestici fino ad allora e di ragazze avvenenti ne avevamo avute in casa nostra.

Andai in cucina e trovai Deva che consumava la sua cena, Gabriel era seduto accanto a lei e le stava sbucciando una mela, mangiava solo delle mele verdi chiamate 'granny smith'.

Mi avvicinai al tavolo e presi posto di fronte a mio fratello che, vedendo la mia espressione cupa, mi guardò corrugando la fronte. Sapeva che c'era qualcosa che mi aveva infastidito, aspettavo solo che la bambina finisse di mangiare ed andasse a letto per sapere se lui fosse a conoscenza di quell'intrigo amoroso nato proprio sotto il mio naso.

Deva iniziò a sgranocchiare la mela e quando ebbe finito augurò la buona notte a entrambi. Proprio quando stava pregando che uno di noi le andasse a leggere qualcosa, entrò Clara.

Guardai Deva e le chiesi.

«Ti dispiacerebbe se questa sera fosse Clara a leggerti qualcosa? Noi dobbiamo parlare di una cosa importante.»

La bambina mi fissò curiosa, ma stranamente accettò senza protestare, forse la mia espressione era più eloquente di quanto immaginassi. Prese per mano Clara e si dissero verso la sua stanza, come sospettavo Raffaele entrò subito dopo e lo vidi dirigersi al tavolino dei liquori e versarsi una generosa dose di liquido ambrato, era molto strano un comportamento simile da parte sua.

Gabriel, che aveva notato l'atmosfera di tensione che regnava nella stanza, si mise comodo sulla sedia e ci chiese:

«Cosa avete tutti e due?»

Io lo fissai e gli domandai.

«Tu sapevi della tresca che nostro fratello ha con la nuova domestica?»

Lui mi fissò impassibile e poi rispose.

«Di sicuro sapevo che c'era qualcosa, dal modo in cui si guardavano. Cos'è, è vietato mangiarsi la servitù adesso? Non mi sembra che la ragazza sia costretta in ogni caso.»

A volte le sue risposte riuscivano a imbestialirmi a tal punto da risvegliare il mio lato aggressivo.

Strinsi le mani sui braccioli della sedia e mi voltai verso Raffaele, in attesa di una sua spiegazione, era ancora voltato di spalle quindi non riuscivo a guardarlo in volto.

«Non è una tresca, avevo in mente di parlartene. E per tua informazione» disse rivolgendosi a Gabriel «non l'ho mai morsa, né usato la compulsione su di lei.» Vuotò il bicchiere in un solo sorso senza incrociare mai i miei occhi, sembrava davvero molto esitante.

«Io la amo.» Disse con tono fermo e sicuro.

Quella frase mi gelò a tal punto che smisi di respirare.

Raffaele amava quell'umana? Una domestica? Non che avessi dei pregiudizi o fossi ancora legato alle classi sociali, ma non riuscivo a comprendere quale interesse potesse aver suscitato in un vampiro centenario una dolce e mite creatura quale era Clara.

«Tu la ami?» Chiesi sbigottito «E quale futuro intravedi per la tua relazione? Scapperebbe a gambe levate, come un coniglio impaurito, se mai dovesse venire a sapere cosa sei.»

«Lo sa già.» Mi interruppe lui. «E non è scappata da nessuna parte. Mi ama anche lei e del futuro ci occuperemo con calma.»

«Tu le hai rivelato il nostro segreto?» Scattai in piedi così violentemente da rovesciare la sedia. «Come hai potuto prendere una decisione simile senza prima consultarci?» Guardai Gabriel e vidi che anche lui era molto contrariato da quella rivelazione. «Non la conosciamo affatto, potrebbe metterci in pericolo tutti. Potrebbe mettere in pericolo Deva! Come hai potuto?» Urlai imbestialito, i miei canini già completamente allungati e pronti a strappargli la carne.

«Lei la adora e lo so, ho sbagliato a non parlarvene prima, ma questa è l'unica cosa di cui intendo scusarmi. Non mi scuserò di essere innamorato di lei, sono secoli che cerco una persona così e finalmente l'ho trovata. Non permetterò alle tue manie di persecuzione di rovinare tutto questo» ribatté arrabbiato.

«Alle mie manie di persecuzione?» La rabbia si propagò dentro di me come un incendio. «Per te sono manie di persecuzione quelle di assicurarsi che nessuno venga a scoprire della nostra posizione? Le Furie hanno affidato alle nostre cure la chiave per la nostra salvezza, l'unica speranza che abbiamo di avere nuova vita tra di noi e tu definisci le mie precauzioni una mania? I licantropi truciderebbero tutte le bambine del pianeta se solo venissero a sapere della sua esistenza! È questo che vuoi? Che scoppi una guerra? Vuoi metterla in pericolo? E se fossi stato tu il suo consorte? Tutto questo solo per una lurida scopata! Comportati come si faceva un tempo e sbattitela in cantina un paio di volte, togliti il prurito e poi cancellale la memoria!»

Non erano proprio parole che normalmente avrei pronunciato, ma in quel momento non riuscivo a pensare ad altro che un modo per ferirlo.

Fu solo quando lui si avventò verso di me che mi resi conto delle cattiverie che avevo pronunciato contro una creatura che non le meritava affatto, Gabriel balzò dalla sedia per trattenerlo.

Difendeva l'onore della fanciulla, tipico di Raffaele.

«Come osi? Lei non è una scopata per me! Ho detto che la amo dannazione! Non significa niente per te?»

Urlò mentre si dibatteva per liberarsi dalla presa di Gabriel, nonostante i suoi sforzi non ci sarebbe mai riuscito, era un guerriero molto meno forte di lui, di sicuro sarebbe riuscito a trattenere anche me. L'aria era colma dei nostri sibili, sentivo i canini pungermi il labbro inferiore.

Fissai gli occhi scuri di mio fratello, dello stesso colore dei miei, brillare in modo sinistro, come succedeva ai vampiri quando si nutrivano o si arrabbiavano, era davvero imbestialito, così mi imposi di calmarmi e ragionare. Feci due respiri profondi, odiavo perdere il controllo.

«Quindi sei innamorato di lei. Non sappiamo se sia degna di fiducia o meno.» Mi opposi.

«Non lo dirà a nessuno, ne sono sicuro, posso giurare con la mia stessa vita su questo.»

Doveva essere davvero sicuro di quella ragazza.

«Bene, ma la ragazza sarà una tua completa responsabilità. Se ci tradirà in qualsiasi modo, riterrò te direttamente responsabile delle sue azioni e se mai metterà in pericolo la bambina, non ci penserò due volte a prendere le dovute precauzioni. Chiaro?»

«Se mai dovesse far una cosa del genere non dovrai fare assolutamente nulla, perché sarò io a cacciarla via.» Mi rispose con voce ferma.

«Mi aspetto che tu mantenga questa promessa.» Dissi con tono di voce molto più calmo «Aspetterò per farti le congratulazioni allora.»

Gabriel lo teneva ancora fermo per le braccia, ma sentendo le nostre parole allentò la presa, si voltò verso il tavolo e riempì tre bicchieri di whiskey, io allungai una mano per afferrarne uno e notai il tremore delle mie dita. Sperando che l'alcool riuscisse a placare la mia rabbia, lo bevvi tutto d'un fiato.

Passarono diversi minuti in cui regnò il silenzio totale, finché Gabriel non mi puntò addosso il suo sguardo indagatore e disse.

«Chi è?»

Alzai la testa stordito, mentre cercavo ancora di incanalare quell'accesso d'ira cieca, lui mi trapassò con il suo sguardo di ghiaccio, ma non seppi collegare la sua domanda.

«Chi è chi?» Chiesi di rimando.

«Il suo consorte. Tu lo sai, quindi dicci chi è»

Se prima dentro di me avevo sentito il fuoco della rabbia, in quel momento avvertii il gelo dell'inquietudine, non sapevo cosa rispondergli.

Se avessi trovato una scusa, sarebbe stata solo un'altra bugia che si affiancava a quella già detta, così pensai che era meglio dirgli la verità.

Avevo già fatto passare otto anni, otto lunghi anni, era tempo di dirglielo.

Lo fissai dritto negli occhi, serrando la mascella e preparandomi all'impatto che quella notizia avrebbe avuto su di lui.

«Tu. Sei tu il suo consorte.»

E con quelle cinque parole svelai il segreto che custodivo da anni. Gabriel rimase immobile, con in mano il bicchiere di cristallo ancora pieno per metà, che si frantumò spargendo schegge ovunque.

«Da quanto lo sai?» Mi chiese con disgusto.

«Me lo rivelarono le Furie la notte in cui la portarono da noi.»

Inutile cercare delle scuse, era stato imperdonabile da parte mia mantenere quel segreto e nessuna spiegazione avrebbe potuto giustificare quello che avevo fatto. «Non cercherò di negare la mia colpa nell'avertelo tenuto nascosto. Avrei dovuto dirtelo, ma avevo paura della tua reazione, temevo saresti scappato rifiutando la bambina. Per questo l'ho tenuto nascosto. Mi dispiace.»

Il ringhio soffocato che gli cresceva nel petto era così minaccioso che avrebbe terrificato chiunque si trovasse nei paraggi, vampiri e non. Sostenni il suo sguardo senza battere ciglio, vedevo il suo volto cambiare, il fratello che conoscevo stava lasciando spazio al famoso vampiro di ghiaccio, spietato e insensibile.

«Credi che permetterò a tre vecchie zitelle di decidere della mia vita? Come possono pensare che mi unirò a lei, che la metterò incinta quando per me è come una figlia?» La sua voce era agghiacciante.

Non lo avevo mai visto così furioso in vita mia.

«Quando crescerà, ti innamorerai di lei. Sarà la tua anima gemella, non potrete non innamorarvi l'uno dell'altra. Vivrete l'uno per l'altra, respirerete se respira l'altro e sarete felici solo insieme. Non puoi rifiutare un simile dono.»

Sperai che mi credesse, ma in quel momento pensava solo al mio tradimento.

Mi inchiodò con il suo sguardo pieno di disprezzo.

Prima che riuscissi ad aggiungere altro si avviò verso la porta e uscì.

Io e Raffaele rimanemmo a guardare la porta chiusa, avevo la sensazione di aver commesso un terribile errore con lui e avevo paura non mi avrebbe perdonato facilmente, ma in quel momento il mio unico pensiero era per la bambina che dormiva di sopra, ignara che il suo destino fosse stato già deciso anni prima. Erano entrambi costretti in quell'unione, ma che importava, quando se si fossero incontrati per caso si sarebbero scelti comunque? Che importava quando avevano la fortuna di sapere già chi era la persona perfetta per loro? Sperai che in quel momento anche Gabriel si stesse ponendo le medesime domande e la sera dopo lo avrei trovato di nuovo fuori in giardino, a gridare alla bambina di saltare più in alto o di arrampicarsi più velocemente.

Ma così non fu, perché il giorno dopo Gabriel non era ancora tornato e qualcosa mi diceva che non l'avrebbe fatto così presto.

Capitolo 9

Passarono tre mesi senza avere nessuna notizia da parte sua.

Inizialmente avevo detto a Deva che Gabriel era dovuto partire all'improvviso per uno dei suoi viaggi e che la situazione era così urgente che non aveva avuto nemmeno il tempo di salutarla, ma questo non riuscì a placare la collera della bambina.

Gabriel non passava mai più di un paio di giorni lontano da casa, il suo viaggio più lungo era durato cinque giorni e Deva, che all'epoca aveva solo cinque anni, gli aveva tenuto il muso per tre giorni, perciò più le settimane passavano più lei si faceva sospettosa, chiedendo sempre con più insistenza dove fosse andato e cosa fosse successo di così grave da tenerlo lontano così a lungo.

Dopo tre settimane il suo rancore fu sostituito dalla preoccupazione, aveva paura che fosse successo qualcosa di brutto e quindi pregava me e Raffaele di andarlo a cercare per assicurarci che stesse bene, e quando vide che nessuno dei due si accingeva a partire, architettò la sua fuga.

Era la prima volta che tentava di fuggire durante il giorno, ovviamente sapeva che la luce del sole non le avrebbe fatto del male, ma essendo anche lei una creatura della notte, preferiva vivere nelle tenebre piuttosto che nella luce. Fortunatamente fu proprio Clara a sventare il suo tentativo, che fu seguito da altre due prove, una delle quali portata quasi a termine: era riuscita a raggiungere il cancello esterno quando era stata riportata in casa a forza.

Quella sera stessa Raffaele disse che sarebbe partito per portarci notizie di nostro fratello.

Tornò cinque giorni dopo, dicendo che lo aveva trovato nella nostra residenza in Italia, e che gli aveva riferito chiaramente che non aveva intenzione di tornare al momento, dall'umore di Raffaele capii che c'era stato molto più di questo, ma non indagai, evidentemente Gabriel non aveva ancora accettato la mia rivelazione.

Decidemmo insieme di dire a Deva che Gabriel stava bene, ma che purtroppo non sarebbe tornato così presto, inizialmente non credette alle nostre parole, ma più passavano i giorni più si rassegnava.

Raffaele aveva sostituito Gabriel nelle sue sedute di allenamento, passavano molto tempo in piscina, ma lei era sempre più assente.

Dopo due mesi decisi che aveva avuto abbastanza tempo per pensare, così provai più volte a chiamarlo, i domestici mi dicevano sempre che non era in casa, oppure era impegnato, una sera, mentre la domestica mi stava ribadendo che il signore non voleva essere disturbato, lo sentii dire da lontano che dovevo lasciarlo in pace, chiesi alla donna al telefono di chiedergli quando e se aveva intenzione di tornare e proprio in quel momento mi accorsi che Deva era sulla porta, aveva ascoltato tutta la conversazione.

Prima ancora che riuscissi a chiamarla era corsa in camera sua, chiudendosi la porta alle spalle, avevo provato invano a convincerla ad uscire per parlare, ma avevo sentito solo i singhiozzi provenire dall'interno.

Da quel giorno iniziò a mangiare sempre di meno, era come spenta e non sapevo davvero come aiutarla. Lui le mancava ed era normale visto che da quando era solo una neonata il suo legame con Gabriel era così forte da cercare sempre la sua presenza in qualsiasi situazione.

Anche Raffaele era preoccupato per la bambina, così lo sentii più volte lasciare dei messaggi in cui gli raccontava che Deva era sempre più assente, che non mangiava, non leggeva e che dovevamo pregarla per vedere il solito cartone animato una volta a settimana, la rilassava solo passare il suo tempo in piscina e negli ultimi tempi era rimasta lì a nuotare anche per tre ore di fila.

Erano passati mesi ormai da quando Gabriel era partito, una notte scesi nel seminterrato per avvertirla che il suo pasto era pronto, anche se prevedevo già la risposta.

Stava nuotando quando intravedendo la mia figura uscì con la testa dall'acqua e venne verso di me. Come sospettavo mi disse di non avere fame, ma quando mi avviai verso le scale la sentii chiamarmi.

«Micha?» mi voltai verso di lei.

Era seduta sul bordo della piscina e notai che era dimagrita in quelle settimane. Mi avvicinai a lei inginocchiandomi «È per qualcosa che ho fatto io? È arrabbiato con me? Per questo non vuole tornare?»

Grandi lacrimoni iniziarono a scenderle dagli occhi azzurri che ora sembravano troppo grandi per il suo visino smunto, le spalle iniziarono a tremarle e prima che me ne accorgessi la strinsi a me, noncurante del suo costume bagnato che mi stava inzuppando la camicia.

«No piccolina, non è colpa tua. Gabriel sta passando un brutto periodo e ha bisogno di stare lontano per un po'. Non è colpa tua.»

Rimasi lì con lei finché non si calmò.

Quando ebbe esaurito tutte le lacrime, le lasciai il tempo di cambiarsi e mi avviai nel mio studio, avrei riprovato a contattare Gabriel al telefono, gli avevo spedito anche delle lettere, per spiegargli tutte le motivazioni della mia decisione, ma non avevo mai ricevuto una risposta.

Avevo appena riattaccato il telefono, negli ultimi giorni non si disturbavano nemmeno ad alzare la cornetta, semplicemente lasciavano che squillasse a vuoto.

Tornai in sala da pranzo e mi avvicinai alla tavola, dove Clara aveva apparecchiato per Deva, anche la ragazza era molto preoccupata per la bambina, devo dire che più passava il tempo più mi fidavo di lei, era davvero dolce e il suo rapporto con Raffaele sembrava farsi di giorno in giorno più solido.

Proprio in quel momento sentii il grande portone dell'ingresso aprirsi e pochi attimi dopo vidi il mio fuggiasco fratello fare il suo ingresso nella sala da pranzo, sembrava smagrito anche lui, con delle profonde occhiaie, come se non dormisse né si nutrisse da giorni.

Rimanemmo lì a fissarci, pochi stanti dopo sentii Deva avvicinarsi, aveva ancora i capelli bagnati e camminava con le spalle curve, quando alzò la testa per vedere chi ci fosse nella stanza aveva ancora gli occhi rossi di pianto; il suo sguardo si posò subito su Gabriel, quasi come se ne avesse percepito la presenza.

Inizialmente rimase immobile a fissarlo, poi la vidi stringere le labbra e i pugni, la sua pelle iniziò a cambiare colore, virando dal panna al grigio, la vidi scagliarsi contro Gabriel a una velocità inaudita, iniziò a tempestarlo di pugni e urlargli contro mentre lui se ne stava lì fermo, cercando le parole giuste da dirle, le urla della bambina richiamarono anche l'attenzione di Raffaele che scese di corsa dalle scale e guardò sbalordito la scena, Gabriel non sapeva più cosa fare e ci guardava in cerca di aiuto.

«Come hai potuto abbandonarmi così? Non te ne importa niente? Eravamo tutti preoccupati per te, non sapevamo che fine avessi fatto! Dove sei stato? Possibile che non ci fosse nemmeno un telefono per avvertire? Pensavo che ti avesse sbranato un orso o un lupo e che stessi morendo dissanguato da qualche parte! Avresti potuto mandare un messaggio dicendo anche solo 'ciao brutti stupidi sappiate che sono vivo!' Invece no! Perché sei un egoista e non te ne importa niente! Ora sei qui solo di passaggio? Ti serviva una sosta? O una sacca di sangue per poi ripartire? Cosa sei venuto a fare? Ti odio!»

Quando si fermò aveva il fiatone, Gabriel si mise in ginocchio, la afferrò per le spalle e la guardò negli occhi, poi la strinse tra le braccia.

Nello stesso momento in cui poggiò la testa sulla sua spalla, Deva iniziò a piangere di nuovo, ma tra le lacrime e i singhiozzi incrociò il suo sguardo e gli disse:

«Giura che non farai mai più una cosa del genere!»

Lui la strinse ancora più forte e gli disse.

«Anche tu mi sei mancata Scricciolo.».

Dopo averla portata a letto, Gabriel mi raggiunse nel mio studio, mi stupii del fatto che volesse parlarmi, credevo piuttosto che mi avrebbe evitato per almeno una decade.

Entrò con un bicchiere di whisky pieno tra le mani e si avvicinò alla finestra: se un vampiro avesse potuto ubriacarsi, Gabriel sarebbe stato perennemente brillo. Le sue occhiaie erano quasi del tutto sparite, segno che si era nutrito da quando era arrivato. Capii che la conversazione che stavamo per avere avrebbe impegnato molto tempo, perciò presi posto sulla poltrona e aspettai che lui riordinasse le idee, o che almeno si ricordasse che ero con lui in quella stanza. Trattandosi di Gabriel era molto più plausibile la seconda possibilità.

«Lei non deve saperlo.»

Mi annunciò continuando a guardare fuori dalla finestra «Deve essere lei a scegliermi. È la sola condizione che pongo. Se si innamorerà di me e sarà lei stessa a scegliermi, allora la profezia si avvererà.»

«Quindi vuoi aspettare che faccia il suo debutto. Vuoi che conosca altri vampiri.» Ero esterrefatto.

«Sì, farà la sua vita, le sue scelte, si innamorerà di chi vorrà e quando vorrà. Non le imporrò mai di stare con me»

Sembrava davvero convinto della sua teoria.

«La sua vita? Sai che prima del debutto la sua presenza non potrà essere svelata e l'età minima per il debutto è 18 anni, il che significa che tu dovrai aspettare almeno altri dieci anni. Come hai intenzione di fare? E se sbagliasse? Se scegliesse qualcuno per errore? Riusciresti a sopportare che sia un altro vampiro ad averla prima di te?»

No. Ero assolutamente contrario a quel piano.

«Se come dici tu siamo anime gemelle, allora non avrà nessun tentennamento. Michele, non permetterò che la sua vita si riduca ad un mero contratto. Non voglio tarparle le ali, io ho vissuto, ho amato, anche se in modo del tutto sbagliato, ma ho fatto le mie scelte. Quindi sì, ti sto chiedendo di non svelarle l'identità del suo consorte, fino al suo debutto.»

Non riuscivo a credere alle sue parole, eppure lui sembrava così sicuro di quello che diceva, mi fissava come se il pazzo fossi io e non riuscissi a cogliere la sensatezza delle sue conclusioni.

«Mettiamo caso che non andasse come dici, che si innamori di qualcun altro anche solo per fare dispetto ai sentimenti che prova per te. Non pensi che le spezzerai il cuore quando le dirai che l'uomo di cui crede di essere innamorata è quello sbagliato?»

Speravo davvero di trovare un argomentazione valida che gli facesse cambiare idea.

«Se sarà felice non avrò niente in contrario a lasciarla andare. Non lo verrà mai a sapere.»

Sembrava così calmo mentre ribatteva ad ogni mia obiezione.

«E del patto? Sai che solo con te potrà avere dei figli e non con qualunque vampiro! Riusciresti a rinunciare ad un onore così grande, alla gioia immensa di avere dei figli tuoi?»

No, non potevo credere che rinunciasse così facilmente a lei, ci doveva essere qualcosa che non mi stava dicendo.

«Per lei lo farei. Per farla felice.» Finalmente si voltò a guardarmi e vidi una scintilla accendersi nei suoi occhi «Guardami Michele! Pensi che io possa renderla felice? Sono un mostro! Lo sono sempre stato anche quando ero umano! Cosa posso offrirle? Un guscio vuoto? È questo che merita quella bambina? No, dovrebbe avere il suo cavaliere dall'armatura scintillante, lo stesso principe di cui parlano i suoi libri. Immagina la sua delusione quando si renderà conto che sono io l'uomo che aspettava.»

Era passato dall'essere freddo e calcolatore che aveva programmato tutta la vita della bambina, a un uomo tormentato e preoccupato di non essere abbastanza.

«Ti capisco. Credi di non essere alla sua altezza e mi sentirei esattamente così se fossi in te. Lei è così innocente e pura che hai paura di macchiarla con la tua crudeltà. Ma io credo sia più plausibile il contrario, guarda noi tre, guarda quanto ci ha cambiati! Sarà lei a renderti migliore e non tu a corromperla! Tu meriti la felicità più di chiunque altro fratello, e le mie non sono parole vuote. Non buttare via l'immenso dono che ti è stato fatto! Lotta per lei se necessario, ma non lasciarla andare.»

Gli poggiai le mani sulle spalle, volevo davvero che credesse alle mie parole. Dopo alcuni minuti lo vidi sospirare, e mi disse:

«Per ora voglio che non sappia nulla. Voglio lasciarle la possibilità di sognare un consorte migliore di me. Poi vedremo come andranno le cose.» Mi inchiodò con lo sguardo e aggiunse «Me lo devi fratello.» Aveva ragione, glielo dovevo.

«Va bene. Ma solo se la tua decisione non le causerà più dolore di quanto possa sopportare. Ricorda che sono state le Furie a determinare quest'unione e non avrebbero mai unito una creatura così importante per loro a qualcuno che non consideravano degno».

Capitolo 10

La vita ricominciò da dove era stata interrotta.

Riprendemmo la normale routine delle lezioni, Gabriel ricominciò ad allenarla sempre più duramente, iniziando a insegnarle i primi rudimenti del combattimento corpo a corpo per passare poi a diversi tipi di armi. Deva ovviamente cercava di compiacerlo in ogni modo, ma odiava gli ordini, perciò ogni loro incontro si tramutava in un'accesa discussione sul perché lei dovesse fare tutto quello che lui diceva senza capirne il motivo.

Negli anni avevamo imparato che era meglio spiegarle perché volessimo o le vietassimo di fare qualcosa, riusciva ad accettare una spiegazione, ma non un ordine, questo però non andava bene durante i loro allenamenti, le spiegammo che anche nostro padre aveva fatto così con noi, Gabriel la stava addestrando a combattere, disciplina in cui eccelleva, perciò avrebbe dovuto fidarsi ciecamente di ogni suo ordine, sia perché non c'era tempo di fermarsi a spiegare ogni volta le sue intenzioni, sia perché molte volte si sarebbe resa conto da sola del perché di ogni imposizione.

Da anni ormai le insegnavo a suonare il piano e benché mostrasse un fermo rifiuto per i classici, riusciva a eseguire con maestria innata i brani che le piacevano, amava soprattutto riprodurre le sue canzoni preferite o comunque musica leggera, il suo compositore preferito era Einaudi.

Studiare continuava ad essere un piacere per lei, ultimamente avevo notato come avesse una predilezione per la biologia, le piaceva molto capire come era composto il corpo di tutte le creature, soprattutto vampiri e licantropi.

Infine Raffaele aveva iniziato a insegnarle a usare il computer, cercavamo tutti di non farla sentire un'emarginata, dopotutto i bambini alla sua età sanno come prendere un pullman o comprarsi un hamburger, invece lei non era mai uscita da quella casa e benché la stanza dei cartoni si fosse trasformata in una vera e propria sala da cinema fornita di ogni tipo di pellicola, non era comunque come vivere alcune cose in prima persona.

Ci dispiaceva davvero, ma la sua sicurezza era troppo importante, non potevamo permettere che un capriccio mandasse in malora anni di sacrifici, nonostante la sua grande curiosità però, non si era mai imposta davvero perché la portassimo fuori, lei adorava stare in casa, la sua giornata perfetta era piovosa, con lei stesa sul divano con un libro tra le mani e noi tre sotto il suo tetto, non era fondamentale che stessimo nella stessa stanza, ma voleva saperci a casa con lei.

A prescidere dalle preoccupazioni di Gabriel, l'attaccamento della bambina nei suoi confronti si faceva sempre più marcato, era sempre i suoi occhi che cercava per primi quando era preoccupata e forse poteva sembrare stupido, ma quando si addormentava sul divano, rivolgeva il viso sempre nella direzione in cui si trovava lui. Nostro fratello dal canto suo, si faceva sempre più scostante, a volte lo sorprendevo a fissarla mentre dormiva con uno sguardo così sofferente da toccare il mio cuore morto da secoli. Sapevo cosa vedevano i suoi occhi, perché era la stesa cosa che vedevano i miei quando guardavo Deva, una ragazzina che cresceva di giorno in giorno, diventando sempre più bella, sempre più solare e spensierata, avremmo voluto mettere il mondo ai suoi piedi, avremmo voluto vedere tutti i suoi sogni diventare realtà, ma benché io fossi convinto che quel piccolo esserino avesse risvegliato il mio tenebroso fratello dal primo giorno in cui aveva posato gli occhi su di lei e che insieme sarebbero stati felici come nessun altro al mondo, Gabriel non riusciva a crederci. Il suo senso di inadeguatezza quando si vedeva accanto a lei lo bloccava, lo terrorizzava, e lui odiava avere paura.

Deva aveva undici anni quando Raffaele decise che era giunto il momento di dirle di lui e Clara: benché la bambina adorasse la giovane domestica, aveva paura che fosse gelosa perché Raffaele era il suo compagno di giochi preferito, a volte non riuscivamo a capire chi dei due si stava divertendo di più, soprattutto quando giocavano con i lego. Deva ne aveva ricevute due scatole stracolme quel natale, così, spesso, li sparpagliava tutti sul tappato e si divertivano a costruire delle case enormi con giardini annessi, era incredibile quante cose si potessero fare con quei mattoncini e a dire il vero più di una volta anche io e Gabriel ci eravamo cimentati in qualche costruzione azzardata, ma Raffaele era un mago con quel passatempo, riusciva a creare dei castelli spettacolari senza la minima difficoltà.

Perciò, quella sera, era comprensibilmente nervoso. Eravamo seduti sul divano mentre Gabriel stava controllando dei fogli sul tavolo, Raffaele continuava a tamburellare con il piede facendo tremare tutto e tutti.

Quando Deva ci raggiunse in salotto, dopo aver finito di mangiare, era sfinita, aveva finito da poco una delle sessioni di allenamento, quindi quando ci vide seduti sul divano si lasciò cadere tra di noi sospirando. Dopo qualche istante si voltò verso Raffaele e disse.

«Che ti prende? Fai come Tamburino?»

Raffaele si bloccò e la guardò serio.

«Devo dirti una cosa»

Lei si tolse le scarpe e si stese sul divano, poggiai il braccio sullo schienale dietro di me e lei appoggiò la schiena sul mio fianco, stendendo le gambe davanti a lei e restando in attesa. Raffaele fece un profondo respiro e disse.

«Io e Clara stiamo insieme. Però voglio che tu sappia che questo non cambierà niente tra noi. Capito?»

«Insieme? Insieme nel senso che siete fidanzati?» Chiese lei curiosa.

«Sì, diciamo di sì.» Sembrava più imbarazzato che mai.

«Quindi la vuoi sposare? Non stai facendo il galletto con lei vero? Perché lei mi piace e se...»

«Il galletto? Chi ti ha insegnato una parola del genere? Comunque no, non sto facendo il galletto. Io e lei ci vogliamo bene.»

«Quindi la sposerai? Andrai a chiedere la sua mano a suo padre e lui ti darà delle pecore in dote? Possiamo tenere le pecore! Anche dei cavalli! C'è tanto spazio! Vero Gabriel che possiamo?» Si sporse oltre il divano per guardare nella sua direzione, ma prima che lui potesse rispondere Raffaele continuò.

«Piccola, chi ti ha detto queste cose? Comunque no, la dote non esiste più ormai da secoli. E in ogni caso non pensiamo a sposarci.»

«No? Che significa? A me Clara piace! Mi piacerebbe che diventasse tua moglie così sarebbe parte della famiglia, giusto? Perché non vuoi sposarla?» Si bloccò all'improvviso e spalancò gli occhi «non vorrai averla come amante vero?»

A quella domanda sentii Gabriel sogghignare, mentre Raffaele la guardò stupito e si affrettò a rassicurarla.

«Cosa? Ma come ti vengono in mente certe idee? e come fai a sapere cos'è un amante poi!»

«Raffa ho undici anni! Sai che alcune ragazze alla mia età hanno già avuto il ciclo e il loro primo rapporto sessuale?»

A quelle parole mi irrigidii, mentre Raffaele la guardava con la bocca spalancata.

«Forse qualcuno dovrebbe controllare i libri che legge.» borbottò Gabriel.

«Non posso credere che tu sappia queste cose a undici anni! Che ne sai di ciclo e rapporti sessuali? Dove hai letto queste cose? Sei troppo piccola per saperlo!» Raffaele sembrava davvero sconvolto.

«Raffa, abbiamo studiato la riproduzione degli animali, quindi so come sono fatti, compresi gli uomini! E so cosa è il ciclo, visto che un giorno lo avrò anche io! O almeno credo. Comunque! Stavamo parlando di te! Che intenzioni hai con Clara eh? Sai che è parente di Adele? E se poi vi lasciate? Lei dovrà cambiare lavoro! E lei è mia amica!» Ribadì infastidita.

«Questa è l'unica cosa che ti interessa? Sapere che intenzioni ho con lei?

Non hai nessuna obiezione?» Chiese titubante.

«Certo! Voglio che continui a stare qui!» Disse la bambina.

«Ah ok... bene, allora sarai contenta di sapere che le voglio bene davvero, ma non abbiamo ancora parlato di matrimonio o altro. Puoi stare tranquilla, lei continuerà a lavorare qui e ad essere tua amica. Va bene?»

«Ok. Allora? Che film ci guardiamo stasera? Vorrei ascoltare un po' di musica, ma sono troppo stanca per ballare. Oggi Gab mi ha costretto a fare il percorso ben cinque volte! Vi rendete conto? Sono davvero distrutta!»

Ci rilassammo tutti e iniziammo a decidere cosa guardare.

In quel momento però realizzai che non mi ero mai posto la domanda su come sarebbe avvenuta l'unione tra lei e Gabriel, forse perché non volevo pensarci, ma dopotutto era un processo biologico e per avere bambini lei avrebbe dovuto avere l'ovulazione come hanno gli umani. Le vampire femmine non l'avevano per niente, le mestruazioni si bloccavano con la trasformazione, il loro corpo era incapace di procreare anche artificialmente, i vampiri maschi, invece, continuavano ad eiaculare, anche se non ero sicuro che lo sperma fosse funzionale alla fecondazione, magari poteva essere completamente inutile, senza spermatozoi al suo interno.

Avrei dovuto assolutamente fare delle ricerche al riguardo. Ma poi mi venne in mente che sulle Furie avevamo già cercato in ogni libro possibile, e non eravamo riusciti mai a trovare niente di rilevante, avremmo dovuto imparare tutto insieme a lei man mano che cresceva.

Ripensandoci, era un bene che si fosse attaccata così tanto a Clara, così se si fosse presentato il problema del ciclo, io e i miei fratelli ci saremmo risparmiati dei momenti imbarazzanti.

Il problema non si presentò fino al raggiungimento dei suoi quattordici anni. Nell'arco di tre anni era passata dall'essere una bambina al diventare una ragazza, la figura magra e senza forme stava lasciando spazio a curve che si accentuavano sempre di più in corrispondenza dei fianchi e i seni le stavano diventando sempre più evidenti, le gambe lunghe iniziavano a riempirsi in corrispondenza delle cosce, mentre la vita restava sempre sottile. Il viso si era allungato, aveva un mento deciso e labbra carnose e rosee, gli zigomi alti non facevano altro che mettere in risalto il taglio orientale degli occhi, ebbene sì, aveva gli occhi quasi a mandorla, con gli angoli esterni che risalivano come quelli dei gatti e lunghe ciglia nere che completavano quel viso stupendo.

Ogni giorno sbocciava sempre di più, si iniziava ad intravedere la donna meravigliosa che sarebbe diventata, ma quei cambiamenti significavano anche che stava crescendo dal punto di vista sessuale.

Nonostante tutto, la sua vita continuava come sempre, tra studio, allenamenti, lezioni di piano, film e serate in cui alzava la musica a tutto volume e ballava per ore, saltellando per tutta la stanza, in alcune situazioni era anche riuscita a trascinarci con lei.

«E tu, questo agitarsi di qua e di là per tutta la stanza, lo chiami ballare?» L'avevo canzonata, e quando lei mi aveva chiesto di farle vedere come ballavo io, l'avevo presa tra le braccia e le avevo fatto poggiare i piedi sui miei.

La feci volteggiare per la stanza sulla musica immaginaria di un valzer e quando mi fermai le spiegai che avrebbe dovuto imparare anche lei quelle danze, perché al suo debutto avrebbe dovuto ballarle tutte.

Poche sere dopo iniziò ad avere mal di pancia sempre più spesso, si sentiva strana, ma non riusciva a spiegare perché si sentisse così irrequieta.

Un giorno mi alzai come solito al tramonto e non vedendola arrivare per le sue solite lezioni mi preoccupai ed andai a controllare, ma nella sua stanza non c'era nessuno, il letto era intatto.

Mi avviai verso le cucine, per chiedere informazioni a Clara o ad Adele, ma avvicinandomi alla sala dei film, sentii una musica provenire dall'interno, aprii piano la porta e sbirciai dentro, la trovai raggomitolata sul divano con l'impianto dolby surround che riproduceva un cd di canzoni miste, sicuramente uno fatto da lei. La presi in braccio e la portai in camera sua, ovviamente doveva aver avuto difficoltà a prendere sonno, così aveva deciso di trasferirsi in quella stanza per ascoltare della musica.

Quando lo raccontai ai miei fratelli, Raffaele le fece arrivare un piccolo aggeggio il giorno dopo: era un lettore mp3 con il quale avrebbe potuto ascoltare tutta la sua musica preferita ogni volta che voleva.

Il giorno dopo i fastidi non erano ancora scomparsi, il mal di pancia era così forte da non permetterle nemmeno di mangiare in modo decente, eravamo in salotto ad aspettare che finisse la cena, quando la vedemmo entrare e sedersi rigida sulla poltrona, rimanemmo perplessi, non si sedeva mai lì. Iniziò a torcersi le mani e torturarsi le unghie fissando un punto indefinito sul tappeto, era in evidente imbarazzo, dopo alcuni minuti di silenzio ci disse.

«Mi è venuto il ciclo. Per questo stavo male.»

La guardai e vidi le guance tingersi di rosa, non aveva ancora incrociato i nostri occhi.

«Stai crescendo, è normale che il tuo corpo cambi. L'importante è che tu ora stia bene e che abbiamo capito perché stavi male. Giusto? Adesso le prossime volte sarai preparata.» Cercai di rassicurarla e diminuire il suo disagio.

«Ma come faremo? Questa puzza di sangue è insopportabile! Non riesco nemmeno a respirare senza sentirne l'odore.» Sbottò lei.

In quel momento mi concentrai sul mio naso ed inspirai, in effetti si avvertiva una leggera traccia di sangue, ma l'odore non era come quello del sangue fresco.

«Piccola, non è un problema, non si sente molto e poi l'odore è diverso dal sangue normale, quindi puoi stare tranquilla.»

Raffaele si avvicinò e le posò una mano sulla testa.

Finalmente lei alzò lo sguardo e incrociò il suo, piano piano vidi il suo sorriso allagarsi e l'imbarazzo sparire, fece scorrere il suo sguardo da me a Gabriel prima di alzarsi dalla poltrona e prendere il suo solito posto sul divano.

Pochi mesi dopo, avemmo una lite molto accesa. Mi raggiunse come al solito appena sveglia per le nostre lezioni, oramai eravamo ben oltre il livello di un liceo, ultimamente avevamo iniziato anche il greco, anche se lei preferiva di gran lunga il latino.

A lezione finita raccolse i suoi quaderni, ma rimase seduta, così la guardai in attesa, evidentemente aveva qualcosa da dirmi.

«Vorrei uscire a fare compere. Solo per qualche ora, Clara può accompagnarmi. Starò attenta e farò il prima possibile.»

Quella richiesta mi spiazzò, prima di allora non mi aveva mai chiesto una cosa del genere, ordinava via internet e ci facevamo recapitare il tutto ad indirizzi diversi presso cui i nostri domestici andavano a ritirare i pacchi.

«Deva, sai che è troppo pericoloso. Non possiamo rischiare che qualcuno ti scopra e tu lo sai. Mi dispiace dirti di no e tenerti chiusa qui, se ci fosse un altro modo lo farei, ma non posso.»

Sperai davvero che comprendesse le mie ragioni.

«Per favore! Sarà solo per poche ore! Prometto di fare attenzione e di non andare in un posto pieno di persone. Voglio solo andare a fare compere, vedere almeno una volta come è fatto un negozio, voglio vedere le cose prima di comprarle! Solo per una volta!»

Mi risultava davvero difficile negarle qualcosa, ma ero assolutamente certo della mia ferma decisione.

«Mi dispiace Deva, ma è troppo pericoloso. La risposta è no.»

Si alzò imbestialita e uscì dallo studio sbattendo la porta.

Per i giorni successivi si mostrò scorbutica, ma la rabbia iniziale svanì man mano e la sua determinazione, o testardaggine piuttosto, la indusse a ripartire alla carica, parlò prima con Raffaele, sicura di trovare un valido alleato in lui, poi con Clara e infine con Gabriel, non raggiungendo l'obbiettivo sperato iniziò a tenere il muso, a volte sapeva rendersi davvero insopportabile.

Così alla fine, dopo minacce di scioperi della fame e della sete, parlai con i miei fratelli e giungemmo a un compromesso: gli sarebbero state concesse tre ore insieme a Clara e Ivan, il figlio di Adele, un ragazzone enorme di cui ci fidavamo molto.

Quella sera tornò così stracolma di buste, scatole e pacchi che non riuscivamo a spiegarci come avessero fatto a trasportale tutte in un viaggio solo, e per di più disse che alcune cose le avrebbero spedite nei giorni successivi.

Trascorremmo tutta la serata ad ascoltare il racconto dettagliato del suo primo incontro col mondo esterno, ci descrisse tutti i negozi che avevano visitato, i parchi e il fast food dove si erano fermati per mangiare qualcosa, era assolutamente entusiasta di quel cibo spazzatura e Clara ci disse di non averla mai vista mangiare così tanto da quando era con noi, così le aveva promesso di riprodurre quelle stesse ricette anche a casa.

Nonostante tutto, alla fine ci confessò che più che fare shopping per sé, le era piaciuto mangiare il gelato e soprattutto comprare dei piccoli pensieri per me e i miei fratelli.

In quel momento mi resi conto degli anni che erano trascorsi, di tutte le cose che erano successe da quando le tre Furie si erano presentate alla mia porta per farmi il dono più prezioso di tutti, sarei stato per sempre riconoscente loro, consapevole di non poter ricambiare in nessun modo il regalo straordinario che avevamo ricevuto io e i miei fratelli, avrei portato per sempre nel cuore e nella mente il ricordo di quegli anni in cui avevo cresciuto quella bambina come se fosse mia figlia, sì, prima o poi avrei avuto dei nipoti, ma non sarebbe stato lo stesso.

Rimasi a fissarla, mentre tenevo tra le mani il regalo che mi aveva portato, sapeva che amavo le penne, soprattutto le stilografiche, e prima che potessi scoprire cosa conteneva quel pacchetto mi aveva già svelato che quella era proprio una penna che non poteva mancare nella mia collezione, così mi ero aspettato qualcosa di particolare, ma mai avrei pensato di trovarmi tra le mani una penna azzurra con piume bianche in cima e una piccola riproduzione di Tockins, l'orologio della bella e la bestia.

Fissai quella strana penna e scoppiai a ridere, avrei dovuto aspettarmelo da lei. Guardai quella che ormai stava diventando una donna, pensando fermamente che per me sarebbe rimasta per sempre la mia bambina.

PARTE II

DEVA

Capitolo 11

Gli zombie avanzano veloci verso di me, comincio a correre guardandomi repentinamente intorno per individuare una via di fuga, ma la strada è deserta. Continua a correre stupida! Non perdere tempo a guardarti indietro!

Volto la testa a destra e sinistra ed eccola lì, una piccola casetta in mezzo al nulla, mi precipito verso la porta, ma questa non si apre!

Dannazione è bloccata dall'interno.

Mi avvicino a una finestra, rompo il vetro e mi lancio dentro.

Finalmente salva.

Resto accucciata e cerco di calmare il respiro, ascolto attentamente e dopo pochi attimi sento solo silenzio, tiro un sospiro di sollievo, ma… cos'è questo rumore? Qualcuno mi sta respirando addosso. Mi volto e vedo che non solo sola, la stanza è piena di mostri che si lanciano su di me…

Mi svegliai urlando.

Cavolo! Era tutto buio, mi affannai alla ricerca dell'interruttore della lampada accanto al letto, finalmente lo trovai e mi tirai su a sedere.

Quando imparerai a smetterla di guardare i film con gli zombie? Ammonii me stessa, sapevo che mi facevano questo effetto, eppure cedevo sempre alla tentazione e puntualmente la notte li sognavo.

Certo però che per una volta avrei anche potuto sconfiggerne qualcuno, e invece no, puntualmente mi svegliavo di soprassalto quando stavano per sbranarmi viva. Perché non potevo essere come Alice? Okay forse non avevo il fisico statuario della cara vecchia Milla Jovovich, ma non ero nemmeno così fuori allenamento, quindi qualcuno ogni tanto potevo anche ucciderlo, o no?

Nonostante l'incubo sapevo già che avrei guardato il seguito di Resident Evil appena fosse uscito, mi piaceva troppo quella serie.

Guardai la sveglia sul comodino, era quasi mezzogiorno, ultimamente mi svegliavo sempre prima, mi bastavano solo quattro o cinque ore di sonno ed ero di nuovo attiva. Avrei potuto provare a dormire qualche altra ora, ma ormai l'incubo mi aveva completamente svegliata perciò non sarei più riuscita a chiudere occhio, così presi il lettore mp3 che tenevo sempre a portata di mano sotto il cuscino e iniziai a districare i fili degli auricolari.

Come cavolo facevano ad aggrovigliarsi sempre se ogni notte li arrotolavo con cura? 'Se tu lo riponessi nella sua apposita custodia invece che infilarlo sotto il cuscino, forse non li troveresti ogni volta in questo stato', mi rispose una vocina nella mia testa.

Finita l'ardua operazione, infilai gli auricolari e accesi lo schermo, impostati la modalità su shuffle e premetti play.

Adoravo restare a letto sotto le coperte ad ascoltare la musica, ogni volta la mia mente vagava, immaginando diverse storie ad ogni canzone. Dopo circa una decina di brani decidetti che era tempo di alzarsi, ma per fare cosa? Avrei potuto ripetere un po' prima della lezione con Michele, ma non ne avevo molta voglia, così abbandonai quello splendido lettuccio morbido districandomi tra gli strati di lenzuola e coperte, ero un tipo davvero freddoloso, il che avrebbe dovuto farmi odiare il freddo e invece era il contrario, non sopportavo il caldo e adoravo il freddo.

Mi diressi verso il bagno, districando con le dita i resti della frettolosa treccia in cui avevo costretto i capelli la sera prima, presi la spazzola e mi pettinai, usavo quell'arnese molto di rado, non so perché, ma non mi era mai piaciuto usare pettini o spazzole, preferivo pettinarmi con le mie dita e lasciare che i capelli prendessero la loro strada invece che costringerli in una riga dritta. Ovviamente era davvero un bene che i miei capelli fossero lisci, ma la loro lunghezza mi costringeva ad usare la spazzola almeno sulle punte per scioglierne i nodi, tuttavia quella mattina dovevo allenarmi con Gabriel, quindi li spazzolai con cura e li raccolsi in una coda alta, lavai i denti e poi mi diressi verso la cabina armadio, una volta quello spazio era occupato da un piccolo letto singolo in cui spesso si fermava a dormire Adele quando ero appena una neonata, ma quando compii tre anni l'avevamo trasformata nella stanza in cui accumulavo tutti i miei giocattoli. Stanza che non avevo mai usato davvero, diciamo che era solo una specie di deposito, di solito recuperavo il gioco che mi interessava dalla montagna ludica e lo portavo in salotto o nello studio dei miei coinquilini. A dodici anni invece, avevamo deciso, sotto consiglio di Clara, di trasformarla in una cabina armadio visto che i miei vestiti aumentavano sempre di più, entrai e diressi il mio sguardo verso il reparto in cui avevo gli abiti per allenarmi, così dopo non avrei dovuto cambiarmi di nuovo, presi i pantaloni grigi di una tuta, la felpa con cappuccio abbinata e il reggiseno sportivo.

Avevo sedici anni e portavo quasi una terza, ma odiavo davvero quando correvo e sentivo i seni che saltavano da una parte all'altra nei normali reggiseni, mi mettevano molto in imbarazzo, così quando avevo scoperto che esistevano dei reggiseni appositi per lo sport, ne avevo fatto una scorta, ovviamente di tutti i colore tranne il rosa. Ne avevo uno corallo però, per compensare la mancanza di colori femminili.

Infilai le scarpe da ginnastica e mi avviai verso la porta con i libri sotto braccio, era ancora presto però perché Michele fosse già sveglio, così oltrepassai il suo studio e mi diressi verso le cucine.

Trovai Clara intenta a stirare una montagna di vestiti, mentre Adele era seduta accanto a lei e piegava il bucato fresco di asciugatrice.

«Buongiorno» dissi mentre mi sedevo sul bancone della cucina di fronte a loro.

«Buongiorno Deva» mi rispose Clara con un sorriso, era sempre così dolce e gentile, non l'avevo mai vista arrabbiata in tutti quegli anni, eppure a volte anche Raffaele era insopportabile, stavano insieme da cinque anni ormai.

«Perché non ti metti affianco a Clara così impari a stirare, signorina?»

Negli anni Adele mi aveva insegnato a fare tutti i lavori di casa, come lavare i pavimenti, lavare i bagni, spolverare, ma stirare proprio non mi piaceva, lei insisteva dicendo che una donna deve sapere fare tutto in casa, «Ai miei tempi» mi ripeteva sempre «a diciotto anni mandavamo già avanti una casa e molte di noi avevano già i figli» per lei quei tempo moderni in cui le donne decidevano di fare carriera invece che dedicarsi alla famiglia, erano come l'apocalisse. «Gli uomini hanno ragione a lamentarsi di queste sfaticate di oggi che pensano ad andare in discoteca invece di stare a casa a cucinare» così mi aveva insegnato tutto, o quasi, anche se alla fine non avevo messo mai in pratica nulla.

«Adele, un giorno quando mi sposerò, giuro che comprerò la casa più piccola che trovo, così avrò poco spazio da pulire e comprerò tutti vestiti che non hanno bisogno di essere stirati. Però se vuoi venire a trovarmi, avvertimi almeno un paio di giorni prima» le dissi sorridendo, adoravo stuzzicarla.

Mi fissò da sopra gli occhiali che teneva calati sul naso, con le catenelle dorate che scendevano ai lati del viso rugoso, nonostante i suoi anni era ancora una gran bella signora, forse un po' pienotta, ma quale vero italiano che cucinava in modo divino come lei poteva mai essere magro? Ripensandoci... ma quanti anni aveva Adele? A me sembrava sempre uguale.

«E cosa penserà tuo marito eh? Nossignore, prima di maritarti devi imparare a stirare. Tutti i vestiti si stirano, non pensare a quello che dicono gli altri.»

«Ma Adele, tu stiri anche i calzini!» Protestai io.

«E allora? Certo che si stirano. Perché non si dovrebbero stirare?»

Niente, era una battaglia persa.

«Su forza, avvicinati a Clara e guarda come si fa. Clara scarta tutti gli stracci, i calzini e le mutande che trovi e faglieli stirare.»

Scesi dal bancone e mi avvicinai all'asse da stiro.

Non riuscivo davvero a capire l'utilità di tutto quel lavoro, gli stracci erano per definizione stracci! Quindi era normale che fossero macchiati, strappati e spiegazzati, e i calzini? Si stiravano una volta che li si indossava, per non parlare delle mutande, okay forse i boxer potevo anche capirli, ma i miei slip?

Sbuffai e presi l'infernale arnese in mano, dopotutto non avevo nient'altro da fare.

«Ok Adele, ma non troppi però, oggi mi tocca allenarmi con Gabriel.»

Clara mi lanciò uno sguardo comprensivo, sapeva quanto fossero sfiancanti gli esercizi del cognato.

Dopo un'ora ero ancora lì a stirare.

«È impossibile che questo sia il bucato di una sola settimana! Avrò stirato un centinaio di boxer!» Sbottai esausta.

«Ti dico che è così. Diglielo anche tu Clara.»

La giovane domestica mi guardò e annuì.

«Non posso crederci! Ma quante volte al giorno si cambiano? L'unica spiegazione plausibile sarebbe se soffrissero di incontinenza!»

Mi voltai verso Clara e strizzai gli occhi «Raffa ha qualche problema di incontinenza che tu sappia?»

Lei rise e mi rispose.

«Ti assicuro di no Deva, è solo che si cambiano spesso, tutto qui.»

«È incredibile! Ovvio che una moglie non possa lavorare! Se tutti gli uomini sono così, dovrà passare tutto il tempo soffocata dalla loro biancheria! Eppure non mangiano quindi non hanno i nostri stessi bisogni fisiologici. Ho già detto che è incredibile?»

«Sì Deva, credo che la parola incredibile non sia mai stata usata così tante volte in così poco tempo. Lascia dai, si sta facendo tardi e tra poco devi andare, quindi apri il frigo e dimmi cosa prepararti per pranzo.» Che angelo era Clara.

Finalmente staccai la mano da quello stupido attrezzo che era il ferro da stiro. Clara conosceva i miei gusti quasi impossibili, perciò molto spesso mi chiedeva di decidere cosa volessi mangiare, onde evitare che non mi andasse niente di quello che aveva preparato.

Ispezionai a fondo tutte le scorte di cibo e alla fine optai per le tagliatelle ai funghi porcini, non trovavo le tagliatelle però.

«Adele non ci sono tagliatelle?» Chiesi scavando nel ripiano sempreverde della verdura.

«No Deva, non ho avuto il tempo di preparare pasta fresca in questi giorni.»

«E non si potrebbero avere per pranzo? Per favore…»

La fissai con aria implorante, sapevo che avrebbe ceduto pur di farmi mangiare. Mi guardò contrariata, ma poi cedette.

«Va bene. Ma bada bene che se non le mangi tutte non te le faccio più!» Mi disse esasperata.

Mi avvicinai per ringraziarla stampandole due sonori baci sulle guance.

Erano le tre passate ormai e Michele si sarebbe svegliato presto, così recuperai i libri e mi avviai nel suo studio.

Mi sedetti alla scrivania e ripresi il libro che stavo leggendo da dove lo avevo interrotto, avevo una scorta così fornita di segnalibri da far invidia ad una libreria, quello che avevo scelto per quel libro era in 3D e raffigurava un cobra bianco, l'avevo trovato molto indicato visto che il libro in questione era 'La metamorfosi' di Kafka, avevo appena finito di leggere 'Lettera al padre' dello stesso scrittore e mi era piaciuto davvero tantissimo, perciò Michele mi aveva assegnato anche quel libro, che a dire il vero trovavo un po' inquietante, soprattutto la scena in cui allo strano insetto viene lanciata una mela che gli si conficca addosso.

Ivan, il figlio di Adele, era appena passato per accendere il camino, perciò quando Michele entrò mi trovò sul tappeto davanti al fuoco, seduta su un cuscino con il libro tra le mani.

«Buongiorno.» Michele era sempre impeccabile, non lo avevo mai visto con qualcosa fuori posto. Aveva un pantalone antracite dal taglio classico, scarpe nere lucide e una camicia bordeaux. Nonostante fosse alto quanto Gabriel, erano molto diversi fisicamente, Michele aveva un portamento regale, camminava sempre dritto come un fuso, con la testa alta e a passi lenti e decisi, come se ci fosse sempre una folla di persone ad ammirarlo. Gabriel invece camminava come un soldato, veloce e dritto per la sua strada, quando mi veniva incontro avevo sempre la tentazione di spostarmi dal suo cammino, convinta che mi sarebbe letteralmente passato sopra se lo avessi intralciato. Raffaele invece era tutt'altra storia, più che un vampiro sembrava un fotomodello annoiato. Pensandoci bene non potevano essere più diversi l'uno dall'altro.

«Ciao Micha» chiusi il libro e presi posto di fronte a lui.

Come ogni mattina, aveva raccolto i lunghi capelli neri e lisci in una coda bassa, gli occhi scuri erano così penetranti che avevo sempre la sensazione riuscisse a leggermi dentro, il naso lungo e dritto, leggermente aquilino, le labbra sottili e il mento deciso non facevano altro che aumentare l'aura nobile e autoritaria che emanava.

Vedendosi scrutato così attentamente strinse gli occhi, sospettoso, io gli sorrisi e mi calai nei panni della studentessa.

Due ore dopo avevo ancora la testa che ragionava in inglese, ovviamente ero cresciuta bilingue visto che in casa parlavamo italiano, ma l'inglese di Keats era abbastanza diverso dal nostro, non mi piacevano le poesie in generale, poche sere prima avevamo visto anche il film 'Bright Star' che narrava la triste e breve vita di quello sfortunato poeta e devo dire che, anche se era stato un bel film, non aveva fatto altro che fortificare la mia teoria e cioè che i poeti erano bravi solo a scriverlo l'amore, molto meno a viverlo. Perché al posto di struggersi ore e ore tra rime e versi non andavano dalla loro donna e le davano un bacio appassionato?

Sì, alcune adoravano la poesia, ma anche loro erano fatte di carne e credo proprio che avrebbero apprezzato un po' di passione.

Mi avviai in salotto, ma non c'era nessuno, sbirciai fuori dalla portafinestra che dava sul giardino interno e vidi Gabriel che stava trafficando con qualcosa, sembrava stesse fissando qualcosa nel terreno.

Sospirai rassegnata e mi avvicinai al mio aguzzino.

Accovacciato in quel modo le sue spalle sembravano ancora più enormi di quanto in realtà non fossero, negli ultimi tempi aveva iniziato a spuntarsi un po' i capelli, non li portava più lunghi come quando ero piccola, adesso gli sfioravano appena le spalle. Devo dire che stava molto meglio, proprio in quel momento una ciocca ribelle si staccò dalle altre per finirgli davanti agli occhi e credo che in occasioni come quella rimpiangeva di non averli tenuti lunghi in modo da poterli fermare in una coda. Quando ci allenavamo spesso li scostava dietro infastidito, come se non riuscisse a capire perché i capelli non eseguissero i suoi ordini.

Lo raggiunsi e mi gelai, accanto a lui c'era un grosso fucile.

Che voleva fare?

«Vuoi insegnarmi ad andare a caccia? Ti avverto, Adele mi ha già insegnato a stirare, quindi per oggi ho esaurito le lezioni di sopravvivenza. Inoltre mi rifiuto di abbattere qualche cervo!»

Lui continuò il suo lavoro come se non avessi parlato, poi si alzò e iniziò a trafficare col fucile, caricandolo con delle piccole pallottole rotonde gialle.

Per un attimo mi feci distrarre dai tatuaggi che aveva sugli avambracci, ben visibili dato che indossava una maglietta attillata a maniche corte, era muscoloso, ma non eccessivamente, forse il fatto di sfiorare i due metri aiutava a rendere la figura molto più slanciata e armoniosa. Di sicuro guardarlo mi lasciava sempre senza fiato. Se Michele incuteva soggezione per la sua aria regale, lui terrorizzava per la sua aura minacciosa. La fronte era quasi perennemente aggrottata, ora contrariata, ora arrabbiata, ora minacciosa. Nonostante tutto, lo consideravo il più bello dei tre, anche se chiunque avrebbe conferito quella palma al minore dei fratelli Sincore. All'inizio passava con me tanto tempo quanto i fratelli, ma più crescevo, meno tempo mi dedicava, alcune volte lo vedevo solo durante gli allenamenti.

«Queste sono delle pallottole di gomma» disse scuotendomi dai miei pensieri. «Si chiamano anche pallottole non-lethal, ma ti assicuro che fanno un male cane. Prima facciamo una prova da fermi e poi in movimento. Mettiti a trenta metri da me, vediamo come te la cavi a schivare.»

Lui si era già messo in posizione e mi guardava in attesa con un sopracciglio sollevato.

«Cioè, fammi capire, stai per sparami contro? E io devo evitare dei proiettili che vanno alla velocità della luce a soli 30 metri?»

Ero sconvolta, forse aveva deciso di farmi fuori, dopotutto.

«Non vanno alla velocità della luce, perciò rilassati. Se non ti fai prendere non ti farai male, perciò concentrati a capire da dove vengono, ok?»

Era infastidito? Lui? Stava per spararmi contro e mi diceva di rilassarmi?

Lo fissai a bocca spalancata, forse voleva vedere se guarivo in fretta come loro, tutte le ferite che avevo riportato da bambina erano soltanto graffi, e i lividi che mi ero procurata allenandomi con lui avevano avuto il normale decorso che avevano per gli umani, quindi quei proiettili avrebbero potuto veramente farmi male.

Bene, vuol dire che lo avrei sconvolto non facendomi nemmeno sfiorare da quei colpi.

Mi misi in posizione, mi stavo aggiustando la coda quando sentii il primo sparo, mi spostati all'istante verso destra evitandolo per un pelo, sentii l'aria oltrepassare il mio braccio.

Lo fissai furiosa.

«Ma che fai? Non vedi che mi sto preparando? Avresti la decenza di avvertirmi prima, per favore?»

«Questo non è un allenamento di scherma, Scricciolo! La gente non ti avverte prima di spararti adesso, quindi concentrati e sta' zitta»

Dio, a volte era davvero insopportabile! Ma chi pensava mi avrebbe sparato contro?

Pochi istanti dopo sentii il secondo sparo e anche stavolta lo evitai per un pelo, dovevo concentrarmi, altrimenti mi sarei ritrovata con un sacco di lividi. Quaranta minuti e tre pallottole andate a segno dopo, avevo capito il meccanismo, riuscivo a capire dove il proiettile avrebbe colpito, quindi mi scostavo un attimo prima che mi colpisse, avevo tolto la felpa e avevo addosso solo il reggiseno sportivo e i pantaloni, ero un bagno di sudore.

«Ok, ora prova a farlo mentre corri lungo il percorso»

Ovviamente mi avrebbe sparato alle spalle visto che lui si trovava esattamente dove il percorso iniziava, camminai verso di lui e feci un bel respiro.

Iniziai a correre e saltare gli ostacoli, schivando i proiettili, ma uno riuscì a strusciarmi il fianco, facevano davvero male, ero sicura che alla fine mi avrebbero lasciato parecchi lividi, il problema grosso si presentò alla rete che avrei dovuto scalare, ero sempre molto impacciata su quell'ostacolo, riuscivo sempre a ingarbugliarmi in qualche modo, una volta mi ero attorcigliata così tanto che Gabriel aveva dovuto tagliare le corde per liberarmi.

Sentii il primo proiettile colpirmi dietro la coscia quando non ero arrivata nemmeno a metà rete, era il primo che mi investiva in pieno, gli altri mi avevano colpita tutti di striscio, dietro di me sentivo Gabriel gridare di muovermi, cosa credeva stessi facendo? L'imitazione di una mosca in una ragnatela?

Cercai di nuovo un punto d'appoggio con la gamba colpita e ricominciai a salire, ero quasi arrivata in cima quando un altro proiettile mi prese proprio sulla mano, facendomi lasciare la presa per cadere a terra di schiena con un tonfo.

Rimasi ferma per riprendere fiato, la coscia e la mano bruciavano da impazzire, sentii la voce di Gabriel mentre si avvicinava.

«Quando sei impigliata e ti sparano addosso, devi continuare a muoverti, non devi mai stare ferma, puoi anche dondolare da una parte all'altra nel frattempo che trovi un appoggio migliore, ma non rimanere mai ferma. Ricomincia.»

Un'ora dopo ero assolutamente stremata, dopo le prime due pallottole ne avevo ricevuto altre tre, due alla schiena e una al polpaccio, nell'ultima mezz'ora però ero riuscita ad evitarle quasi tutte e l'ultimo giro di percorso non mi avevano nemmeno sfiorato.

Quando lo sentii gridarmi dietro di fermarmi mi lasciai cadere a terra, ero un disastro, avevo tutti i vestiti ricoperti di fango per tutte le volte che ero caduta, i capelli erano sfuggiti dalla coda ed ora erano tutti appiccicati alla mia faccia e al collo, dovevo sembrare uno schifo, mi serviva una doccia e subito.

«Ben fatto Scricciolo, l'ultimo percorso è stato davvero impeccabile. Vai a lavarti, dico ad Adele di prepararti da mangiare in mezz'ora.» Mi alzai e barcollai verso il mio bagno.

Mezz'ora dopo, entrai in sala da pranzo, fresca di doccia e con i capelli ancora bagnati, avevo fame e poi il fuoco sarebbe stato acceso, perciò li avrei asciugati davanti al camino come facevo spesso.

Durante la doccia avevo fatto l'inventario di tutti i danni ricevuti, ero ricoperta di lividi dal collo in giù, ma solo alcuni erano davvero orribili, i più evidenti erano quelli dietro la coscia e sul braccio, arricciai il naso al pensiero che l'indomani l'aspetto sarebbe peggiorato ancora.

Indossai un paio di larghi pantaloni neri con laccetto a vita bassa, che evitavano di sfregarmi troppo sulle chiazze di pelle violacea, a cui abbinai un maglioncino bianco a collo alto e maniche lunghe, Michele mi aveva insegnato a vestirmi con cura anche quando ero in casa da sola, odiava la trascuratezza.

Dal corridoio mi arrivò l'inconfondibile odore dei funghi porcini, adoravo i funghi ed ero certa che quella sera avrei leccato anche il piatto, avevo una fame da lupo, come d'altronde dopo ogni allenamento con Gabriel.

C'era da dire però, che i risultati si vedevano, i milioni di addominali mi avevano reso il ventre sodo, gambe e braccia erano toniche e snelle, sebbene non avessi una forza degna di nota, compensavo molto bene in velocità che, a detta di Gabriel, se usata bene, era molto più utile, quindi avrei dovuto lavorare in resistenza, perché per fare lo stesso danno del suo braccio muscoloso, avrei dovuto colpire tre volte lo stesso obbiettivo.

Il tavolo era già apparecchiato, ovviamente solo per me, mi lasciai cadere sulla sedia e attesi che Clara mi portasse il piatto, spesso andavo io stessa in cucina a prenderlo, non mi piaceva essere servita, mi faceva sentire a disagio, ma quella sera proprio non ce la facevo.

«Però! Ti ha dato filo da torcere stasera eh?» Mi punzecchiò Raffaele, evidentemente aveva assistito alla tortura.

«Hai assistito senza venire in mio soccorso? Traditore» lo rimbeccai.

«Pensavo peggio sai? Invece hai capito subito il meccanismo, sei stata bravissima. E poi Gabriel è un ottimo maestro, lo fa solo per renderti più forte.»

Sapevo che Raffaele aveva ragione, ero stata davvero entusiasta quando l'anno prima, per la prima volta in un combattimento corpo a corpo, ero riuscita a farlo cadere, non era mai successo prima, avevo saltellato per tutta la casa urlando a squarciagola, mentre lui rideva come un pazzo in palestra.

In quel momento entrò Clara con il mio piatto fumante di tagliatelle, me lo pose davanti e si andò a sedere sul divano accanto a Raffaele, stavano davvero bene insieme.

Iniziai a mangiare piano, anche con la fame che avevo non mi piaceva buttarmi voracemente sul cibo, ma volevo gustarmi quella prelibatezza, inoltre ero anche tecnicamente impedita visto che il livido sulla mano mi ostacolava il normale movimento dell'avvolgere le tagliatelle sul cucchiaio.

In quel momento ci raggiunsero anche Michele e Gabriel, erano usciti entrambi dallo studio di Michele, probabilmente avevano discusso di qualcosa di importante per ritirarsi lì da soli.

Entrando, i due mi guardarono accigliati, ma ero troppo stanca per indagare sul perché di quegli sguardi e inoltre stavo per finire il mio pasto, quindi volevo gustarmi gli ultimi morsi.

Quando finii mi allungai sulla sedia sentendomi strapiena, mi alzai e presi un cuscino dal divano accanto a dove era seduta Clara, lo lasciai cadere davanti al camino e mi sedetti dando le spalle al fuoco. Ascoltai Raffaele che stava illustrando a Clara e Michele un nuovo meccanismo di sicurezza molto all'avanguardia che comprendeva telecamere e sensori particolari, negli anni aveva cercato di insegnarmi quanto più poteva sulla tecnologia, ascoltai per un poco, ma poi mi distrassi, non mi erano mai interessati molto tutti quei marchingegni, così chiusi gli occhi e mi concentrai sulla sensazione di calore che mi dava il fuoco sulla schiena.

«Scricciolo, vieni qui» sentii la voce di Gabriel chiamarmi e sbirciai da un occhio.

Si era seduto sul divano posto perpendicolarmente all'altro posizionato di fronte al camino, un paio di anni prima avevamo deciso di aggiungere un altro divano a quello già esistente, nonostante fosse composto da cinque posti. Mi piaceva sdraiarmi davanti al fuoco, e ovviamente, crescendo, riuscivo a occuparne uno intero, lasciando solo poco spazio disponibile.

Mi alzai di malavoglia, in mano aveva un vasetto di crema, mi sedetti accanto a lui con una gamba piegata sotto di me e lo guardai.

«Togliti il maglione.»

Non me lo feci ripetere due volte, non provavo vergogna con loro, dopotutto mi avevano cresciuta. Mi sfilai il maglione dalla testa e mi girai di schiena, davanti non avevo nessun livido, sentii la crema fresca a contatto con la pelle, ma sobbalzai quando iniziò a spalmarlo con le dita.

Continuò a spalmare la crema finché non si assorbì del tutto per poi passare al livido successivo, quando ebbe finito con la schiena, arrotolai le gambe del pantalone per esporre gli altri lividi.

Finita l'operazione cambiò barattolo prendendo un tubetto di pomata antibiotica, me la spalmò sui graffi che mi ero procurata cadendo dalla rete, lungo le braccia e sul collo.

Stavo quasi per appassionarmi a quelle carezze quando finì.

Si prendeva sempre cura delle mie ferite, diceva sempre che era meglio curarle subito invece di aspettare che si infettassero o peggio, io non mi ero mai opposta a quelle attenzioni, mi piaceva quando si prendeva cura di me, tra tutti e tre i fratelli era quello con cui avevo meno contatto fisico, Raffaele mi abbracciava spesso e anche Michele di frequente si avvicinava anche solo per stringermi un attimo, ma lui invece lo faceva solo se necessario, ero sempre io a cercare il contatto con lui e non ero mai riuscita a spiegarmene il motivo.

All'inizio pensavo fosse arrabbiato con me per qualcosa che avevo fatto, invece col tempo avevo capito che semplicemente non gli piaceva molto essere toccato, anzi lo evitava sempre se possibile.

Capitolo 12

Non so con certezza quando iniziai a rendermene conto, forse quando cominciai a pensare seriamente alla possibilità di avere un fidanzato, o comunque a interessarmi all'idea di avere una relazione amorosa un giorno, ma mi resi conto che ero molto più imbarazzata con Gabriel rispetto a Michele e Raffaele, prima pensavo di considerarli tutti e tre allo stesso modo, per me erano come fratelli, ma poi mi resi conto di arrossire ogni volta che mi faceva un complimento, e anche quando, ormai di rado, si allontanava da casa, mi mancava sempre in un modo diverso dagli altri. Erano tante piccole cose che alla fine mi fecero capire che dovevo essermi infatuata di lui, non trovavo altra spiegazione. Ovviamente non lo avevo detto a nessuno, ero troppo imbarazzata, così per anni avevo accantonato sogni e fantasie, ma ultimamente le cose erano peggiorate, arrivando addirittura a sognarlo sempre più spesso; avevo immaginato anche che fosse lui il mio consorte e che quindi fossimo destinati a stare insieme, ma lui non mostrava un interesse diverso rispetto a quando avevo la metà degli anni, anzi, se possibile si era allontanato ancora di più, così giunsi alla conclusione che non poteva essere lui il vampiro destinato a me, anche perché avrebbe dovuto provare anche lui gli stessi sentimenti e dopotutto, ormai mancavano pochi mesi ai miei diciassette anni e non ero più una bambina.

Sospirai e mi allungai sul divano, dovevo finire i compiti che Michele mi aveva assegnato, ma non mi andava di richiudermi in camera, forse avrei potuto prendere i quaderni e portarli lì in sala da pranzo.

Mentre vagliavo la possibilità, Clara mi riportò sulla terra con una proposta scioccante.

«Deva, che ne dici di andare a fare compere per il tuo compleanno?»

La guardai scioccata, l'ultima volta era stato anni prima, e avevo dovuto pregare, minacciare e digiunare per giorni prima che mi fosse concesso quel lusso, perché mi provocava in quel modo?

Vedendo la mia espressione si affrettò ad aggiungere:

«Tranquilla, ho già parlato con Michele e mi ha dato il permesso, altrimenti non te lo avrei mai chiesto.»

Ah, ecco svelato l'arcano. Non ci pensai due volte a risponderle.

«Ovvio che mi andrebbe. Quando andiamo? Ovviamente ci fermiamo di nuovo al fast food vero?»

Ero rimasta assolutamente rapita da quel posto, fare shopping non mi aveva entusiasmato molto, ma la prospettiva di provarmi i vestiti che più mi piacevano prima di comprarli, era molto allettante.

Ci organizzammo quella sera stessa, ma purtroppo dovemmo rimandare la nostra uscita, perché Michele ci disse di aver riscontrato delle attività anomale nel territorio dei licantropi e quindi voleva assicurarsi che quelle aggressioni non fossero dovute davvero ai nostri nemici giurati, così la nostra gita fu posticipata al mese seguente.

Ormai mancava poco più di una settimana al mio compleanno, era un sabato mattina e come al solito mi ero svegliata presto, ero molto eccitata per quell'uscita, non vedevo l'ora di partire, così mi feci velocemente la doccia, mi vestii e corsi in cucina dove Clara era già pronta per uscire. Mi disse che Ivan ci stava già aspettando, così uscimmo e salimmo nella macchina con i vetri oscurati.

Durante tutto il viaggio ridemmo e scherzammo molto, il tratto per arrivare in città era abbastanza lungo visto che casa nostra era molto lontana dal centro abitato.

Ivan era un ragazzone molto simpatico, rideva sempre ed era sempre gentile, era davvero bravo a costruire e riparare ogni cosa, talento che aveva ereditato dal padre, quando ero piccola mi aveva costruito un dondolo in giardino davvero magnifico.

Arrivati in città io e Clara iniziammo dai negozi di vestiti, avevamo fatto una scaletta e l'abbigliamento era al primo posto, seguito dalle scarpe, film, libri e infine il cibo.

Avevamo riempito per metà il bagagliaio della macchina e stavamo pagando la montagna di libri che avevo comprato, avevo preso anche dei regali per tutti, ovviamente. Per Adele avevo trovato un grembiule con scritto 'sono la regina della casa', per Raffaele un moltiplicatore di penne usb a forma di maiale, distesa su un lato con quattro entrate usb a forma di piccoli maialini; quando erano incastrate tutte insieme raffiguravano una mamma che allattava i suoi quattro piccoli, non sapevo se fosse davvero funzionale, ma me ne ero innamorata a prima vista. A Michele avevo comprato un tagliacarte con un grosso teschio sul manico e per Gabriel invece avevo trovato un bracciale di cuoio che riproduceva esattamente il tatuaggio che aveva dietro al collo. Mi aveva detto, anni prima, che era conosciuto come simbolo della vita o anche come la croce dei vampiri, ma non mi aveva mai spiegato il significato di nessuno dei suoi tatuaggi.

Stavamo per andare a mangiare, quando passammo davanti a una vetrina di intimo, ovviamente mi servivano molte cose, perciò entrammo e iniziammo a selezionare una serie di capi da provare.

Ad ogni prova spostavo la tenda per avere un consiglio esperto da parte di Clara, non me intendevo per niente di completini, perciò seguivo tutti i suoi consigli, alla fine ne comprammo parecchi e mi convinse ad optare anche per alcuni capi in pizzo che secondo lei una ragazza doveva assolutamente avere nel suo guardaroba.

«Hai un fisico mozzafiato Deva. Forse non te ne rendi conto, ma sei davvero bellissima, farai girare la testa di tutti i vampiri presenti al tuo debutto, vedrai.»

Rimasi perplessa dalle parole di Clara, sì, avevo un bel fisico, ma era come se non mi appartenesse ancora del tutto, non sapevo come valorizzare le mie forme e consideravo il mio seno troppo grande, quindi accettai tutti i suoi consigli in fatto di abbigliamento e mi ripromisi di seguirli.

Andammo a mangiare ed era ormai buio pesto quando salimmo in macchina per tornare a casa, avevo un cellulare che usavo solo quando uno di loro era in viaggio e Michele la sera prima aveva insistito perché lo portassi con me. Stavamo risalendo la stretta strada di montagna che portava a casa, nonostante fosse maggio inoltrato la sera faceva ancora freddo e gli acquazzoni improvvisi, come quello che era scoppiato pochi minuti prima, non erano rari, perciò Ivan procedeva con cautela data la scarsa visibilità.

Vista l'enorme quantità di buste, Clara si era seduta al posto del passeggero mentre io ero dietro circondata dagli acquisti, stavamo prendendo in giro Ivan sulla sua guida da lumaca, quando sentimmo un forte stridio di freni e intravidi solo la parte anteriore di un grosso camion bianco che avanzava velocemente verso di noi.

Ivan sterzò bruscamente e sbattei violentemente il braccio contro la portiera dell'auto, iniziammo a rotolare fuoristrada e vidi più volte il mondo girarsi sottosopra, prima che la nostra infernale piroetta venisse interrotta da un grosso albero.

Non ebbi nemmeno il tempo di rendermi conto di quello che stava succedendo.

Quando riuscii ad aprire gli occhi, lentamente, fui travolta dal panico, l'auto si era fermata a testa in giù, le orecchie mi fischiavano e dovetti aspettare un po' prima di rendermi davvero conto che avevamo avuto un incidente. Il mio respiro accelerò e iniziai a guardarmi intorno allarmata.

Sentii la voce di Ivan che mi chiamava.

«Deva? Stai bene? Rispondimi ti prego!» Tossii e mi affrettai a rispondere.

«Sto bene. Tu stai bene? Sei ferito? Clara?»

Mi voltai a guardarla, Clara era svenuta, iniziai a districarmi cercando di raggiungere l'apertura della portiera, ma era bloccata, mi resi conto di avere un braccio rotto quando sentii che non riuscivo a muovere la mano.

Nel frattempo vidi Ivan aprire il cruscotto ed estrarre un telefonino, tenne premuto un numero di chiamata rapida e se lo portò all'orecchio, Raffaele rispose al secondo squillo:

«Signore, abbiamo avuto un'incidente.»

Ivan parlava in modo affannoso, non sentii la risposta di Raffaele ma solo Ivan che diceva «va bene» e la chiamata si interruppe. «Stanno arrivando, useranno il dispositivo di gps satellitare per localizzarci. Deva, ho bisogno che tu mi dica se sei ferita, io recupero un coltello e libero me e Clara, va bene?»

«Clara, lei sta bene? Dimmi che sta bene!»

Non volevo pensare alle ferite, volevo sapere che stava bene.

In quel momento sentii Ivan imprecare, strisciai quanto più potevo verso Clara e mi accorsi che un pezzo di lamiera del camion aveva sfondato la sua portiera e le aveva provocato un lungo squarcio sul fianco destro che partiva dall'ascella e proseguiva fino ad arrivare all'anca, doveva essere almeno trenta centimetri.

No.

No no no no.

Continuai a ripetere quelle due lettere nella mente.

Le lacrime iniziarono a scendermi lungo il viso, continuai a strisciare verso di lei, c'era sangue ovunque, la pozza accanto alla sua testa si allargava sempre di più, spinsi la mano sulla ferita nel tentativo di fermare l'emorragia, nel frattempo Ivan si era liberato e stava cercando di sbloccare la portiera di Clara per farci uscire entrambe.

«Ti prego Clara, rispondimi, apri gli occhi ti prego. Mi senti? Ti prego, ti prego» non so per quanto tempo continuai a pregarla di aprire gli occhi, il braccio sinistro era immobile e non rispondeva ai miei comandi. Il viso di Clara era cinereo, la sua pelle era quasi fredda e non vedevo nessun movimento delle palpebre.

«È colpa mia, ti prego svegliati, ti prego…»

Mentre continuavo a premere sulla ferita, desideravo essere io al suo posto, avrei voluto prendermi io quella ferita, lei poteva morire mentre io avevo più possibilità di sopravvivere vista la mia natura, o almeno così credevo, ma in quel momento non mi importava, mi sentivo solo così in colpa da non riuscire a respirare.

Non poteva essere morta. Non poteva lasciarmi, non poteva lasciare Raffaele.

Mio Dio.

Raffaele.

Sarebbe impazzito dal dolore e non volevo essere io la causa di quella disgrazia. Mi avrebbe odiata e avrebbe avuto ragione.

Era colpa mia.

Era tutta colpa mia.

I singhiozzi mi spezzavano il respiro, sentivo sulle labbra il sapore salato delle mie lacrime.

All'improvviso sentii un forte bruciore al lato destro, non ci prestai attenzione, dovevo continuare a premere sulla ferita, sembrava che la pressione stesse funzionando, perché il sangue che prima sgorgava a fiotti adesso sembrava essersi quasi fermato, il bruciore al mio fianco continuava e sentii la maglietta inzupparsi di quello che probabilmente era sangue, ma ci avrei badato dopo, 'pensa a Clara e occupati di lei', continuavo a ripetermi. Scostai la sua maglia ormai a brandelli e ispezionai la ferita, sembrava si stesse riducendo davanti ai miei occhi, stavo avendo le allucinazioni?

Avevo la mani ancora ricoperta del suo sangue, quindi non potevo essermi immaginata tutto. Non ebbi il tempo di rimuginare sulla mia pazzia, dovevo tenermi sveglia per occuparmi di Clara finché Raffaele e gli altri non sarebbero arrivati in nostro soccorso.

Guardai di nuovo la pelle di Clara, adesso era perfettamente intatta, come era possibile?

«Deva?» Alzai la testa e vidi che aveva aperto gli occhi, sentire la sua voce in quel momento fu la cosa più bella del mondo.

«Clara? Mi senti? Oddio sei viva! Stai tranquilla Raffaele sta arrivando, ci tirerà fuori di qui.»

La mia vista iniziava ad offuscarsi e il dolore al fianco e quello al braccio si facevano sempre più forti, evidentemente la scarica di adrenalina si stava esaurendo.

«Io sto bene non preoccuparti. Tu stai bene? Oddio ma sanguini.»

Mi portò le mani alla fronte, ecco allora perché avevo la vista annebbiata, era per il sangue che mi colava dalla fronte?

In quel momento Ivan riuscì ad aprire la portiera e sentimmo delle macchine inchiodare sull'asfalto.

Erano arrivati.

Clara strisciò fuori dall'auto e poi si sporse verso di me.

«Dammi la mano.»

Provai ad allungare la sinistra ma era fuori uso, provai con la destra ma il dolore al fianco era insopportabile, così mi arresi e dissi.

«Non ce la faccio, ho il braccio rotto, non riesco a…»

Non riuscivo più a parlare, non sentivo più la bocca, non riuscivo a far muovere la mia lingua. Non ero mai svenuta prima, era così perdere conoscenza?

Lo speravo, perché l'altra opzione era che stessi morendo e non volevo morire, non avevo fatto nulla, visto nulla. Non volevo morire, volevo rivedere ancora Gabriel, magari dirgli cosa provavo per lui, volevo dare il mio primo bacio, volevo trovare il mio consorte.

Non volevo morire.

Proprio un attimo prima di svenire, sentii la voce di Gabriel che urlava il mio nome.

Capitolo 13

Ripresi conoscenza pian piano, era come risalire alla superficie dal fondo di una piscina molto profonda, ma quando aprii gli occhi il dolore mi investì violentemente.

Non ero morta. Era impossibile provare così tanto dolore in paradiso, o almeno in quello che doveva essere l'aldilà.

Mi resi conto che mi faceva male tutto ancora prima di rendermi conto di essere stesa nel mio letto, mi voltai agitata e la fitta aumentò.

«È sveglia!» Urlò Raffaele.

Per un attimo ebbi la tentazione di lanciargli qualcosa in testa. Come gli veniva in mente di urlare in quel modo?

Michele si avvicinò al letto e iniziò a tempestarmi di domande.

«Deva mi senti? Piccola? Riesci a sentirmi? Dimmi qualcosa»

La sua voce era sempre stata così forte?

Richiusi gli occhi e feci un respiro profondo, il dolore non accennava a diminuire e mi arrivava come un'ondata continua.

Non volevo aprire la bocca.

Avevo paura che se ci avessi provato, avrei iniziato ad urlare come un'ossessa.

«Scricciolo voglio che ti concentri. Voglio che tu faccia un inventario di tutte le parti del corpo che ti fanno male e poi ti concentri sul dolore più forte. Lo farai per me piccola?»

La voce di Gabriel era come un balsamo, feci come diceva e mi concentrai sul dolore.

Come si faceva ad individuare quello più forte?

Passai in rassegna tutte le parti del mio corpo, una ad una.

Ok, le gambe facevano male ma non eccessivamente, il braccio destro andava abbastanza bene, la testa mi scoppiava, ma ciò che mi faceva più male erano il braccio sinistro e il fianco destro, pulsavano di dolore, a volte era così forte da spezzarmi il fiato.

«Ci sei Scricciolo? Riesci ad aprire gli occhi?»

Alzai le palpebre lentamente e la luce della stanza mi accecò, vidi il volto concentrato di Gabriel proteso verso di me, era seduto accanto a me sul letto e mi guardava attentamente, dall'altro lato c'era Michele e di fianco a lui Raffaele, entrambi con aria molto preoccupata.

«Clara?» Riuscii a dire.

Avevo la gola secchissima, Michele se ne accorse e si affrettò a porgermi un bicchiere d'acqua fornito di cannuccia, mentre voltavo la testa per bagnarmi le labbra aride, Raffaele mi rassicurò.

«Sta bene, sia lei che Ivan hanno riportato solo dei graffi.»

Chiusi gli occhi sollevata, ma poi riportai alla mente l'immagine dello squarcio che avevo sul fianco, cos'era successo?

«Quanto male sono messa?»

Nonostante avessi bevuto, la mia voce era molto più rauca del solito.

Gabriel prese fiato e rispose tutto d'un fiato.

«Hai il braccio sinistro rotto, una commozione cerebrale e un taglio lungo il fianco destro che ha richiesto trentotto punti di sutura, senza tenere conto di lividi e graffi vari.»

Però ci avevo azzeccato.

Ora restava da svelare solo il mistero di quella ferita scomparsa.

«Non potete darmi niente per il dolore?» Chiesi con voce strozzata, odiavo piagnucolare, ma cavolo, faceva davvero male.

«Mi dispiace piccola, ma sembra che su di te gli antidolorifici non facciano molto effetto.» Mi spiegò Michele.

Ottimo, non solo non ero invulnerabile, ma dovevo anche soffrire senza poter ricorrere a nessuna medicina.

Ok, era inutile pensarci, quindi meglio distrarsi, giusto? Così in quel momento mi venne in mente.

«Che è successo? Ho visto solo la parte anteriore di un camion per un istante.»

«Sì, un tir vi è venuto addosso, il conducente non era del posto e ha preso la strada sbagliata, ignorando i cartelli che vietavano ai mezzi pesanti di prendere quella via. Ha perso il controllo a causa della pioggia e il camion ha iniziato a slittare sull'asfalto bagnato, finché non vi è venuto addosso. Lui sta bene comunque, solo qualche graffio.» Mi spiegò Raffaele.

«La macchina?» Speravo non fosse messa così male.

«Distrutta» rispose Michele «non preoccuparti, l'importante è che siate tutti interi» si affrettò ad aggiungere.

«Oddio i vostri regali!»

Cavolo ci tenevo davvero molto a farglieli avere.

«Se intendi l'orribile tagliacarte e il maiale li abbiamo trovati» mi disse Michele con un sorriso.

Sorrisi anche io, ma nel farlo sentii tutta la faccia tirarmi, dovevo essere davvero uno spettacolo terribile.

«E il tuo?» Chiesi a Gabriel.

Lui non mi rispose, ma alzò il braccio portandomelo davanti al viso, dal polso vidi dondolare il ciondolo che gli avevo comprato legato al laccetto di cuoio scuro.

«Ce la fai a mangiare qualcosa? Ti faccio preparare del brodo» feci una smorfia, io odiavo il brodo.

Guardando la mia espressione Michele aggiunse «Non puoi mangiare niente di solido, mi spiace.»

«Non credo di riuscirci con questo labbro. Sembra che abbia fatto il silicone.»

«Useremo una cannuccia, tranquilla, vado ad avvertire subito Adele»

Raffaele scomparve dalla stanza in un secondo, evidentemente aveva fretta di farmi mangiare.

«Per quanto tempo sono rimasta svenuta?»

«Quasi due giorni, per fortuna eri svenuta quando ti hanno suturato la ferita e messo a posto il braccio, il tuo corpo metabolizza ed elimina i farmaci molto più velocemente di un organismo normale, perciò l'anestesia ha fatto effetto solo per poco tempo.»

Ottimo, potevo anche scordarmi di prendere anche solo un'aspirina per il mal di testa quindi... sospirai e fissai Gabriel

«Tra le tue pazze idee in allenamento non potevi infilarci anche come evitare un disastro automobilistico?» Lo stuzzicai.

Lui mi guardò stringendo gli occhi

«Ricordami di inserirlo nel programma appena ti rimetti.»

Stava scherzando giusto?

«E comunque non credevo attirassi i guai come una calamita» disse infastidito. Fermi tutti, ora era arrabbiato con me?

«Bé, non lo guidavo mica io quel camion!» Sbottai. Faceva sul serio?

«Sii comprensiva piccola» si intromise Michele «esci per la seconda volta nella tua vita e torni a casa in questo stato. Siamo morti mille volte in questi giorni aspettando che ti svegliassi.»

Si avvicinò al letto e mi scostò i capelli dalla fronte, in quel momento mi resi conto della paura che avevano provato trovandomi in quello stato e ripensai a quando ero in macchina e Clara non apriva gli occhi.

Sì, dovevano essere stati due giorni interminabili.

«Mi dispiace di avervi fatto preoccupare, ma sono viva e non voglio che per colpa di questo incidente voi non mi permettiate di uscire mai più. Poteva capitare a chiunque in qualsiasi momento. Comunque, i miei acquisti sono andati tutti persi?»

«Non tutto, una busta piena di libri distrutti e alcuni vestiti strappati. Per i libri puoi stare tranquilla, Raffaele ti ha ordinato tutti quelli che non sono usciti indenni, per i vestiti solo un paio erano rovinati, chiedi a Clara, saprà descriverteli.» Non era andata proprio male allora.

Gabriel continuava a starsene seduto in silenzio, non riuscivo a capire perché la sua espressione passasse dall'apprensione alla rabbia nel giro di un nano secondo.

Perché era così arrabbiato? Non riuscivo a capirlo.

Avrei chiesto a Michele di indagare.

Incrociai i suoi occhi e sostenni il suo sguardo, se aveva intenzione di fare il mulo testardo, aveva trovato pane per i suoi denti.

La nostra lotta di sguardi era iniziata solo da qualche minuto, quando Clara irruppe nella stanza, vidi i suoi occhi riempirsi di lacrime, poi si avvicinò al letto poggiando una mano sulla mia.

«Eravamo così preoccupati per te! Siamo impazziti per la preoccupazione.»

Una lacrima le scese lungo la guancia e Raffaele le si avvicinò per posarle una mano sulla spalla.

«Sto bene Clara, sul serio.»

Se continuavo a guardarla sarei scoppiata anche io, ma poi dietro di lei sbucò Adele con un vassoio in mano, lo poggiò sulla mia scrivania e si rivolse a me.

«Ah piccola peste, non farci mai più uno scherzo del genere, chiaro?»

Tipico di Adele dire una cosa del genere, ma quando vidi anche i suoi occhi farsi lucidi, fu il colpo di grazia.

Allungò il braccio e mi strinse le dita di un piede, una lacrima mi rigò il viso, cercai di muovere la mano per asciugarmela prima che iniziassero a uscirne delle altre, quando Gabriel, con un gesto fulmineo, me l'asciugò con il pollice.

Nel frattempo Michele parlò per alleviare il groppo che avevo in gola.

«Adele hai preparato il brodo?»

La domestica si diresse in fretta verso il vassoio e me lo portò vicino, Michele glielo fece appoggiare sul comodino e poi aggiunse.

«Bevine quanto più puoi, devi rimetterti in forze e poi prova a riposarti un poco» detto questo si avviò verso la porta e tutti gli altri seguirono il suo esempio, tranne Gabriel che rimase fermo dov'era.

Quando tutti se ne furono andati, lui si alzò e prese tra le mani la tazza piena di brodo, ci immerse la cannuccia, poi guardando la mia posizione decise che ero troppo distesa per poter mangiare, così recuperò due cuscini dalla poltrona accanto alla finestra e mi aiutò ad alzarmi per farmi assumere una posizione semi seduta.

Riprese tra le mani la tazza e si accomodò sul letto di fronte a me, piegando una gamba sotto di lui. Mi avvicinò la cannuccia alle labbra e la tenne ferma con due dita affinché la potessi prendere in bocca senza difficoltà.

Al primo sorso ebbi una stranissima sensazione, era davvero curioso bere del brodo come se fosse del the.

Il liquido era caldo, perciò di tanto in tanto mi fermavo per riprendere fiato, Gabriel continuava a tenermi ferma la cannuccia ogni volta che le mie labbra la lasciavano andare.

Durante tutta l'operazione lui rimase in silenzio, perciò quando sentii il rumore della cannuccia che tirava a vuoto presi coraggio e gli chiesi.

«Gab?»

«Uhm?»

Stava riponendo la tazza sul vassoio, prese il tovagliolo e mi asciugò attentamente gli angoli della bocca.

Era un sollievo non dovergli chiedere tutto, faceva le cose prima ancora che me ne rendessi conto io.

«Perché sei arrabbiato con me?»

Posò il tovagliolo e prese posto accanto a me, poggiandosi ai cuscini che ormai ricoprivano anche la testiera del letto.

«Non sono arrabbiato con te, Scricciolo.»

«E allora perché a me sembri arrabbiato?»

Non avevo intenzione di demordere finché non mi avesse dato una spiegazione. Fece un profondo respiro e mi disse.

«Lo so che hai diciassette anni e vuoi vedere il mondo, noi ti abbiamo sempre tenuta in casa e forse abbiamo esagerato, ma questo solo perché eravamo preoccupati che ti potesse succedere qualcosa. E dopo aver preso tutte le precauzioni possibili sei rimasta comunque vittima di un incidente, potenzialmente mortale, la seconda volta che metti piede fuori di qui. Lo so che è esagerato, ma non riesco a smettere di pensare a tutte le cose che sarebbero potuto andare storte. E se fossi stata da sola? Se Ivan non fosse stato con voi? Se il telefono non avesse funzionato o fosse volato via durante l'impatto? Se non fossimo arrivati in tempo? Ti abbiamo presa per un soffio Scricciolo, lo squarcio che hai sul fianco ti stava facendo morire dissanguata. Anzi, se fossi stata un'umana, saresti morta di sicuro. E il solo fatto che non avrei potuto fare niente per evitare il peggio, mi uccide.»

Quello era il discorso più lungo che avessi mai sentito uscire dalle sue labbra.

«Ora cerca di dormire» aggiunse brusco.

Tipico di lui rompere l'idillio prima che si facessero strane idee sul suo conto. Chiusi gli occhi, ma ero sicura che non sarei riuscita a prendere sonno tanto facilmente e mi sembrava molto sgarbato chiedergli di prendermi il lettore mp3 con lui lì accanto.

«Potresti parlare per un po'?»

Dopo un attimo di silenzio, lo sentii iniziare a raccontarmi di uno spettacolo teatrale che aveva visto prima che io nascessi, a cui era stato costretto con la forza a partecipare, a detta sua erano state le due ore più lunghe della sua vita.

Fu in quel momento, quando mi passò un braccio sopra la testa avvicinando la sua alla mia, che mi resi conto di essere innamorata di lui.

Pensavo fosse passata circa mezz'ora da quando ero caduta in un sonno molto tormentato, mi svegliai di colpo e mi ritrovai da sola, forse era passata più di mezz'ora, altrimenti uno dei tre sarebbe stato di sicuro lì con me. Mi guardai intorno, decidendo quale fosse la manovra più indolore per mettermi seduta e provvedere all'urgenza di andare in bagno.

Potevo rotolare sul lato sinistro a discapito del braccio rotto o inclinarmi sul destro aiutandomi col braccio sano.

Tentai con il destro, ma quando piegai il gomito per cercare di spingermi, la ferita mi tirò moltissimo, così mi stesi di nuovo e ci riprovai, dopotutto l'impaccio della fasciatura al fianco mi lasciava più spazio di manovra rispetto al gesso.

Dopo tre tentativi falliti, adocchiai l'interfono sul comodino posizionato quanto più vicino possibile alla mia testa.

Mi arresi e premetti il tasto che suonava in cucina, ero quasi riuscita a mettermi seduta, ma rimanevano sempre questi ultimi venti centimetri maledetti.

Dieci secondi dopo entrò Clara, doveva aver salito le scale di corsa.

«Sei sveglia. Mi dispiace se ti abbiamo lasciata da sola, ma dormivi e ho dovuto far intervenire Adele per convincere quei pazzoidi ad andare a riposarsi, non hanno quasi chiuso occhio in questi giorni. Allora? Di cosa hai bisogno?»

Ecco perché non c'era nessuno allora.

«Devo andare in bagno» anzi, per l'esattezza stavo quasi scoppiando.

Lei mi guardò stringendo le labbra, no, non avrei ceduto a nessun tipo di proposta che non prevedesse il water come opzione finale.

«Ti avverto, non prenderò in considerazione niente di quello che stai pensando. Voglio alzarmi e andare in bagno. Ti prego. Sono quasi riuscita a mettermi seduta da sola, quindi se mi aiuti tu dovrei farcela senza problemi.»

«Va bene, ma devi restare un attimo seduta prima di metterti in piedi, d'accordo?»

Così dicendo mi passò un braccio dietro le spalle spingendomi in posizione seduta. Ecco, mi mancava giusto un po' di spinta.

Ruotai le gambe sedendomi sul bordo del letto, adoravo il mio letto altissimo, così seduta riuscivo a toccare lo scendiletto solo allungando le dita. Peccato fosse un grosso ostacolo in quel caso.

«Se ti gira la testa dimmelo subito, ok? Non so se riesco a tenerti su se crolli a terra di colpo.»

No, decisamente non ci sarebbe riuscita, nonostante fossi solo qualche centimetro più alta di lei, avevamo parecchi chili di differenza, che si accumulavano specialmente su fianchi e seno, a differenza mia, lei aveva un fisico molto esile.

Mi guardai intorno, ma dopo un minuto buono la natura stava davvero per fare il suo corso.

Mi passò un braccio intorno alla vita, cercando di evitare di stringermi la mano sul lato destro.

Quando tornai a letto mi sentivo molto più pulita, ne avevo approfittato anche per lavarmi i denti e spazzolarmi i capelli, avevo chiesto a Clara di intrecciarmeli prima che mi mettessi di nuovo a letto, con un braccio solo scostarmeli continuamente dalla faccia mi rendeva molto nervosa.

Mentre lei era alle mie spalle e mi intrecciava i capelli, lo sguardo mi cadde sulla sveglia.

«Ho dormito così tanto? A me sembrava mezz'ora.»

Erano passate quasi dieci ore!

«Bé, è comprensibile, il tuo corpo ha bisogno di riposo.»

Quando ebbe finito, scomparve oltre la porta in un baleno, dicendo che Adele di sicuro aveva finito di prepararmi il brodo che aveva messo sul fuoco quando aveva sentito il suono provenire dalla mia stanza.

Tornò pochi minuti dopo con la tazza fumante da cui spuntava una cannuccia.

Sospirai afflitta, odiavo con tutto il cuore il brodo.

Capitolo 14

Quando quella sera mi dissero che il medico che mi aveva curato sarebbe venuto a controllare le mie ferite, mi aspettavo un umano, invece mi trovai davanti un vampiro sulla quarantina, molto slanciato e con un grande naso adunco, mi vennero in mente le immagini che ritraevano Dante di profilo, di sicuro avrebbero potuto competersi il premio di naso più grande del mondo.

Era un uomo di poche parole, però apprezzai il fatto che mi avvertisse e mi spiegasse ogni operazione facesse, anche quando mi tastò l'addome alla ricerca di un'emorragia interna che gli fosse sfuggita il giorno dell'incidente.

Dopo essersi assicurato, passò a ispezionarmi il braccio ingessato, mi chiese di muovere le dita che facevano capolino dal gesso e lo accontentai, infine disse che doveva controllare lo stato della ferita e quindi avrebbe dovuto togliermi la benda, così chiamò Clara per farsi aiutare. Lei mi teneva le braccia sotto le ascelle mentre il medico mi toglieva la fasciatura che mi arrotolava tutta come un involtino, ovviamente vista la posizione della ferita non portavo il reggiseno, perciò Clara, accorgendosi del mio imbarazzo, appena possibile mi coprì con il lenzuolo.

Quando vidi la ferita al fianco mi si mozzò il respiro.

Era la stessa che avevo cercato con tutte le forze di tenere chiusa sul fianco di Clara, com'era possibile?

Avevo intenzione di scoprirlo al più presto, fortunatamente Clara non ricordava niente, altrimenti mi avrebbe sicuramente chiesto delle spiegazioni.

Guardai l'espressione del medico, aspettandomi che come minimo arricciasse il naso o muovesse le labbra nel disperato tentativo di nascondere i canini, ma non vidi niente di tutto ciò, ispezionava la ferita con occhio attento senza dare alcun segno di cedimento.

Quando tolse anche l'ultima garza, vidi il lungo squarcio intervallato solo dai punti neri che correvano lungo la ferita.

A dire il vero mi aspettavo che come minimo fosse migliorata, invece era gonfia e rossa. Quando il medico si scusò, stavo per chiedergli per quale motivo, ma non feci in tempo perché un secondo più tardi capii che si era scusato per il dolore che mi avrebbe procurato toccandomi.

Doveva essere sicuro che non fosse infetta, mi aveva spiegato, ma in quel momento il mio cervello voleva solo che allontanasse le sue lunghe dita dalla ferita e mi lasciasse in pace.

Finita la visita mi fasciò di nuovo e mi diede delle pillole che avrebbero calmato il dolore per il tempo necessario a prendere sonno, ma quando gli chiesi se potevo lavarmi, mi negò assolutamente quel lusso, dicendomi che la ferita non doveva assolutamente essere bagnata.

«Allora? Qual è la prognosi?» Chiesi ansiosa.

«Il braccio sinistro ha riportato una frattura scomposta di radio e ulna, ho riportato in asse le ossa prima di immobilizzare il braccio, ma dovrai comunque tenere il gesso per circa cinque settimane, da quello che ho visto le tue ferite guariscono molto più lentamente delle nostre, hai una degenza più simile a quella umana che a quella dei vampiri anche se credo che, come noi, le tue ferite guariranno completamente facendoti riacquistare la completa funzionalità del braccio. In pratica, una volta guarito, il tuo braccio tornerà come nuovo, senza nessun segno del danno. La ferita sul fianco ha avuto bisogno di numerosi punti di sutura, ma fortunatamente non era così profonda da interessare i muscoli sottostanti, quindi dobbiamo solo assicurarci che non si infetti e credo che nel giro di una settimana potremmo anche togliere i punti.»

Si congedò poco dopo, dicendo che sarebbe passato di nuovo dopo due giorni. Non riuscivo a credere che mi avesse vietato di lavarmi, dovevo assolutamente trovare un modo per togliermi quella puzza di sudore di dosso, altrimenti sarei morta di vergogna.

Clara mi disse che mi avrebbe aiutato a lavarmi, dicendo che aveva assistito anni prima la cugina che aveva partorito con taglio cesareo, perciò anche lei non aveva potuto farsi la doccia per un bel pezzo.

Portò in camera due bacinelle, una con acqua e bagnoschiuma e una con acqua e basta, mi spogliò e mi fece mettere seduta, e passandomi piano la spugna sulla pelle riuscì a cancellare quella sensazione di sporco che mi assillava.

Alla fine dell'operazione mi sentivo una donna nuova.

La convalescenza procedeva lentamente, ero sempre confinata a letto, mi alzavo solo per andare in bagno, in compenso c'era sempre qualcuno a tenermi compagnia. Michele mi leggeva spesso dei libri, aveva provato a convincermi a fare qualche traduzione per tenermi impegnata, ma mi ero assolutamente opposta, sì, volevo distrarmi, ma non facendo i compiti, dopotutto ero malata, giusto? E l'unico aspetto positivo era quello di oziare e saltare le lezioni, mi piaceva studiare, ma volevo godermi quel dolce far nulla almeno finché fossi stata bloccata a letto, visto che per Michele non esistevano le vacanze estive o quelle natalizie, mi concedeva solo la domenica libera e il giorno di Natale.

Raffaele, che come al solito era più sulla mia lunghezza d'onda, si presentò il giorno dopo con una grande scatola, a quella vista mi illuminai subito, adoravo i regali, dopo aver trafficato per un paio di minuti con le varie protezioni di cartone e polistirolo, mi poggiò in grembo un bellissimo portatile azzurro, rimase con me per parecchie ore, spiegandomi come settare la posta e tutto il resto, installò subito un antivirus.

Ero eccitatissima, non avevo mai avuto un computer tutto mio, usavo sempre il suo per fare acquisti e poi il mio era azzurro!

Gabriel invece fu irremovibile come al solito.

Siccome avrei saltato molti allenamenti, aveva deciso di prepararmi dal punto di vista tecnico invece che pratico, mi descriveva nei minimi dettagli tutte le mosse che gli venivano in mente, pretendendo che io gli spiegassi come avrei neutralizzato il colpo, immaginandomi la scena.

La mia pazienza raggiunse il limite quando mi chiese.

«Se ti trovi da sola in un deserto, che direzione prendi per cercare l'acqua?»

Lo guardai sbalordita, forse era uno scherzo, ma la sua espressione seria mi diceva che si aspettava davvero che rispondessi.

«Gab, ma sul serio? Prima di tutto, perché dovrei trovarmi in un deserto? Non ho alcuna intenzione di andarci, credimi, odio il sole cocente quindi questo dovrebbe automaticamente escludere l'ipotesi di un mio possibile viaggio in Egitto, per quanto mi possa piacere vedere le piramidi. Ma ti posso giurare che, se mai dovessi decidere di addentrarmi in un mare di sabbia per qualche ragione sconosciuta, mi porterò dietro tutte le guide più esperte che trovo.»

«Scricciolo non mi interessa se hai intenzione o meno di visitare l'Egitto, anche io credevo di non trovarmi mai in determinate situazioni e quando invece è successo, ho desiderato ardentemente che ci fosse stato qualcuno che mi avesse istruito su come comportarmi.» Mi rispose spazientito.

«Sì, ma non capisco il motivo di queste lezioni di sopravvivenza! Sembra di guardare un documentario di quei fanatici che si preparano allo scenario post apocalittico.»

Una volta avevo visto che si allenavano addirittura a mangiare cavallette. Che schifo.

«Quelli saranno anche fanatici, ma intanto sanno come comportarsi in scenari estremi molto meglio di quanto sappia fare tu.»

Strinsi gli occhi, bene, voleva la guerra?

«Meglio dici? Io non credo che tutti abbiano avuto un addestramento come quello che hai riservato tu a me, quindi potrei semplicemente metterli ko e fregarmi tutte le loro provviste, compresi i rifugi antiatomici strapieni di cibo inscatolato.»

Attesi la sua risposta che non mancò ad arrivare.

«Questo perché credi di essere molto più forte degli altri e credimi, l'arroganza sarà la tua rovina. Mai sottovalutare un nemico, anche il più innocuo può riservarti delle sorprese e metterti fuori gioco. Come hai visto non sei invulnerabile, basterebbe un colpo di fucile per metterti al tappeto o addirittura ucciderti. Quindi tornando a noi...»

Continuò col suo sguardo trionfante.

«Ma non si presuppone che il mio consorte si occupi della mia sicurezza? O almeno si assicuri che la sua metà destinata non muoia di fame e sete? Visto che è un vampiro sarà di sicuro capace di occuparsi almeno di questo.»

Ok, non avrei mai detto una cosa del genere in altre situazioni, ma non sapevo cos'altro ribattere.

«Come hai sottolineato tu stessa, il tuo consorte sarà un vampiro, il che ti rende assolutamente vulnerabile alla luce del sole, e anche se mi riesce difficile immaginarti come una damigella in pericolo bisognosa di essere salvata ripetutamente, direi che devi imparare a cavartela da sola in ogni situazione. Senza contare il fatto che il tuo consorte potrebbe essere un perfetto idiota e che non sappia distinguere nemmeno il nord dal sud.»

«Un idiota?» Lo interruppi «credi davvero che il mio consorte, l'uomo destinato a stare insieme a me, possa essere un idiota? Si presuppone che io me ne innamori all'istante come minimo, quindi il fatto di stravedere per un idiota renderebbe anche me un idiota!»

Stavo iniziando seriamente ad alterarmi.

«Si dice che l'amore sia cieco, quindi probabilmente sì, ti innamoreresti di un perfetto idiota. Ora, per evitare che il tuo perfettamente idiota consorte ti conduca a morte certa, vuoi dirmi come faresti a cercare l'acqua nel deserto?» Rispose esasperato.

Era inutile continuare a ribattere e per un momento non capii se ero più seccata per aver ceduto al battibecco o perché mi aveva fatto pensare alla seria possibilità che il mio consorte fosse qualcuno di diverso da lui, lo so, era stupido, ma ogni volta che pensavo al futuro mi vedevo sempre con lui, ogni volta che fantasticavo sul mio consorte era sempre il suo volto a comparirmi davanti.

Bé svegliati Deva! Se non hai recepito il messaggio lui non è interessato.

Mi concentrai su quello che mi aveva chiesto e risposi.

«Se mi guardo intorno e non vedo altro che sabbia credo che una direzione valga l'altra, quindi inizierei a camminare cercando di tenere sempre lo stesso passo per evitare di girare in tondo.» Conclusi soddisfatta della mia spiegazione.

«E se camminando trovi un serpente o uno scorpione?»

«Cercherei di tenermi alla larga da loro. Non li ucciderei ma sono sempre velenosi.»

Ero assolutamente contraria ad uccidere gli animali senza motivo.

«Sbagliato. Se hai la fortuna di incrociare un animale, devi sempre seguirlo. Loro sanno sempre come trovare l'acqua.»

Dopo quella lezione ne seguirono molte altre simili, ovviamente ogni volta ero in uno scenario diverso, montagna abbandonata, neve, palude, alla fine lo presi come una specie di gioco a indovinelli.

Finalmente, una settimana dopo, il medico disse che mi avrebbe tolto tutti i punti visto che la ferita si era rimarginata molto bene, però mi disse anche che sarebbe stato doloroso, purtroppo alcuni si erano infiammati e nessuna medicina mi sarebbe stata utile per attenuare il dolore.

«Mi dispiace, ma la dose di morfina che dovrei darti per non farti sentire dolore è troppo alta e quindi rischiamo di avere tutti gli effetti collaterali del farmaco, tra cui il vomito, e ora non possiamo proprio permetterci di rischiare che dei conati incontrollati facciano riaprire la ferita.»

Essendo un'appassionata di medicina e biologia conoscevo gli effetti collaterali degli oppiacei, quindi non potei contraddirlo in nessun modo.

Chiese a qualcuno di entrare per tenermi ferma mentre lui si concentrava sul suo lavoro, inizialmente gli dissi che non serviva, che sarei stata buona, ma quando tolse il primo punto mi ricredetti e gli fui grata di aver fatto entrare Michele, il quale insieme a Clara mi teneva inchiodata al letto.

Alla fine dell'operazione ero distrutta e caddi presto in un sonno agitato. Perlomeno il giorno dopo avrei potuto fare la doccia.

Capitolo 15

Il 27 maggio, giorno del mio diciassettesimo compleanno, arrivò undici giorni dopo l'incidente.

Nelle ultime giornate avevo iniziato ad alzarmi sempre più spesso, consumando i pasti in sala da pranzo invece che a letto.

Dopo mangiato mi trasferivo in salotto con il portatile, il gesso non mi permetteva ancora di scrivere con entrambe le mani, ma ero abbastanza veloce anche con una mano sola.

Avevo appena appoggiato il mio Vaio sul tavolino davanti al divano e stavo fissando i tre libri che avevo recuperato dalla biblioteca, ero indecisa se tuffarmi in un fantasy che parlava di draghi, se ascoltare il consiglio di Michele e buttarmi su un classico come Shakespeare oppure seguire il mio istinto e rileggere per l'ottava volta il ritratto di Dorian Gray. Era il mio libro preferito, adoravo Oscar Wilde.

Mentre ero nel bel mezzo di un dibattito interiore, nella stanza entrò Raffaele, era appena uscito dalla doccia e le ciocche biondo scuro erano incollate alla fronte. Mi vide e mi raggiunse, accomodandosi all'estremità del divano alla mia sinistra e facendomi segno di poggiargli la testa in grembo. Non me lo feci ripetere due volte e mi allungai, beandomi della sensazione delle sue dita che mi accarezzavano i capelli, era davvero rilassante…

«Come ti senti?»

«Sto bene Raffa, sul serio. Non vedo l'ora di togliere questo gesso, prude da morire, meno male che Ivan mi ha costruito quella specie di cucchiaio di legno con cui grattarmi, altrimenti sarei impazzita»

Ivan si era presentato pochi giorni dopo il disastro con questo lungo arnese di legno in mano che sembrava un lungo cucchiaio, mi aveva spiegato che anche lui da piccolo aveva tenuto il gesso per più di un mese e suo padre gli aveva costruito lo stesso tipo di aggeggio per grattarsi, ma più piccolo visto che aveva all'incirca sei anni. Al momento non mi resi conto che quello che mi stava regalando mi avrebbe salvata dalla pazzia, ripensandoci avrei dovuto ringraziarlo meglio…

«Hai già mangiato?»

«Sì, la tua fidanzata mi ha preparato un pasto di tre portate, dolce compreso. Credo che se non inizio a darmi una regolata, prima che me ne accorga avrò messo su almeno dieci chili. Non ho mai avuto così tanto appetito.»

«È normale credo. Anche noi quando siamo feriti abbiamo bisogno di molto più sangue. È come se il tuo corpo ti spingesse a fare quello che gli serve per guarire più in fretta.» Mi spiegò lui.

Sì, non c'era altra spiegazione, non avevo mai mangiato così tanto.

Chiusi gli occhi e mi rilassai, se continuava così mi sarei addormentata di sicuro. Sentii Clara avvicinarsi da dietro il divano e la vidi circondare il collo di Raffaele con le braccia e baciarlo sulla testa, lui liberò una mano dai miei capelli e strinse le sue.

«Quando vi decidete a sposarvi?»

Era la prima volta che lo chiedevo a entrambi, lo avevo chiesto a Clara il giorno dell'incidente e lei mi aveva risposto che non era ancora il momento.

«Sta a lei decidere la data.» Rispose Raffaele «quando si sentirà pronta, ci sposeremo.» in quel momento pensai che quindi il motivo di tutto quel rimandare era la trasformazione e non la cerimonia.

«Hai paura della trasformazione?» Chiesi rivolta a Clara.

«Non è paura, ho preso la mia decisione ormai.»

Stavo per indagare ancora, consapevole che se Michele fosse stato lì mi avrebbe richiamato, dicendo che era maleducazione insistere su qualcosa di così personale, ma proprio in quel momento entrarono gli altri due fratelli, vidi Clara sciogliersi dall'abbraccio e tornare in cucina, mentre Raffaele cercava di nascondere un sorriso.

Che stava succedendo? Michele si fermò di fronte a me mettendosi spalle al camino, mentre Gabriel si versò da bere, gli piaceva davvero tanto l'alcol, diceva che lo rilassava, forse avrei potuto provare anche io qualche volta.

«Che succede?» Chiesi guardando Michele che mi fissava divertito.

«Dopo un lunghissimo dibattito, abbiamo deciso di farti il regalo che ci chiedi da quando avevi tre anni.»

Scattai velocemente in posizione seduta ignorando la fitta di dolore che mi attraversava il fianco, c'era una sola cosa che avevo chiesto puntualmente tutti gli anni, senza riceverla mai.

In quel momento sentii Clara aprire la porta della cucina, si avvicinò a Michele e gli depositò un batuffolo di pelo tra le mani.

Lo guardai ipnotizzata, no, doveva essere un peluche, mi avevano sempre detto che era impossibile avere un cane, che sporcavano e perdevano il pelo ovunque.

«Buon compleanno Deva» mi disse Michele allungando le braccia per portare il soggetto in questione vicino alla mia faccia.

Era davvero un cucciolo! Non era finto, ma mi guardava curioso con due grandi occhioni scuri.

Mi lanciai su di lui prendendolo tra le mani appena prima di poggiare le ginocchia sul tappeto.

«Oddio non posso crederci! È bellissimo!»

Continuai a urlare dalla gioia, esaminando la meraviglia che avevo tra le mani. Era piccolissimo, doveva avere poco più di un mese, era color panna con due piccole orecchie che gli ricadevano morbide sulla testa.

Tra i vari gridolini di gioia sentii Raffaele spiegarmi:

«Lo abbiamo preso al canile quindi non abbiamo idea di che razza sia, li avevano abbandonati subito dopo la nascita così il proprietario ha dovuto crescerli con il latte artificiale. Erano tre sorelle, ma le altre due erano completamente nere, lei invece è tutta bianca senza nemmeno una macchia. Il collare lo ha scelto Clara, dicendo che l'avrebbe fatta sembrare una principessa.»

In effetti il collare era rosso fuoco tempestato di brillantini.

«È una femmina? Quanto ha?» Chiesi continuando a stringerla.

«È nata il 6 marzo. E sì, è una femmina.» Ok, ero ufficialmente innamorata.

«Devi dargli assolutamente un nome dignitoso. Mi rifiuto di accogliere un cane con un nome ridicolo.» Mi disse Gabriel avvicinandosi.

«Uhm…»

La portai naso a naso con me e la fissai attenta.

Lei continuava a scodinzolare e cercava di leccarmi dappertutto.

«Che ne dite di Sissi? Come la principessa?»

Sì, mi sembrava decisamente adatto, avevamo visto il film anni prima e Sissi mi era piaciuta subito, soprattutto nei modi di fare.

«È un bellissimo nome.» Mi disse Clara.

Poi mi voltai verso Gabriel in attesa della sua sentenza.

«E Sissi sia.»

Urlai di gioia. Ero al settimo cielo.

«Questo è il regalo più bello che mi abbiate mai fatto! Grazie grazie grazie!»

Mi alzai poggiando Sissi sul tappeto e mi lanciai su ognuno di loro riempiendoli di baci.

Arrivata a Gabriel vidi che fece un passo indietro, mi gelai sul posto, che gli prendeva?

«Ti rendi conto che negli ultimi dieci minuti quel cane ti ha leccata praticamente dappertutto?» Mi chiese schifato.

Colsi l'occasione al volo e mi lanciai su di lui strusciandomi sul suo collo.

Lo sentii grugnire qualcosa, ma quando mi staccai sorrideva.

Tornai sul tappeto e mi concentrai sulla nuova arrivata.

Sì, quello era il regalo più bello di tutti.

Io e Sissi diventammo inseparabili, era incredibile quanto un esserino così piccolo riuscisse a riempire la vita di tutti. Ovviamente era impossibile non affezionarsi a lei, Adele le comprava sempre le crocchette migliori di tutte, Clara la viziava con prelibati pranzetti a base di carne, Raffaele passava ore a strapazzarla e a giocare con lei, Michele invece preferiva accomodarsi sulla poltrona e prenderla in braccio posandogli la grossa mano sulla testa, devo dire che l'effetto rassicurante che emanava si estendeva anche alla sfera canina, perché puntualmente Sissi si addormentava su di lui. Gabriel invece la ignorava semplicemente, una volta quando a Sissi scappò la pipì sul divano, si lamentò per giorni, però più passava il tempo più lo scorgevo lanciarle delle occhiate strane, all'inizio avevo paura stesse escogitando un modo per liberarsene senza scatenare la mia ira.

Alla fine invece mi resi conto che la osservava con interesse, forse stava valutando se era abbastanza intelligente da accoglierla in casa come membro della famiglia e devo dire che quel cagnolino era intelligente oltre ogni immaginazione; aveva capito che Gabriel era il più restio nei suoi confronti, così spesso si accucciava semplicemente di fronte a lui guardandolo con i suoi grandi occhi marroni, e man mano che percepiva l'astio del vampiro diminuire, si avvicinava. Negli ultimi giorni era arrivata ad accucciarsi accanto ai suoi piedi e, udite udite, quella sera, mentre io stesa sul tappeto ripassavo dei compiti assegnatimi da Michele (sì, purtroppo le mie vacanze erano giunte al termine), Gabriel prese posto sul divano dietro di me.

Ovviamente pensava non riuscissi a vederlo e infatti stesa com'ero era impossibile visto che si trovava alle mie spalle, se non fosse che era estate e quindi davanti al camino erano state montate le solite protezioni fatte di vetro, perciò sbirciai e vidi il suo riflesso mentre osservava il cagnolino alzarsi dalla sua cuccia e trotterellare fino ai suoi piedi, dove si accucciò.

Per un attimo rimase immobile, poi si abbassò, la prese per la collottola e se la portò faccia a faccia, non mi andava che la prendesse così, ma sapevo che non gli faceva male altrimenti di sicuro avrebbe guaito, inoltre ricordai un documentario sulle tigri che spostavano i piccoli prendendoli allo stesso modo.

Rimasi a fissarlo attraverso il vetro, si guardavano e all'improvviso Sissi dovette percepire un cambiamento che io non notai perché iniziò a scodinzolare, così lui la depositò davanti ai suoi piedi e gli diede un buffetto sulla testa.

Quell'episodio segnò l'inizio di un'amicizia.

Man mano avevo ripreso la mia normale routine, salvo per gli allenamenti di Gabriel che non avrebbero avuto inizio fino al benestare del medico, perciò continuava le sue lezioni di teoria su come affrontare possibili disastri e pericoli.

La mia giornata, però, da quando c'era Sissi, era molto più piena, passavo ore con lei a giocare, ma anche ad educarla, cercavo di farle capire che doveva uscire in giardino per fare i suoi bisogni, ma ogni tanto se ne dimenticava e usava il panno assorbente apposito per animali che Clara le aveva posizionato accanto alla portafinestra.

Avevo provato anche ad insegnarle il riporto lanciandole una pallina, ma il vero gioco per lei era farsela strappare dai denti quando cercavo di sfilargliela dalla bocca; chiudeva di scatto la mandibola e iniziava a tirare come una forsennata e io, temendo di farle male, la lasciavo andare subito. Invece con Raffaele faceva delle vere e proprio lotte per quella pallina.

Diciamo che più che diventare un cane educato ed obbediente stava sviluppando tendenze molto indipendenti e testarde, chissà da chi aveva preso...

Capitolo 16

Finalmente erano passate le cinque settimane e quella sera il medico, che avevo scoperto essere un vampiro della nostra discendenza di nome William Baily, sarebbe venuto per togliermi il gesso e controllare se fossi guarita o se avesse dovuto rifarmelo per qualche altra settimana.

Avevo appena finito la mia cena, prima del solito, normalmente la consumavo intorno alle tre di notte, ma quella sera Adele aveva insistito perché mangiassi prima dell'arrivo del dottore.

Più che per un fatto puramente logistico, ero sicura che fosse una mossa strategica, Adele mi conosceva molto bene e sapeva che aspettavo con ansia di togliere il gesso e se il mio desiderio non si fosse realizzato per una qualsiasi ragione, sapeva già che sarei stata così nervosa da non mangiare affatto.

Così mi ritrovai seduta sul divano a guardare Sissi che dormiva pacificamente nella sua cuccia, ovviamente non aveva una cuccia classica, ma le avevo ordinato un divano in miniatura con una corona ricamata sullo schienale, avrei voluto comprarla di un colore diverso, tipo blu o gialla, ma poi pensai che a Gabriel non piacevano le cose così appariscenti, così mi ero limitata a un normale colore grigio con la coroncina bianca.

In quel momento Gabriel entrò nella stanza e vedendo la mia postura composta indovinò subito che c'era qualcosa di strano.

«Aspetti il medico?» Mi disse versandosi da bere.

Feci cenno di sì con la testa, mentre osservavo il liquido bronzeo salire di livello nel bicchiere di cristallo.

«Funziona davvero anche sui vampiri? Rilassa sul serio?» Chiesi curiosa.

Lui ricambiò il mio sguardo mentre prendeva un sorso dal bicchiere.

«Con me funziona e poi ha un buon sapore.» Al che mi venne un' idea.

Mi alzai, mi misi di fianco a lui osservando la miriade di bottiglie disposte per altezza.

«Voglio provare.» Dissi di getto, sentendo che non replicava alzai lo sguardo e vidi che mi fissava scettico. «Dai ti prego, stasera viene di nuovo quel nasone e non so se mi farà male. Magari aiuta anche me l'alcol, no? Solo un po', non voglio mica ubriacarmi» mi affrettai a spiegare.

Lui sospirò rumorosamente e mi fece cenno di scegliere una bottiglia.

Iniziai a leggere le etichette, conoscevo tutti i nomi, passai dal brandy, alla grappa, al porto, al bourbon, al whisky, alla vodka, al rum, al Martini, alla tequila…

«Dai, non posso provarli tutti, qui l'esperto sei tu, quale potrebbe piacermi secondo te?»

Posò il bicchiere e ne prese uno pulito, mi guardò e poi afferrò la bottiglia vuota per metà che era solito prendere, versò giusto un goccio e me lo porse.

Lo avvicinai al naso e sentii l'odore forte del liquore, lo portai alle labbra e deglutii tutto in un sorso.

Per poco non soffocavo, mi vennero le lacrime agli occhi e Gabriel dovette battermi più volte sulla schiena.

Mentre tossivo sentii Gabriel imprecare.

«Ma come ti passa per la testa di berlo in quel modo? Come se fossi un vecchio marinaio! Dovevi assaggiarlo, non buttarlo giù tutto d'un fiato!»

Quando riuscii a parlare e respirare di nuovo lo fissai sconvolta.

«Ma che cavolo era? Sembrava fuoco!»

«Quello era bourbon e abbiamo capito che non ti piace. Quindi direi che basta così»

«Assolutamente no! Voglio provarne un altro» ribattei decisa.

Non mi sarei fatta mettere ko da uno stupido liquido infuocato.

«Fai sul serio?» Mi disse incredulo.

Quando vide la mia espressione determinata, sbuffò e tornò a guardare le bottiglie, prese la più alta e sottile, con un liquido chiaro all'interno, non ricordavo bene se quella fosse la vodka o la grappa. Stavolta però mise giusto un goccio di alcolico e me lo pose di nuovo.

Avvicinai cautamente il freddo vetro alle labbra e presi un sorso.

«Sì, questa non è male, direi che è quasi buona.» Aveva capito i miei gusti credo, perché andò spedito verso l'ultima bottiglia e prima ancora che potessi riconoscere la scritta, mi aveva già messo un altro bicchiere sotto il naso.

Lo annusai, quello aveva un bell'odore.

Mi bagnai la lingua e corrugai la fronte, aveva un sapore strano, così ne presi un sorso e aspettai.

Lo sentii scendere lungo la gola, lasciando dietro di sé una scia calda.

«Questo sì che mi piace! Cos'è?» Chiesi a Gabriel prima di finire quel che restava nel bicchiere.

«Ti piace il Martini quindi. Bella scelta Scricciolo.»

Sorrisi e posai il bicchiere sul tavolino, per quella sera bastava così, avevo provato tre tipi diversi di liquore e, per una persona che non aveva mai bevuto nemmeno vino, era abbastanza per un giorno solo.

Stavo studiando i disegni confusi che correvano lungo il suo avambraccio, allungai un dito e seguii il corso di una delle linee curve che finiva sul dorso della mano, alzai lo sguardo e lo trovai intento a squadrarmi attentamente, forse era l'effetto del liquore, ma mi sentivo la testa leggera, come se fossi su una nuvola, solo quando inspirai con le labbra semiaperte mi resi conto che gli stavo fissando le labbra, chissà che sapore avevano...

In quel momento qualcuno bussò alla porta, sobbalzai, riscuotendomi da quei pensieri bollenti, e mi passai le mani tra i capelli per portarli davanti, su una spalla, ormai erano così lunghi da arrivarmi alla vita.

Pochi istanti dopo entrò il medico, dopo aver salutato Gabriel ci dirigemmo verso la mia camera.

Prima di togliermi il gesso volle vedere la ferita, così mi alzai la maglia e gliela mostrai, del lungo taglio non c'era più traccia: al suo posto, solo una sottile linea rosa che sarebbe scomparsa nel giro di un'altra settimana, lasciando la pelle intatta.

Poi passò al braccio, e finalmente, dopo sei settimane, ero di nuovo libera!

Ma il mio entusiasmo si bloccò all'istante.

Il mio braccio, una volta liscio, era ricoperto di peli che mi arrivavano fino al polso!

Il medico, vedendo la mia espressione scioccata, si affrettò a chiarirmi che era normale che crescessero i peli quando si teneva il gesso per un lungo periodo di tempo e che questi sarebbero caduti man mano.

Mentre lui spiegava, il mio senso estetico prese il sopravvento sull'interesse accademico, non mi interessavano i motivi per cui c'era quella foresta sul mio braccio! Volevo solo che sparisse all'istante!

Finita la visita al braccio, mi disse che stava benissimo e che la funzionalità era tornata assolutamente normale, non avrei dovuto fare nessun tipo di riabilitazione, il muscolo stava bene, aveva solo perso tono e vigore, visti i mesi passati a riposo, quindi si congedò dicendomi che potevo riprendere a fare tutti gli sport che facevo prima.

Appena chiuse la porta, sicura che si interessasse lui di comunicare la mia avvenuta guarigione agli altri, mi fiondai in bagno e recuperai l'epilatore elettrico che tenevo nel mobile sotto il lavandino.

Finita l'operazione di disboscamento, osservai la mia pelle di nuovo liscia e pulita, non avevo bisogno di depilarmi in continuazione come gli umani, ma passavo sempre l'epilatore prima di fare la doccia, anche se avevo visto un solo piccolissimo pelo, mi dava una grande sensazione di pulizia.

Finita la doccia tornai in salotto, dove esibii orgogliosa il mio braccio libero, Gabriel ovviamente non tardò a farmi notare che il giorno dopo avremmo ripreso gli allenamenti e che vista la massa muscolare persa in quelle settimane di immobilità, avrei dovuto passare molto più tempo ad allenarmi.

Così, visto che mi allenavo solo a giorni alterni, decise di occupare gli altri tre che mi rimanevano liberi facendomi nuotare come una forsennata nella piscina che aveva fatto costruire per me anni prima, in pratica avevo solo la domenica libera.

Credevo che l'allenamento intensivo sarebbe durato solo finché non avessi ripreso forza nel braccio, invece dopo poco più di un mese, quando il braccio era tornato come nuovo, mi disse che a quel punto era un peccato ridurre le ore di esercizio, anche perché il mio corpo ormai si era abituato.

Quella sera di settembre faceva particolarmente caldo, avevo perso anche l'appetito optando solo per della frutta.

Erano appena passate le nove di sera e il caldo era ancora insopportabile, o forse ero io che andavo a fuoco visto che il termometro segnava meno di venti gradi. Esasperata, uscii dalla portafinestra e mi appoggiai alla ringhiera, sperando che l'aria fresca riuscisse a rinfrescare la mia pelle bollente, ma dopo dieci minuti decisi che era meglio farsi una doccia gelata, però pensai che avrei dovuto passare il resto della notte sotto l'acqua, così optai per la piscina, sì, quello era l'unico giorno in cui Gabriel non mi sfiancava con i suoi allenamenti, ma stare nell'acqua almeno non mi avrebbe fatto sentire così tanto caldo.

Sissi si era addormentata da poco, avevo provato a giocare un po' con la palla, ma sembrava fiacca anche lei, forse aveva caldo come me.

Mi avviai verso gli spogliatoi e recuperai il mio costume con i laccetti, di solito per gli allenamenti usavo sempre un costume a fascia, che riusciva a reggere meglio la mia ormai terza abbondante, ma quella sera non volevo affannarmi a nuotare, volevo rilassarmi e quindi il costume con i laccetti andava benissimo visto che non prevedevo grosse acrobazie.

Recuperai anche un elastico per capelli e me li legai in una coda alta, mi avvicinai al bordo e mi lasciai cadere in acqua.

La sensazione di freschezza era paradisiaca, riemersi circa a metà piscina e iniziai a galleggiare sull'acqua, muovendo solo le braccia per non affondare, dopo dieci minuti ero stanca di non fare nulla, così decisi di migliorare le mie capacità in apnea, feci un respiro profondo e mi sedetti a gambe incrociate sulle piastrelle chiare del fondo, chiusi gli occhi e iniziai a contare i secondi.

Ero arrivata appena a quattro minuti e cinque secondi, quando sentii la voce di Michele chiamarmi.

Riemersi e galleggiai verso di lui, appoggiando le braccia al bordo della piscina ai suoi piedi.

«Che ci fai qui?» mi chiese piegandosi sulle ginocchia per guardarmi più da vicino, mi scrutava in modo strano.

«Avevo caldo.» Spiegai io.

«Sicura? Va tutto bene?» Il suo sguardo preoccupato mi fece aggrottare la fronte, cosa pensava avessi?

«Certo. Perché?»

«Non so. Ultimamente ti vedo strana.»

«No, va tutto bene, tranquillo.»

Dimenticavo sempre che Michele fosse un grande osservatore.

Negli ultimi tempi la mia ossessione per Gabriel aumentava sempre di più, soprattutto da quando aveva deciso di intensificare anche gli allenamenti corpo a corpo, ogni volta era un'agonia per me, sapendo che avremmo dovuto toccarci di continuo.

Avevo provato in tutti i modi a pensare a lui come a un fratello, a guardalo con gli stessi occhi con cui guardavo Michele e Raffaele, ma proprio non ci riuscivo, quando guardavo lui vedevo tutto quello che avrei voluto in un uomo e nonostante lo avessi paragonato a tutti gli attori che più mi piacevano, lui vinceva sempre, ai miei occhi era assolutamente perfetto.

La cosa che più mi preoccupava, era che quella crescente attrazione che provavo per lui alla fine avrebbe rovinato il nostro rapporto e io non volevo assolutamente questo.

«Come vuoi. Se dovessi aver bisogno di me sai dove trovarmi piccola» mi disse posandomi una mano sulla testa bagnata.

«So sempre di trovarti Micha. Non preoccuparti.»

Detto questo mi allontanai e tornai sott'acqua.

La sera dopo, decisi che era giunto il momento di svelargli quello che era successo il giorno dell'incidente con Clara.

Era tardi ed era quasi ora di andare a dormire, mi diressi nello studio, certa di trovarlo lì. La porta era socchiusa così infilai la testa all'interno senza bussare, era seduto alla scrivania e parlava al telefono, ma quando mi vide mi fece cenno di entrare e mentre lui finiva la sua telefonata, mi avvicinai alla finestra e osservai la fontana davanti casa.

Adoravo l'inverno, l'aria pungente che pizzicava la pelle, i fiocchi di neve che vorticavano trasportati dal vento, le mille trapunte morbide che mettevo sul mio letto… Poco dopo lo sentii riagganciare.

«Scusami Deva, stavo organizzando la prossima visita di Brian. Ha deciso di fermasi per un paio di giorni stavolta, prima di procedere a nord.»

Sorrisi all'idea, Brian era uno dei pochi vampiri della nostra discendenza che avevo conosciuto negli anni, era il classico californiano, biondo e palestrato, ma era anche molto simpatico e ogni volta che passava a casa nostra mi portava sempre un pensierino.

«C'è qualcosa di cui vuoi parlarmi?» Chiese ruotando la sedia verso di me.

Presi fiato e decisi che era il momento di raccontargli tutto, avevo bevuto anche un bel bicchiere di Martini poco prima, sperando che calmasse i miei nervi tesi, da quando avevo scoperto il sapore di quel liquido trasparente ne bevevo un sorso di tanto in tanto, mi piaceva davvero.

«Devo dirti una cosa, ma voglio che mi ascolti fino alla fine e poi mi dici cosa ne pensi, ok?»

Lui acconsentì subito.

Sapevo che non sarebbe entrato nessuno senza bussare, però non volevo correre rischi, così mi avvicinai a lui, che nel frattempo aveva voltato la sedia verso di me, e mi appoggiai all'indietro sul bordo della scrivania.

«Il giorno dell'incidente è successo qualcosa che non riesco a spiegarmi. Però voglio che tu mi prometta di non dire niente a Raffaele, d'accordo? Clara non deve saperlo e non voglio che lui le debba nascondere qualcosa per colpa mia». Secondo la mia idea di coppia, tra due persone che stavano insieme non doveva esserci nessun segreto. Mai.

«Sai già cosa è successo prima, così vado dritta al punto. Quando ho aperto gli occhi, la macchina era capovolta e per prima cosa ho chiamato Ivan e Clara. Lui mi ha risposto subito, mentre Clara era svenuta. Ivan ha subito recuperato il cellulare per chiamarvi e mentre lui cercava di liberarsi dalla cintura, io mi sono accorta di avere il braccio rotto, non so, forse ho urtato la portiera mentre la macchina rotolava. Quando Ivan è riuscito a liberarsi, Clara era ancora svenuta e non mi rispondeva, così ho strisciato fino a lei per vedere perché non si svegliava, mentre Ivan cercava di sbloccare la portiera dal lato del passeggero per farci uscire. Quando mi sono avvicinata abbastanza, lei stava perdendo tantissimo sangue, ho scostato il suo maglione e ho visto la ferita al fianco. Ho cercato in tutti i modi di tenerla chiusa per fermare l'emorragia, ma il sangue non si fermava e continuava a scorrere come un fiume in piena. Poi ho iniziato a piangere, ripetendo che mi dispiaceva e che era tutta colpa mia e che volevo mi fossi ferita io al posto suo. Non so come sia stato possibile, ma la ferita ha iniziato a sanguinare meno, piano piano ha iniziato a chiudersi davanti ai miei occhi, mentre il mio fianco, nello stesso punto in cui Clara stava guarendo, ha iniziato a bruciarmi. In quel momento non ho capito cosa stesse succedendo, ero concentrata solo sulla ferita di Clara, volevo che stesse bene e che si svegliasse. Alla fine la ferita si è chiusa completamente e lei ha aperto gli occhi, poi ho sentito voi arrivare e sono svenuta. Mi sono resa conto di avere la stessa ferita di Clara solo quando il medico mi ha tolto la benda, due giorni dopo sveglia.»

Finii il racconto e rimasi a fissarlo, aveva uno sguardo attento, come se stesse riflettendo attentamente su tutte le possibilità di quello strano evento.

Almeno non mi aveva creduto pazza.

«Sapevo che era successo qualcosa» sussurrò lui.

Quella dichiarazione da parte sua mi sconvolse. In che senso sapeva?

«Quando vi abbiamo soccorso, Clara stava bene, tu eri l'unica ferita gravemente, eppure lei ci aveva detto che, fino a pochi istanti prima, eri sveglia e parlavi con lei. Io e Gabriel ti abbiamo estratto dalla macchina mentre Raffaele si occupava di Clara, avevamo visto il sangue che inzuppava il maglione e il sedile su cui era seduta, quindi doveva aver riportato anche lei qualche ferita molto grave. Quando siamo arrivati a casa, Raffaele ci ha detto che Clara non aveva riportato alcuna ferita, solo qualche graffio, quindi abbiamo pensato che si fosse sporcata nel tentativo di aiutare te, ma la posizione che avevate quando vi abbiamo trovati non spiegava come fosse possibile che Clara fosse sporca di sangue sul lato destro, che era rivolto verso la portiera della macchina. Perciò capirai la nostra confusione quando siamo tornati a recuperare la macchina il giorno dopo e abbiamo trovato solo conferme ai nostri dubbi. Ora però comprendo…»

Detto questo si bloccò.

«Allora?» Lo incalzai.

Volevo sapere cosa ne pensava.

«Non so dirtelo con certezza, però il fatto che tu lo abbia fatto in modo inconsapevole, mi porta a pensare che sia una caratteristica della tua razza. Si dice che le Furie vendichino i torti delle persone a loro care, il che mi fa pensare che, se sono disposte ad alleviare il loro dolore emotivo vendicandole, allora forse possono anche alleviare il loro dolore fisico facendosi carico delle loro ferite. Non saprei spiegarlo in altro modo. Farò delle ricerche e ti farò sapere. Ma prima voglio che tu mi dica perché avevi paura di dirmelo.»

Quella spiegazione filosofica mi piaceva molto, quindi le Furie non erano solo creature in grado di distruggere, ma potevano anche proteggere. Quella consapevolezza mi fece provare una sensazione di calore mai provata prima.

«Non so perché non l'ho detto, all'inizio non sapevo nemmeno io se crederci o meno.» Dissi esitante.

Poi forse avevo avuto paura, non so di preciso, ma alla fine i giorni erano passati e quel pensiero era passato in secondo piano.

«Piccola, quello che hai fatto per Clara è stato davvero nobile da parte tua e forse lei, vista la sua natura umana, sarebbe morta prima che il medico potesse fare qualcosa, ma voglio che tu mi prometta che non lo farai mai più con nessuno. Non puoi rischiare la tua vita Deva. Sei troppo importante per tutti noi.»

«No Micha. Non posso farlo. Se tornassi indietro lo rifarei e se ci foste stati tu o Raffa o Gab non ci avrei pensato due volte.»

Non avrei mai potuto fare una promessa che non avevo intenzione di mantenere.

«Deva, noi siamo vampiri, sono pochissime le cose che possono ucciderci e in ogni caso hai visto con i tuoi occhi che guariamo molto più in fretta di te. Tu sai a cosa sei destinata, sei appena una bambina, non hai vissuto ancora due decenni e sacrificheresti la tua vita per uno di noi? Abbiamo vissuto centinaia di anni Deva. Non puoi pensare di scambiare la tua vita con la nostra.»

Lui mi prese le mani e le strinse, sapevo che non avremmo mai potuto trovare un punto d'incontro su quell'argomento, così mi affrettai a finire.

«Micha voi siete l'unica famiglia che conosco, come pensi potrei mai affrontare la vita senza uno di voi? Cosa penseresti di me, se in un momento come quello avessi pensato prima alla mia vita che a quella di Clara? Non è nella mia natura, non sono ipocrita e non ci penserei affatto ad accollarmi le ferite di uno sconosciuto o di una persona che a malapena conosco, gli unici per cui lo farei sono sotto questo tetto, quindi non mi sto offrendo come vittima sacrificale per tutta la popolazione del Canada. Ma non puoi chiedermi di voltare la faccia a uno di voi, mi dispiace.»

Lui sospirò sconfitto, abbassò la testa e i capelli corvini si chiusero intorno a lui come una cortina di velluto nero, puntò i suoi occhi scuri nei miei e mi disse.

«Allora almeno promettimi che valuterai la ferita prima, ricordandoti che noi guariamo molto più in fetta di te.»

Sì, quello potevo concederglielo.

Si alzò e mi strinse in un abbraccio stritolante, tanto che dovetti smettere di respirare, quando lo sentii sussurrare.

«Se ti succedesse qualcosa ne saremmo devastati piccola. Quindi pensaci bene prima di fare qualcosa di stupido, va bene?»

«Okay» chiusi gli occhi e poggiai la guancia sul suo petto, Michele era sempre stato il mio porto sicuro.

Capitolo 17

L'inverno era arrivato puntuale come sempre, finalmente ritornava la mia stagione preferita.

Avevo passato due ore insieme a Raffaele, che mi aveva spiegato come installare il nuovo sistema operativo. Quando ebbi finito di installarlo anche sul mio portatile, mi diressi verso la doccia, il giorno prima Gabriel mi aveva avvisato che il nostro allenamento era rimandato, Brian arrivava quel pomeriggio e siccome lui aveva delle cose da sbrigare gli sarebbe andato incontro per tornare a casa insieme più tardi.

Nelle ultime settimane aveva iniziato ad insegnarmi ad usare delle armi molto singolari, dall'arco, ai pugnali, alla frusta, anche se le mie preferite erano le catene, adoravo pensare al modo in cui avvolgerle intorno al mio corpo per dargli il giusto slancio per colpire, inoltre mi lasciavano molto libera nei movimenti, permettendomi di tenere gli avversari a debita distanza.

Peccato che bastava una manovra sbagliata perché ti si incastrassero addosso, imprigionandoti come una mosca nella ragnatela.

Uscii dalla doccia e decisi di indossare una mise che avevo comprato il giorno dell'incidente, composta da dei leggings neri e una maglia rossa attillata che lasciava la schiena scoperta e mi fasciava il sedere. Davanti non aveva niente di particolare, era semplice, senza scollo, ma dietro aveva una lunga catenella che andava da una scapola all'altra e da cui prendevano tantissimi brillantini.

Era sicuramente adatta all'occasione, visto che ogni volta che veniva qualcuno a casa, Michele pretendeva che fossimo vestiti tutti in modo impeccabile, con gli anni avevo capito che nel regno dei vampiri mantenere una parvenza di eleganza era assolutamente imperativo.

Così mi abbassai per scegliere tra le poche scarpe col tacco che avevo, queste erano abbastanza alte da aggiungere al mio naturale metro e sessantasette almeno altri dieci centimetri, erano molto femminili, con un paio di centimetri di plateau che rendevano il tacco chilometrico meno alto di quanto sembrasse in realtà, nere, con due lembi di tessuto ricamato che avvolgevano la parte alta del collo del piede.

Mi guardai allo specchio davanti alle porte dell'armadio. I vestiti andavano bene, mancava solo un po' di trucco, optai solo per la matita sul contorno occhi, non ero molto brava a truccarmi, nonostante Clara avesse provato ad insegnarmi riuscivo sempre a sporcarmi la faccia in qualche modo, così a un certo punto avevo smesso di provarci, ogni volta mettevo sempre e solo matita e lucida labbra. Vista l'occasione, usai l'eye-liner invece della matita, tra circa sei mesi avrei compiuto diciotto anni, quindi potevo anche permettermi di esagerare un po'.

Quando fui soddisfatta del risultato, allontanai lo specchio a ingrandimento che usavo per truccarmi e osservai il mio viso a grandezza naturale.

Però! Niente male, pensai.

L'eye-liner nero faceva risaltare ancora di più l'azzurro dei miei occhi.

Non mi piaceva legare i capelli, ma se li tenevo sciolti avrebbero coperto tutta la parte bella del vestito, perciò decisi di fermarli con un semplice nodo in cima alla testa, facendo ricadere le ciocche tutto intorno, così mi arrivavano appena alle spalle.

Sissi era accucciata sul tappeto ai piedi del letto, ogni giorno cresceva sempre di più e si faceva sempre più bella, ormai eravamo quasi sicuri fosse un incrocio con un Labrador perché il viso era lo stesso, mentre fisicamente era leggermente più bassa rispetto agli standard di quella razza.

«Andiamo?» Subito si avvicinò a me e uscimmo insieme.

Nonostante portassi i tacchi molto raramente, riuscivo a camminarci senza problemi.

Una volta Gabriel si era presentato con un grosso palo di legno quadrato, pensavo volesse costruire qualcosa in giardino, perciò potete immaginare la mia perplessità quando lo vidi portare il lungo palo giù in piscina, lo seguii e vidi che lo aveva disteso lungo l'asse minore della vasca.

Mai avrei pensato che allenarsi su un palo sospeso in acqua sarebbe stato così divertente, dopo quell'occasione, più volte gli avevo chiesto di farlo di nuovo, anche solo per gioco.

Perciò il mio equilibrio era molto sviluppato.

Passando davanti allo studio di Michele non sentii nessun rumore provenire dall'interno, stessa cosa quando oltrepassai la biblioteca, quindi voleva dire che il nostro ospite era già arrivato.

Quando arrivammo in salotto, infatti, erano tutti lì, in piedi accanto al divano, tutti di spalle a me, stavano prendendo da bere, credo.

Sissi attraversò la stanza per avvicinarsi alle gambe di Raffaele e ricevere la sua dose giornaliera di carezze e allora si voltarono e si accorsero della mia presenza.

Per un attimo rimasi immobile, non mi piaceva essere fissata in quel modo, bé forse non avresti dovuto indossare un vestito che ti sta addosso come una seconda pelle, mi suggerì una vocina nella mia testa.

Presi coraggio e mi avvicinai al nuovo arrivato.

«Ciao Brian. Come stai?»

Mi sporsi per baciarlo sulle guance, sapevo che in America non si usava salutarsi così, ma io ero stata educata in questo modo fin da bambina.

Lui rimase un attimo scioccato e quando mi allontanai mi posò le mani sulle spalle e mi tenne ferma.

Era esattamente come lo ricordavo, ma dopotutto i vampiri non cambiavano mai, il sorriso era sempre lo stesso, a volte pensavo che lo facesse apposta a ridere così tanto, non era possibile che trovasse tutto tanto divertente. Era un gran bel ragazzo, mi ricordava molto i bagnini di quella famosissima serie americana che a fine giornata prendevano la loro tavola da surf e andavano alla ricerca dell'onda perfetta, sarebbe stato benissimo con una bionda siliconata accanto.

«Deva?» Mi chiese scioccato.

«Sì?» Risposi cauta in inglese, non parlava italiano.

Era lui giusto? Che avessi fatto una gaffe? Aveva forse un fratello gemello di cui ignoravo l'esistenza?

«Oddio! Quanto sei cresciuta, sei bellissima! L'ultima volta che ti ho visto promettevi di diventare una vera bellezza, ma non mi aspettavo di trovarmi davanti una meraviglia del genere.»

Continuava a fissarmi a bocca aperta, io non sapevo che fare, non sapevo come rispondere a quei complimenti.

«Ehm… grazie» balbettai, ma visto che non la smetteva di fissarmi, rivolsi uno sguardo implorante a Raffaele che mi guardava divertito, mente Gabriel mi scrutava accigliato bevendo con determinazione, era di nuovo arrabbiato con me? Che avevo fatto stavolta? Ma se nemmeno ci eravamo visti nell'ultima giornata!

«Su Brian, asciugati la bava dalla bocca, altrimenti la nostra Sissi ti prenderà per un suo simile che sbava dietro alla sua padrona.»

Lanciai a Raffaele uno sguardo pieno di ringraziamento.

Lui staccò le braccia da me, mi allontanai e mi avvicinai a Michele, così sarei stata al sicuro.

«Ragazzi, sapete che succederà una strage il giorno del debutto vero? Meglio che non invitate i vampiri accoppiati, altrimenti questa bellezza sarà la causa di parecchie separazioni.» Disse lui convinto.

«Ma dai!» Adesso esagerava sul serio.

«Ah dolcezza… cosa darei per essere io il tuo consorte. Bé mai dire mai no?» Continuava a sorridere e di riflesso sorrisi anche io.

«Smettila Brian, Deva non è una delle ragazze a cui sei abituato e il suo consorte dovrà restare con lei per sempre, hai presente?» Gli rispose

Michele.

«Già, quanto è durata la tua relazione più lunga? Due giorni?» Lo punzecchiò Raffaele.

«Relazione? Io non mi sono mai macchiato di un crimine del genere! Ma ti assicuro che per lei farei un tentativo.» Mi rivolse uno sguardo languido.

Ok, ora forse stava esagerando.

«Grazie dei complimenti Brian, ma per ora cerco di godermi la mia libertà quanto più possibile.» Mi difesi.

Ovviamente intendevo libertà sentimentale, anche se nella mia testa c'era un uomo solo, che in quel momento mi stava incenerendo con lo sguardo.

«Scusami Deva, non ti ho nemmeno chiesto come stai. Michele mi ha messo al corrente del tuo incidente.»

Mi chiese preoccupato, così lo rassicurai sulle mie condizioni e, dopo qualche minuto di cordiale conversazione, mi allontanai mentre Brian iniziava a raccontare le ultime novità tecniche che tanto interessavano Michele.

Dopo quegli sguardi assassini, Gabriel non mi guardò più per tutta la sera, né mi rivolse la parola.

Il mio umore peggiorò sempre di più, fino a che non capii che insieme a Brian sarebbe partito anche Gabriel, in quel momento nemmeno tutto il fascino del californiano sarebbe bastato a tirarmi su il morale.

Michele mi aveva detto che Brian si sarebbe fermato solo qualche giorno prima di proseguire il suo viaggio, il che mi faceva pensare che non sarebbe stato un viaggio breve. Con quella consapevolezza iniziai a pensare ad una scusa per potermi ritirare senza offendere nessuno.

In quel momento realizzai che l'unico motivo per cui mi ero vestita con così tanta cura era che Gabriel mi notasse almeno, e invece si era comportato ancora peggio del solito.

Finalmente Michele invitò Brian a seguirlo nello studio, così io potevo svignarmela il più in fretta possibile.

«Non so se ci incontreremo al mio ritorno, perciò ti saluto adesso bellezza. È stato un piacere vederti stasera.» Mi disse Brian.

«Perché? Non dovevi fermarti un paio di giorni prima di partire?» Non sapevo che i piani erano cambiati.

«Purtroppo sono successe delle cose che richiedono la nostra presenza immediatamente altrove. Credimi, non rinuncerei all'opportunità di passare del tempo in tua compagnia se non fosse una questione così importante» detto questo mi baciò sonoramente sulle guance e seguì Michele su per le scale.

Quando lasciarono la stanza, Raffaele si avviò verso la cucina, sicuramente alla ricerca di Clara.

Ero così arrabbiata e ferita che non mi accorsi di non essere sola, ero convinta avesse lasciato anche Gabriel la stanza, ma quando mi girai era ancora lì.

Puntai verso le scale, senza degnarlo di uno sguardo, sarei morta piuttosto che rivolgergli ancora la parola.

Avevo appena poggiato un piede sul primo scalino, quando lo sentii dire «È lui quindi?»

Diceva a me? Doveva per forza parlare con me visto che ero l'unica persona nella stanza.

Quando vide che lo guardavo con la fronte corrugata, aggiunse.

«Ma come? Tutto quello sbattere di ciglia, il vestito provocante, non era per vedere se fosse lui il tuo consorte? Oppure volevi solo divertirti prima di legarti per sempre a qualcuno?» Disse con tono freddo e strafottente.

Quelle parole mi trapassarono da parte a parte, lasciandomi una ferita molto peggiore di quella che avevo riportato mesi prima.

Lo guardai con gli occhi spalancati.

Perché era stato così crudele? Come poteva pensare una cosa del genere di me? Sapevo che tutti gli altri lo ritenevano una persona cattiva, ma con me non lo era mai stato.

Fissai i suoi occhi chiari, sapevo il soprannome con cui lo conoscevano tutti, ma mai, prima di allora, avevo visto in azione il famigerato vampiro di ghiaccio, perché con me non era mai stato così, non lo avevo mai conosciuto sotto quella luce, e invece quella sera non era il mio Gabriel a parlarmi, ma l'insensibile e stronzo vampiro di un tempo.

Tuo? Non è mai stato tuo… mi disse una vocina maligna nella mia testa.

Sapevo che era la verità, ma la zittii comunque mentre guardavo i suoi occhi duri e freddi come il ghiaccio, mentre sentivo i miei inumidirsi.

No, non gli avrei mai permesso di vedermi piangere, soprattutto dopo quello che mi aveva detto.

Sentii la rabbia montare dentro di me, trattenni le lacrime i secondi necessari solo per rispondergli a tono.

«Bé, fossi in te gli direi di chiudere la porta a chiave stanotte, nel caso decidessi di infilarmi nuda nel suo letto, dato che mi hai appena dipinta come una sgualdrina non vorrai fare una brutta figura con il tuo ospite.»

Detto questo, corsi su per le scale, rifugiandomi in camera mia.

Sentii Sissi guaire davanti alla porta e mi allungai per aprirla giusto il necessario per permetterle di entrare; quando mi fissò con i suoi caldi occhi marroni, caddi in ginocchio in lacrime, stringendo le braccia al suo collo.

Il giorno dopo mi svegliai prima del solito, non avevo chiuso occhio e nemmeno tutte le canzoni del mio lettore mp3 erano riuscite a calmarmi.

Mi infilai sotto la doccia, rimanendo sotto il getto d'acqua bollente molto più del solito.

Quando mi decisi ad uscire, mi asciugai con cura i capelli e indossai dei jeans attillati con un maglioncino blu leggero, infilai un paio di ballerine e mi diressi verso la biblioteca.

Non avevo voglia di nascondermi in camera mia e data l'ora, di sicuro stavano ancora dormendo tutti.

Camminai tra gli alti scaffali pieni il libri, ispirando a fondo il loro profumo, quella era di sicuro la mia stanza preferita. Mi fermai accanto al tavolo col mondo, adoravo quel tavolo, da piccola Michele mi insegnava lì la geografia, percorsi con le dita il legno intagliato, avevo bisogno di un libro che mi facesse perdere tra le sue pagine.

Scelsi 'Il Conte di Montecristo', avevo visto la serie ma non avevo mai letto il libro, quindi decisi che quello era il momento buono per sopperire a quella terribile mancanza.

Mi raggomitolai sulla poltrona, sfilandomi le ballerine e piegando le gambe sotto di me.

Quando sentii dei rumori in corridoio, mi resi conto che il tempo era volato, guardai l'orologio a pendolo accanto alla porta, cavolo, era già il tramonto? Sicuramente si stavano preparando per partire.

No, non sarei uscita, decisi, avrebbero creduto che stessi ancora dormendo e quindi non sarebbero venuti a cercarmi, una volta che mi fossi accertata della loro partenza, sarei andata da Michele per fare lezione.

Non mi piaceva dire bugie, ma non me la sentivo proprio di spiegargli la verità. Quando sentii la porta della biblioteca aprirsi non mi allarmai, solo io e Michele usavamo spesso quella stanza, decisi di accampare la scusa di aver perso il senso del tempo leggendo il libro, di sicuro non sarebbe rimasto troppo contrariato dal mio ritardo sapendo che stavo leggendo ed inoltre non era una bugia, quel libro era davvero bellissimo, di solito preferivo sempre i libri alle loro controparti cinematografiche e i pochi capitoli che avevo letto erano sulla buona strada per confermare la mia tesi.

Quando vidi avvicinarsi la figura alta di Michele, dissi di getto infilandomi le scarpe.

«Scusa Micha non mi sono resa conto…»

Mi bloccai a metà frase.

Non era Michele.

Era Gabriel. E ora dove scappavo? Guardai a destra e a sinistra alla ricerca di una via di fuga, ma lui occupava l'unica strada che mi avrebbe portata alla porta. Pensandoci bene, no, non sarei fuggita.

Forza e coraggio Deva, che può dirti di peggio?

Se ne stava lì in silenzio a osservarmi.

Che era venuto a fare? Se voleva che fossi la prima a rivolgergli la parola, poteva anche aspettare in eterno.

«Sono venuto a salutarti, partiamo tra poco e non so quanto tempo resteremo fuori, non più di tre settimane credo.»

Strano a dirsi, ma sembrava impacciato. Lui? Impacciato?

Impossibile.

Era molto più probabile nascondesse un coltello con una lama lunga e affilata con cui finire il lavoro che aveva iniziato la notte prima. Ma aveva fatto male i suoi conti, perché se la notte prima avevo ceduto arrivando quasi a piangere sotto il peso di quelle accuse ingiuste e gratuitamente maligne, adesso qualsiasi insinuazione cattiva mi avrebbe trovata più che pronta. Durante la notte passata in bianco, avevo pensato almeno a una dozzina di risposte diverse che avrei potuto dargli.

Peccato che ormai non servivano più.

Però avrei potuto di sicuro dargli un bel pugno in faccia e fargli assaggiare il frutto di anni e anni passati ad impegnarmi al massimo per compiacerlo ed essere all'altezza delle sue aspettative.

Dopo altri interminabili istanti di silenzio, aggiunse.

«Non avrei dovuto dirti quelle cose ieri sera.»

Incrociai il suo sguardo e mi resi conto che quelle erano le uniche scuse che avrei ricevuto da lui, il che era già un evento raro.

Così sospirai e lo guardai di nuovo. I suoi occhi celesti erano sinceri e caldi adesso, in fondo non era colpa sua se ero cotta di lui e nemmeno poteva immaginarlo, visto che facevo di tutto per nasconderlo.

Osservai il suo volto e mi sentii mancare il respiro, credevo sarei riuscita a perdonargli tutto. O quasi.

Ora mi si presentava un dilemma.

Avrei dovuto abbracciarlo e basta o togliermi la soddisfazione di assestargli un bel pugno, magari non rovinandogli quel viso meraviglioso, e poi abbracciarlo?

Alla fine cedetti e mi limitai ad abbracciarlo, non riuscivo proprio ad avercela con lui e poi, per quanto fossi testarda, il solo pensiero che non lo avrei visto per settimane mi faceva già stare male.

«Torna presto» gli dissi con la faccia premuta sul suo petto, lui mi strinse forte e mi baciò sulla fronte.

Rimanemmo così non so per quanto tempo, poi lo sentii scostarsi, voltarsi e andarsene.

Rimasi a guardare la porta chiusa, mi sentivo molto più leggera e serena dopo aver accettato le sue scuse, ma la sensazione di abbandono iniziava a farsi largo dentro di me. Non lo avrei rivisto per giorni.

La tristezza mi invase.

Pensai che almeno era venuto a cercarmi, quindi si era davvero pentito di quello che aveva detto.

E ora dovevo solo tenermi occupata per almeno tre settimane.

Capitolo 18

Due sere dopo ero già nervosa all'inverosimile.

Gabriel non si era ancora fatto vivo con nessuno, Michele aspettava una sua chiamata a momenti.

Perché non era andato Raffaele?

Poi mi vergognai di me stessa, bella amica che sei per Clara, complimenti! Saresti felice di far star male lei al posto tuo? Perlomeno loro sono fidanzati!

Non sapevo più come tenermi impegnata, rimanevo a studiare con Michele più tempo del solito, giocavo con Sissi, nuotavo, avevo perfino scaricato un gioco online sul portatile, ma mi ero stancata già alla creazione del personaggio.

Mi sentivo come una vagabonda, avevo passato due ore in cucina con Adele e Clara che mi avevano insegnato a fare la torta di mele, visto che mi piaceva così tanto, ora era in forno a cuocere e io ero di nuovo senza niente da fare, Sissi dormiva, come al solito, possibile che un cane dormisse così tanto?

A differenza nostra, lei non adorava vivere di notte, le piaceva correre fuori a giocare sotto il sole, perciò credevo che, nella sua testa, la notte fosse fatta per dormire.

Mi dispiaceva non uscire con lei a giocare in giardino, ma Ivan ci andava spesso era riuscito anche ad insegnarle il riporto, che ovviamente con me non faceva mai, ero convinta che ormai avesse capito che poteva fare tutto quello che voleva senza che mi arrabbiassi mai sul serio.

Così mi diressi in biblioteca, ma stranamente dopo pochi minuti di lettura mi ero già annoiata, ormai ero arrivata a buon punto del libro di Dumas e mi piaceva davvero tanto, però quel giorno proprio non mi andava.

Chiusi il libro di scatto e mi alzai, odiavo l'attesa, magari Michele aveva delle novità, nel suo ufficio però non c'era nessuno, mi diressi al piano superiore verso la sua camera e bussai.

Nessuna risposta.

Lo cercai dappertutto, ma non c'era.

Andai in cucina e Clara mi disse che era uscito circa un'ora prima.

La mia mente iniziò a lavorare frenetica, era successo qualcosa? Dove era andato? Scenari tragici iniziarono a crearsi nella mia mente contorta, ogni volta era così, immaginavo sempre il peggio, e se Gabriel avesse chiamato? Se fosse successo qualcosa a lui?

Mi diressi a passo di carica verso la stanza di Raffaele, Clara mi aveva detto che stava lavorando al computer, quindi lo avrei trovato di sicuro.

Ero così assorta nei miei pensieri che non mi accorsi nemmeno di essere entrata in camera sua senza bussare.

«Raffa dov'è andato Michele?» Chiesi ancora prima di guardare nella stanza, lo cercai con gli occhi e mi bloccai.

Raffaele era accucciato davanti al mini frigo che aveva in camera, aveva un sacca di sangue in una mano e un bicchiere pieno di denso liquido rosso nell'altra.

Lui mi fissò basito.

Ovviamente sapevo che tutti e tre avevano delle riserve in camera loro con le sacche di sangue, sapevo anche che preferivano bere appena svegli, ma non li avevo mai visti mentre bevevano.

Loro dicevano che era un momento molto intimo per un vampiro, era come se si estraniasse dal mondo in quegli attimi in cui deglutiva. Ovviamente non ero schifata o impaurita, loro bevevano sangue, io mangiavo, per me era sempre stata la stessa cosa. Da piccola credevo che, per riempire quelle sacche andassero in giro a uccidere i cattivi, ovviamente non avevo idea di cosa fosse una banca del sangue. Sapevo anche che in passato bevevano sempre direttamente dalle persone e che quelle persone non potevano essere tutti dei criminali, ma non ero ipocrita, erano vampiri e comunque adesso non uccidevano più nessuno, salvo qualche pasto vivo che si concedevano di tanto in tanto quando erano fuori.

«Scusami. Oddio non volevo entrare in questo modo. Ti aspetto fuori ok?»

Ero davvero mortificata.

«Vieni, non preoccuparti.» Mi disse tranquillo.

Lui ripose la sacca, chiuse il frigo e si alzò portandosi il bicchiere alle labbra.

Fissai il liquido scuro che macchiava il vetro trasparente. Il colore era davvero bellissimo.

«Perché così agitata?»

«Michele non c'è, e doveva avvertirmi quando Gabriel si metteva in contatto con lui.» Rimasi a guardarlo mentre vuotava il bicchiere con gli occhi chiusi, ovviamente non gli diventavano gli occhi scarlatti, ma semplicemente le pupille si dilatavano, come quando si assumono droghe, e naturalmente i canini si allungavano di riflesso. Raffaele rimase con gli occhi chiusi per un po', sapevo che lo facevano per riacquistare il controllo. Così attesi in silenzio.

«Lo so, ha detto a me di aspettare la sua telefonata. È stato chiamato urgentemente altrove, ma tornerà prima dell'alba, tranquilla.»

«Mi fai sapere quando chiama per favore? Mi trovi in piscina. E scusami ancora.»

Mi voltai ed ero già con la mano sulla maniglia quando lo sentii chiamarmi.

«Deva aspetta, hai un minuto?»

«Certo» richiusi la porta e mi avvicinai a lui, forse voleva spiegarmi qualche altra cosa al pc, qualunque cosa pur di stare occupata, e poi se fossi rimasta con lui, avrei potuto essere presente quando Gabriel avesse chiamato.

Quando però lo vidi avvicinarsi a letto e sedersi sul bordo aggrottai la fronte.

Uhm brutto segno. Che voleva dirmi?

Batté due volte la mano accanto a sé sul materasso per indicarmi di sedere accanto a lui.

Siccome si prospettava essere una cosa lunga, mi tolsi le ballerine viola e mi sedetti a gambe incrociate voltandomi verso di lui.

«Perché sei così elettrica? E non dirmi niente. Sono due giorni ormai che vai avanti e indietro come una trottola.»

Bé era impossibile non accorgersi della mia agitazione in effetti.

«Non lo so, mi sento agitata. Non lo so davvero.»

«È per quello che è successo la sera in cui è venuto Brian?»

Eccolo là, Raffaele andava sempre al punto, senza girarci intorno, e con me centrava sempre il problema.

«Perché cosa è successo?» Speravo che credesse davvero al mio tono ingenuo.

«Deva, non so cosa sia successo dopo, ma di sicuro so che è successo qualcosa, visto che tu e Gabriel non vi siete rivolti la parola per tutta la sera e la tensione tra di voi si tagliava col coltello. Altri due minuti e il gelo tra voi avrebbe fatto sfigurare i gelidi inverni che abbiamo qui!» Mi rispose lui con tono esasperato.

Non credevo l'avessero notato, ma ripensandoci Raffaele se ne accorgeva sempre, era sempre stato il mio protettore e confessore in un certo senso. Così cedetti.

«Non lo so Raffa, davvero! Lui si comporta in modo strano. A te ho dato l'impressione di voler fare colpo su Brian? Sinceramente!»

Forse avevo fatto qualcosa senza rendermene conto. Lo vidi sospirare afflitto.

«Allora è questo il problema. Gabriel ti ha detto che lo hai fatto?»

«Sì!» Esplosi io «ma io davvero non ne avevo intenzione! Cosa ho fatto per dare un'impressione simile?»

«Secondo me nulla. Ma vedi Deva, Gabriel è un tantino possessivo nei tuoi confronti. Sì certo, anche noi lo siamo, diciamo solo che lui lo dimostra in modo diverso» Lo giustificò lui.

«Diverso? Mi ha detto che sembrava volessi andare a letto con lui! Te ne rendi conto? Io! Che non ho mai baciato nessuno in vita mia!»

Lui corrugò la fronte e continuò.

«Forse era solo arrabbiato. Di sicuro non voleva intendere questo. Vedi Gabriel è sempre stato una gran testa di… Ehm, è sempre stato difficile, ha un carattere pessimo, ma credimi, ci tiene davvero tanto a te, tutti noi teniamo a te e non vogliamo che per colpa di questa storia del consorte tu ti senta costretta a fare qualcosa se non ne sei sicura.»

«Raffa a me non pesa il fatto che il destino abbia scelto per me. Sì cavolo, è ovvio che voglio scegliere io l'uomo con cui passare la vita, ma se il mio consorte è davvero la mia metà perfetta e me ne innamorerò all'istante perché non dovrei volerlo? Sarei un'idiota a rinunciare a una cosa simile solo per orgoglio, e orgoglio di cosa poi? Di scegliere un' altra persona che magari non mi renderà felice nemmeno l'un per cento di quanto potrebbe rendermi felice lui? Non voglio accontentarmi di qualcuno che ho scelto io solo per il gusto di ribellarmi, non sono così stupida.»

Quanto volevo che succedesse il prima possibile, così almeno mi sarei tolta dalla testa quella stupida ossessione che avevo per uno degli uomini che mi avevano cresciuta.

«Piccola, io credo davvero che sarà così, ma vedi, forse lui ha paura che prima di legarti per sempre a qualcuno, tu voglia, come dire, sperimentare delle cose.» sembrava quasi imbarazzato.

«Delle cose? Tipo cosa? Baciarlo? Andare a letto con uno sconosciuto buttando via la mia verginità con una persona che a stento ricorderà il mio nome la mattina seguente?»

«A volte sei molto più saggia di noi sai? Comunque… è quello che farebbe una ragazza normale. Hai 17 anni, gli ormoni in subbuglio e avrai una schiera di ammiratori a breve, una combinazione molto pericolosa.»

«Io non ho gli ormoni in subbuglio!» Risposi piccata «volevo solo fare conversazione con una persona diversa! Sai che raramente parlo con qualcuno che non siate voi.»

«Lo so piccola e tu non hai fatto niente di male. Stavo solo cercando di farti capire il suo punto di vista.»

«Bé il suo punto di vista fa schifo.» Dissi arrabbiata.

«Rimane sempre un maschio. Non dimenticarti mai che non solo è un vampiro centenario irascibile e scontroso, ma che è un maschio presuntuoso e dittatore. Pensa che era il terrore di tutti al castello. Una volta stavo osservando lui e Michele che si allenavano, seduto sui gradini sul retro della casa, ero ancora troppo piccolo per reggere una spada e poi sono sempre stato il più mingherlino dei tre. Nostro padre li costringeva ad allenarsi per ore e ore, quando Gabriel gli chiese di potersi battere con uno dei suoi soldati invece che accanirsi contro un bamboccio di paglia, lui gli disse che avrebbe dovuto aspettare ancora degli anni per potersi battere con un guerriero esperto, ma Gabriel non gli diede ascolto e sfidò uno dei suoi cavalieri. Ovviamente il cavaliere non impiegò molto per disarmarlo, ma Gabriel sembrava una furia, iniziò a mordere e lanciare calci come un ossesso, tanto che ci vollero tre persone per staccarglielo di dosso. Quando il cavaliere fu libero disse a mio padre 'altro che il nome di un Arcangelo! Questo qui doveva portare il nome del demonio!' Ovviamente fu punito severamente. Ecco, questo è Gabriel, a volte il suo cervello è come se si resettasse, attacca a destra e a manca tutti quelli che ha a tiro, anche senza motivo. In Italia dicevano che era un cavallo pazzo.» Concluse sorridendo.

«Sì, ma non può aspettarsi che gli altri siano sempre lì pronti a capire i suoi momenti! Non ha mai trovato qualcuno più testardo di lui che non cedesse alle sue minacce?»

Raffaele mi guardò ridendo.

«Bè piccola, sembra proprio che lo abbia trovato.»

Lo guardai confusa. A chi si riferiva?

Poi capii che si riferiva a me e iniziai a ridere con lui. Era vero, eravamo molto testardi entrambi.

Capitolo 19

Avevo già indossato il pigiama, che consisteva in canottiera bianca e boxer da donna arancioni, anche se faceva molto freddo non ero mai riuscita a dormire con pigiami lunghi pesanti, preferivo usare una coperta in più, ma non il pigiama, quando Raffaele mi informò che Gabriel aveva appena chiamato dicendo che andava tutto bene e che si sarebbe fatto vivo presto, perciò mi addormentai tranquilla.

Più o meno.

Era passata una settimana da quando Gabriel era partito, e dicembre era arrivato, così impegnai tutto il mio tempo libero ad addobbare la casa.

Diedi il meglio di me stessa quell'anno, addobbando anche tutta la scalinata, i camini e perfino le porte delle nostre stanze. Inizialmente preparavamo solo albero e presepe, ma poi, con gli anni, avevo iniziato ad addobbare sempre più stanze.

Anche la biblioteca aveva il suo piccolo albero di Natale.

Ordinai su internet anche una grande renna fatta con le luci da mettere fuori in giardino, quando però pensai alle tempeste di neve che sarebbero arrivate, decisi di spostarla e metterla davanti alla finestra, al riparo sotto il portico.

Addobbai anche Sissi a festa, adesso il mio cagnolino, che ormai mi arrivava alle ginocchia e pesava circa quindici chili, sfoggiava un collare rosso a cui avevo appeso un campanellino e un grande fiocco bianco. Inoltre avevo comprato anche un'altra cuccia, era sempre un divano, ma questa volta era decorato con motivi natalizi. Ovviamente lasciai l'albero senza la stella in punta, era tradizione che la mettessimo tutti assieme perciò avremmo aspettato il ritorno di Gabriel per onorare quel rito.

Alla fine, la casa era completamente illuminata, l'albero che avevamo comprato quell'anno era alto come gli altri anni, ma molto più folto e largo e nel presepe avevo aggiunto pastori mobili! Erano bellissimi, uno era il taglialegna che muoveva un braccio su e giù nell'atto di tagliare un ceppo di legno, un'altra era la lavandaia che strofinava un pezzo di stoffa su un lavatoio in legno e infine c'era il fornaio, che tagliava una pagnotta. Erano stupendi, li avevo fatti arrivare direttamente da un artigiano napoletano che li realizzava a mano.

Infine nel presepe avevo messo anche un cagnolino, dello stesso colore di Sissi, a cui avevo aggiunto un nastrino rosso come collare.

«A Gabriel verrà un colpo quando vedrà come hai conciato casa sua. Sembra la dimora di Babbo Natale.»

Furono le prime parole di Raffaele quando chiamai lui e Michele a lavoro finito. Secondo me era stupendo, avevo dato il meglio di me.

«A proposito, ha detto che chiamerà prima dell'alba quindi se vuoi parlargli tieni sotto mano il telefono»

Il mio umore migliorò in un secondo. Finalmente! Avrei potuto almeno sentirlo.

Ero andata in camera mia a prepararmi per dormire molto prima del previsto, quindi ora mi trovavo già in pigiama, seduta sul letto a fissare il telefono.

No, così non andava bene.

Avevo già fatto la doccia, asciugato i capelli, passato venti minuti a intrecciarli nel tentativo di far assumere loro la forma che volevo, avevo addirittura messo una crema rinfrescante alla pesca. Adoravo i bagnoschiuma alla frutta e quella settimana era la volta della pesca.

No, non potevo assolutamente starmene lì impalata, considerai l'ipotesi di mettermi ad ascoltare la musica, e se poi non avessi sentito il telefono?

Guardai Sissi che sembrava infastidita dal mio tamburellare con le dita sulla gamba. Mi guardai intorno in cerca di qualcosa con cui occupare il tempo, quando il mio sguardo si fermò sulla cabina armadio. Decisi che era arrivato il momento di dare ai poveri tutti i vestiti che non usavo più o che non mi piacevano, scesi in cucina a recuperare un grande sacco e mi misi a lavoro.

Un quarto d'ora dopo, il sacco era pieno solo per metà, pensai che era Natale e quindi una buona azione era dovuta, così mi convinsi a rinunciare a capi che avevo messo solo qualche volta, anche se mi piacevano. Li prendevo, li guardavo per un attimo e li buttavo nel sacco, meglio non rivederli più, altrimenti ci avrei ripensato.

Ero arrivata alle scarpe ormai, quando sentii il telefono squillare.

Nella fretta di alzarmi inciampai tra le sciarpe sparse ai miei piedi e ruzzolai a terra, mi alzai con un balzo e raggiunsi il telefono a tempo di record.

«Gab?» Chiesi speranzosa.

«Ciao Scricciolo.» Era lui.

«Ciao! Come stai? Sai già quando torni?» Ti prego ti prego, dì domani.

«Purtroppo non penso di rientrare prima di un'altra settimana almeno. Qui va tutto bene, tu invece? Ti alleni in mia assenza?»

Ovvio che pensasse agli allenamenti.

«Veramente sto mangiando come un maiale, credo che se non ti sbrighi a tornare avrò messo su venti chili prima di accorgermene.» Dissi divertita. «Comunque sì, qui va tutto bene e nuoto tutti i giorni. Ho appena finito di addobbare la casa per il Natale! Devi vedere, è stupenda!»

«Ti sei contenuta Scicciolo?» Chiese dubbioso.

«Oh dai! Dovevo tenermi occupata in qualche modo no? Quindi sii comprensivo almeno stavolta! Devi vedere il presepe, quei pastori che si muovono sono spettacolari! Ho deciso che l'anno prossimo li comprerò tutti così. Magari potremmo addobbare uno dei salotti solo con un intero presepe che gira per tutta la stanza che ne dici?»

«Pastori che si muovono? Cosa vorresti fare, un presepe vivente?»

Perché detto da lui sembrava un'idea assurda?

«Sii! Dovresti vederli, sono bellissimi. Per ora sono solo tre e poi c'è anche Sissi nel presepe!»

Continuai a descrivergli tutti gli addobbi con relative posizioni in tutta la casa.

«Però! Meno male che ti avevo detto di contenerti» sbottò alla fine.

«Su Gab, è Natale! È l'unica cosa che festeggiamo! Abbi pietà!»

«Va bene… ma stai lontana dalla mia camera.»

«Giuro che non entrerò in camera tua. Ho solo messo una ghirlanda davanti alle nostre porte!» Mi giustificai.

«Okay Scricciolo, è tardi, vai a dormire. Cerco di chiamarti di nuovo appena possibile d'accordo?»

«Va bene. Stai attento e torna presto.»

«A presto.»

E chiuse la conversazione.

Fissai il display del cordless. 23 minuti? A me sembravano finiti così in fretta! Ah quanto aveva ragione il principio della relatività…

Due settimane dopo Gabriel fece sapere che sarebbe tornato a casa, ormai mancavano solo due giorni a Natale e non poteva assolutamente mancare. Non lo avevamo mai trascorso divisi.

Iniziai ad andare in panico quando mi svegliai il giorno della vigilia di Natale e lui ancora non era tornato. Che fosse successo qualcosa?

Vagai per la cucina osservando Clara che ripuliva il piano cottura elettrico, Adele non c'era, trascorreva tutte le feste a casa con suo marito e il figlio, Clara invece avrebbe mangiato con me, come i tre anni precedenti da quando la sua famiglia si era trasferita in Texas. Era lì che erano nati i suoi genitori, e da quando Clara aveva diradato di molto le visite, visto che tra lavoro e Raffaele gli restava poco tempo, avevano preso la decisione di tornare nella loro terra d'origine.

Stavo posizionando gli struffoli che Adele aveva preparato come dolce, erano classici del Natale in Italia diceva, li avevo messi in modo da formare una piramide, giusto per perdere un po' di tempo. Sissi ovviamente era accanto a me e mi guardava con occhi imploranti, ne presi uno e lasciai che lo mangiasse.

«Questi non vanno bene per te, signorina. Sono fritti.»

In quel momento sentii le ruote di una macchina sulla ghiaia davanti casa.

Corsi alla finestra e sbirciai fuori, nevicava così forte che a stento distinsi la sagoma di un automobile. Poi però dal sedile posteriore scese una figura alta che aprì il portabagagli per estrarne una grossa sacca nera.

Era tornato! La gioia esplose dentro di me e corsi nell'atrio.

Gli tenni la porta aperta mentre entrava, la chiusi di colpo e mi lanciai su di lui prima ancora che potesse poggiare la sacca per terra.

«Scricciolo fammi togliere questo coso di dosso, sennò ti bagni.»

Mi guardai la maglia e in effetti mi ero bagnata il maglione.

Lasciai che si sfilasse il giubbotto, mentre lo guardavo con lo stesso sguardo con cui un disperso nel deserto ammira un'oasi, mi prese per mano e mi portò davanti al fuoco del camino. Nonostante il cappuccio aveva i capelli neri bagnati che si erano incollati al collo e alla fronte, mentre io guardavo lui, lui si guardava intorno.

«Ogni anno è sempre peggio eh?» Disse scocciato.

In effetti era vero, ogni anno aumentavo sempre di più le decorazioni, invadendo altri spazi della casa.

«Come è andata? Avete incontrato qualche licantropo?» Chiesi impaziente.

Michele mi aveva detto che era andato in territorio dei licantropi per aggiornarsi sulla situazione.

Mi avevano sempre detto che le due razze si evitavano a vicenda e da quando ero arrivata io, era imperativo che non sapessero della mia esistenza, altrimenti mi avrebbero uccisa. Io non riuscivo a capire come una maledizione fatta secoli prima potesse condizionare i rapporti tra razze moderne.

Quando lo avevo chiesto a Michele mi aveva detto che c'erano voluti due secoli perché siglassero un patto in cui una razza ignorava l'altra se rispettavano i confini. Ovviamente se un vampiro aveva bisogno di attraversare un territorio licantropo, bastava che avvertisse il capo branco, altrimenti poteva essere ucciso a vista. Stessa regola valeva per il territorio dei vampiri.

«Sì, ho parlato con un capo branco e le uccisioni erano dovute a un licantropo ribelle che hanno già provveduto ad eliminare.»

Mentre parlava, mi aveva staccato il tessuto bagnato dalla pancia voltandomi in modo da farlo asciugare davanti al fuoco.

«Un licantropo sciolto quindi? Come fa un lupo a non avere un branco?» Non sapevo potesse succedere.

«A volte capita che un membro venga allontanato per qualche crimine commesso, come in questo caso. Problema risolto comunque.»

«Ottima notizia. Allora non c'è più bisogno che tu parta giusto?»

Mi guardò con i suoi occhi celesti, non sembrava stanco, era bellissimo come al solito, le sopracciglia scure facevano risaltare ancora di più gli occhi così chiari che a volte sembravano bianchi, il naso era dritto solo perché era un vampiro diceva, se lo era fratturato almeno una dozzina di volte, e poi la bocca... aveva delle labbra non molto carnose, ma che sembravano disegnate.

Dal colletto della camicia si intravedeva il tatuaggio che aveva sul collo, era una fenice che arrivava col becco alla base del collo e si allungava sul braccio destro fino al gomito.

«No, non c'è più bisogno che parta. Aspettami qui, vado a cambiarmi questi vestiti e torno.»

Annuii e rimasi immobile davanti al camino, guardandolo camminare verso le scale. Distolsi lo sguardo prima che si girasse e mi cogliesse in flagrante.

Abbassai lo sguardo sul mio maglione, avrei dovuto comunque cambiarmi per la cena, perciò corsi in camera mia per sostituirlo con uno rosso e lungo molto aderente, avevo i jeans sbagliati però, così me li tolsi e indossai un paio di jeans attillatissimi con delle ballerine rosse. Dopotutto era la vigilia di Natale.

Tornai in salotto e lo aspettai seduta sul divano, doveva aver intercettato Michele salendo, perché lo sentivo parlare con qualcuno.

Pochi minuti dopo scesero entrambi, Gabriel si diresse verso di me, certo che lo avrei tempestato di domande, mi spostai di lato incrociando le gambe sotto di me e voltandomi verso di lui.

«Allora? Cosa hai fatto in queste settimane oltre aprire la mia casa agli elfi di Babbo Natale?» Disse subito.

Risi e gli raccontai le mie interminabili settimane senza di lui.

Capitolo 20

Io e Clara mangiammo tutto a base di pesce, la vigilia non si mangiava mai carne, e anche se il pesce in generale non mi piaceva molto, lo preferivo di sicuro alla carne, purché si trattasse di frutti di mare e non di pesce intero! Non ero mai riuscita a mangiare niente che avesse una testa e degli occhi che mi fissavano.

Mangiammo più tardi del solito, normalmente consumavo quello che per gli umani era il pranzo verso le otto di sera, e la cena verso le tre di notte, ma siccome a mezzanotte dovevamo aprire i regali avevamo spostato il pasto alle undici.

In pratica questa era la mia classica giornata: mi svegliavo verso le tre del pomeriggio, studiavo con Michele almeno tre ore, pranzavo, facevo i compiti che Michele mi assegnava, mi allenavo con Gabriel almeno due ore, mi facevo la doccia, cenavo, guardavo qualche film con gli altri o leggevo un libro e andavo a dormire.

Mentre noi finivamo di sparecchiare, in salotto loro tre stavano ancora parlando del viaggio di Gabriel.

Quando li raggiungemmo, Michele e Gabriel erano seduti sul divano davanti al fuoco, Sissi era seduta accanto alle gambe di Gabriel che le teneva una mano sulla testa, lo aveva riempito di feste quando era uscita dalla cucina per venirmi a cercare. Mi sedetti davanti al fuoco ad ascoltarli, mentre Clara e Raffaele avevano preso posto sull'altro divano. Li ascoltai attentamente mentre parlavano dei licantropi, non ne avevo mai visto uno e dato che mi avrebbero uccisa a vista, forse era meglio che quella curiosità rimanesse insoddisfatta.

Mancavano pochi minuti a mezzanotte, quando scattai in piedi all'improvviso.

«La stella! Presto!»

Tutti mi guardavano come se fossi impazzita. Ma come?

«Non abbiamo messo la stella sull'albero! Presto, alzatevi!»

Non guardai le loro facce, ma sentii sospiri e risolini alle mie spalle.

Nonostante mi credessero pazza, mi accontentarono e prendemmo la stella tutti insieme fissandola in cima all'albero.

«Ora è tutto perfetto!» Dissi soddisfatta.

Al rintocco della mezzanotte ci scambiammo i regali.

Ovviamente da piccola ero la sola a riceverne, ma da quando ero cresciuta abbastanza da sapere dell'esistenza dei computer, avevo deciso di comprare dei regali da parte mia a tutti, inizialmente facendomi aiutare da Raffaele e poi da sola.

Alla fine io ricevetti un sacco di libri e i miei film preferiti, sapevano che erano i regali che preferivo.

Quando Gabriel mi porse il suo regalo mi spiazzò per un attimo, era un grosso rettangolo ricoperto di carta argentata, lo presi in mano e pesava parecchio, lo scartai in tutta fretta, non avendo nessuna cura dell'impacchettamento, come al solito, e mi trovai davanti una cassa di legno di quelle che contenevano solitamente i vini pregiati. Arricciai le labbra e lo fissai. Era uno scherzo?

«Forza, apri» mi esortò lui.

Alzai il coperchio e mi trovai davanti quattro bottiglie di Martini, di colore diverso.

«Visto che ti piace così tanto, te ne ho ordinato uno di tutti i gusti, così puoi vedere quale ti piace di più.» Continuò lui.

Risi divertita, mi piaceva proprio quel regalo.

Gabriel mi spiegò che i quattro tipi erano: bianco (che era quello che avevo assaggiato), dry, rosso e rosato.

Ne aprii subito uno, scelsi il rosso, e lo provai.

Però! Non sapevo se mi piacesse più del bianco, ma di sicuro era squisito.

Prima che potessi aprirne un'altra, Raffaele si alzò e andò in cucina a prendere un vassoio con cinque flûte e una bottiglia di spumante. Lo poggiò sul tavolino basso, stappò la bottiglia e riempì tutti i bicchieri di liquido dorato, ne prendemmo uno a testa e stavo già per berne un sorso, quando lo sentii parlare.

«Signori, ho un annuncio da fare.»

Allontanai il bicchiere e lo guardai. Clara era rossa come l'acero stampato sulla bandiera del Canada.

«Finalmente Clara ha accettato di sposarmi e ha fissato la data del nostro matrimonio.» Disse orgoglioso.

Spalancai gli occhi e corsi ad abbracciare Clara che ovviamente piangeva, mentre Michele e Gabriel si complimentavano con il fratello minore.

Quando ci staccammo chiesi a Clara.

«Quando?»

«In tarda primavera, dobbiamo ancora definire il giorno, in base agli impegni. Dopo il tuo debutto comunque, perché voglio assolutamente che tu sia la mia damigella d'onore» mi disse Clara.

«Sul serio?» Chiesi incredula.

«Sì» disse lei, che intanto stava abbracciando Raffaele.

«Mentre il mio sarà Gabriel» disse Raffaele.

Vidi Gabriel sorridere e avvicinarsi per stringere la mano del fratello.

Passammo il resto della serata a pianificare tutto. Clara voleva una funzione cristiana, però non volevano sposarsi in chiesa, quindi avrebbero dovuto trovare qualche villa adatta alla cerimonia, ovviamente parlammo del vestito per ore e pregai Michele affinché mi permettesse di andare con lei a sceglierlo.

«Giura solo che non mi farai indossare un terribile vestito rosa con volant e rouches» le dissi alla fine.

«No Deva, non mi sognerei mai di farti indossare un vestito rosa. Non sono fissata con queste cose, quindi potrai scegliere il vestito che più ti piace, tranquilla.» Parlammo di veli, bomboniere e segnaposti, Raffaele disse che avrebbe dovuto invitare molti vampiri della sua discendenza e Clara ovviamente voleva la sua famiglia, quindi era impossibile che mangiassero tutti insieme.

Come avremmo fatto a spiegare ai parenti di Clara i bottiglioni di liquido rosso a centrotavola?

«Ho partecipato solo una volta a un matrimonio del genere. Per ovviare il problema, potremmo semplicemente tagliare la torta una volta finita la cerimonia, salutare tutti e poi partire, saltando il classico pranzo.» Spiegò Raffaele.

In effetti adesso i tempi erano cambiati.

«Per me va bene» rispose Clara.

Prima di andare a letto abbracciai anche Raffaele e feci di nuovo gli auguri ad entrambi.

Quella sera nel letto, riflettei che non avevo mai pensato sul serio al mio matrimonio. Sì, ero convinta che mi sarei sposata con il mio consorte, ma non avevo mai pensato al matrimonio vero e proprio. Iniziai a fantasticare sul vestito che avrei indossato, il luogo, la torta, tutto tranne lo sposo.

Sapevo benissimo chi avrei voluto ricoprisse quel ruolo.

Il resto delle feste passò molto in fretta.

In un attimo era già passato l'anno nuovo e la normale vita era ricominciata, gli addobbi erano già stati riposti nelle scatole e la casa era di nuovo in ordine.

Il regalo di Gabriel era stato davvero una rivelazione, avevo scoperto che il mio preferito era il Martini rosato, seguito da quello bianco, ora capivo perché Gabriel beveva sempre, era davvero buonissimo.

Io e Sissi ormai eravamo inseparabili, lei era sempre con me, qualsiasi cosa facessi, anche mentre mi allenavo rimaneva lì a guardarci.

La prima volta che io e Gabriel iniziammo a lottare davanti a lei, si avvicinò con le orecchie abbassate per capire cosa stesse succedendo, ma quando vide che era una specie di gioco si rilassò.

Era la fine di gennaio, io e Clara eravamo sedute sul tavolo in sala da pranzo circondate da migliaia di depliant di viaggi, cataloghi di vestiti da sposa e liste degli invitati. Quando dissi a Michele che la settimana dopo saremmo andate a scegliere il suo vestito da sposa lui mi rispose.

«Ah Deva, già che ci sei, perché non scegli anche cosa indossare per il tuo debutto?»

«Ma ancora non abbiamo deciso la data.» Risposi io.

«Sarà il giorno del tuo compleanno, questo è sicuro e lo faremo qui, nel salone grande.»

Il salone più grande della casa sembrava essere stato progettato per dare delle grandi feste. Non avevo proprio pensato al mio debutto però.

«Mi devi ancora spiegare nei dettagli tutto.» Protestati io.

Non mi piaceva arrivare impreparata, odiavo non sapere le cose.

«È molto simile a come lo immagini, tanti vampiri, una sola persona vestita di bianco, si aprono i balli con il capo della discendenza e poi balli con tutti gli altri. Certo dovrai imparare a ballare…»

«Io so ballare!»

«Valzer? Tango? Questi sono i balli che si fanno al debutto, non quelle cose strampalate che fai tu» disse Michele sorridendo.

Avrei dovuto ballare il liscio? Davvero?

«Ma a me non piacciono quei balli! E poi come faccio a imparare? Me lo dici solo adesso? Mi ci vorrà una vita per impararli tutti. E a proposito, solo di bianco?»

«Tranquilla, noi tre siamo ballerini provetti, inoltre eravamo presenti quando sono stati inventati, quindi non potresti trovare insegnanti più capaci di noi» mi rispose Raffaele.

La prima lezione di valzer con Raffaele fu un disastro, Michele era dietro di me e mi teneva le mani sui fianchi tirandomi avanti e indietro in base alla musica, mentre Raffaele era il mio ballerino.

Dopo mezz'ora ero esasperata.

«Non mi piace! Non riesco proprio a seguire la musica! È proprio necessario questo? Non posso impararne un altro? È il mio ballo, giusto? Quindi bandisco i valzer!»

«Non puoi bandire un valzer perché tu non sai farlo» mi rispose Michele spazientito «pian piano lo imparerai. Devi solo lasciarti andare e farti portare dal tuo cavaliere, facendo i passi giusti. Tutti i vampiri presenti sapranno ballare il valzer, quindi devi solo seguire il ballerino e basta.»

Facile per lui! Ballavano tutti e due come se fosse la cosa più facile del mondo! Io adoravo ballare, ma non quella roba!

Provammo altre quattro volte in quei giorni, e finalmente riuscii a portare a termine un valzer intero senza pestare i piedi di Raffaele o sbagliare i passi in altro modo.

«Bene. Devi solo essere meno rigida e sei perfetta.» Commentò Michele, supervisionava sempre le mie prove con Raffaele in modo da correggere tutti i miei errori.

Il giorno dopo andammo a scegliere il vestito di Clara, quando entrammo nel negozio pensai che non ne saremmo mai uscite vive.

C'erano così tanti vestiti! Come avremmo fatto a capire quale era quello giusto per lei?

Dall'espressione preoccupata sul viso di Clara, capii che anche lei aveva avuto lo stesso pensiero.

La salvezza si presentò a noi con il nome di Meg, era una donna molto piccola, sulla quarantina, con un tubino nero, calze trasparenti e scarpe che ticchettavano ad ogni suo passo. Volle sapere il tipo di cerimonia, i gusti della sposa e quelli dello sposo, fece alzare in piedi Clara e la fece girare in tondo, squadrandola con occhio critico. Alla fine chiese il budget e sparì tra le immense file di appendiabiti.

Io e Clara ci fissavamo sconcertate, lei aveva solo una vestaglia di seta addosso e la biancheria intima, eravamo sedute entrambe su un piccolo divano posto davanti ad una pedana rotonda rialzata. Sentivamo il ticchettio delle scarpe di Meg che correva avanti e indietro, portandosi dietro una marea di vestiti.

Alla fine tornò con un carrello intero a cui aveva appeso almeno quindici capi.

Clara iniziò a provarli, e man mano che capiva i suoi gusti sulla gonna, lo scollo o altro, li eliminava dal carrello sostituendoli con altri.

Alla fine la scelta si ridusse a due vestiti.

Uno era completamente di pizzo, con un lungo strascico che poteva essere allacciato anche al polso quando si ballava, aveva lo scollo a cuore e le maniche lunghe, le stava benissimo, ma mancava qualcosa…

Il secondo invece aveva una gonna molto ampia e un corpetto tutto ricoperto di perline, di sicuro molto più appariscente.

Quando Meg capì le nostre perplessità, si fiondò di nuovo tra i vestiti portandone uno che, a detta sua, sarebbe stato perfetto.

E aveva ragione, quando Clara si vide riflessa con quel vestito, scoppiò a piangere soddisfatta, era molto simile al primo, ma aveva la gonna che scendeva morbida, sotto il seno portava un fascia di raso bianco che dava quel tocco in più che mancava all'altro.

Era assolutamente bellissima.

Meg chiamò la sarta che prese tutte le misure per le modifiche, e quando finì con lei, passammo al mio vestito.

La commessa mi riservò lo stesso trattamento, mi esaminò e si presentò con una marea di abiti.

Mi avvicinai al carrello e li osservai tutti, scartando subito quelli che sapevo non mi sarebbero mai piaciuti.

Ne erano rimasti solo quattro alla fine, uno nero, due azzurri, uno rosso.

Provai prima il nero, ed era decisamente troppo scollato per i miei gusti, perciò non uscii nemmeno.

Il primo azzurro mi piaceva molto per il colore, ma il modello non era proprio adatto a me, vista la mia terza abbondante non mi piacevano i vestiti scollati, mi sembrava di apparire sempre volgare.

Così passai agli ultimi due, che erano quelli che più mi convincevano.

Il rosso aveva lo scollo all'americana, quindi non c'era il problema della scollatura, ma in compenso aveva tutta la schiena scoperta, scendendo lungo fino ai piedi.

L'azzurro invece era composto da un bustino di pizzo trasparente azzurro e una gonna di morbido tulle più corta avanti e lunga dietro.

Quando mi vidi con quell'ultimo abito non ebbi dubbi che fosse perfetto per me. Chiesi conferma a Clara e anche lei si disse completamente d'accordo, dopotutto sì, volevo essere bella, ma era suo il matrimonio.

Infine passammo alla scelta dell'abito per il debutto, non ero entusiasta del fatto di doverlo comprare bianco, però se quelle erano le regole...

Spiegai alla commessa che mi serviva per una specie di debutto in società, che non doveva essere troppo provocante e che mi permettesse di ballare senza problemi.

Mi portò diversi abiti e alla fine ne scelsi uno stile charleston, color avorio, con le spalline che incrociavano dietro la schiena, rimaneva aderente fino a sotto il sedere, da dove partiva la gonna tutta a frange, concava davanti e a punta dietro.

Comprammo tutto e andammo via.

Capitolo 21

Quando tornammo a casa era davvero molto tardi, il negozio aveva addirittura posticipato l'orario di chiusura per evitarci di dover andare il giorno dopo a prendere le misure per le modifiche.

Bene, almeno gli abiti erano fatti.

Ero sfinita, lo shopping mi stancava più degli allenamenti con Gabriel.

Mi diressi in camera mia, certa che Gabriel mi stesse aspettando in piscina, ma sentii Michele chiamarmi, la sua voce veniva dalla sala grande.

Ti prego, non volevo ballare di nuovo il valzer.

Iniziai a pensare ad una scusa plausibile, quando entrando nell'enorme sala vidi che con lui non c'era Raffaele, ma Gabriel. Che faceva lì?

«Deva, Gabriel dice che per oggi potete saltare l'allenamento a patto che impari il tango.» Guardai Michele che armeggiava con lo stereo.

«Il tango? Cosa c'entra il tango? Una volta non si ballava il tango.»

Il tango? Quel ballo sensuale in cui i due si strusciavano di continuo? Con Gabriel? Voleva uccidermi?

«Si balla anche il tango ai debutti, perciò devi impararlo. Gabriel si presterà come tuo cavaliere stavolta.»

Spostai lo sguardo su Gabriel che per tutta risposta mi fece spallucce. Oh bene! Sembrava che Michele lo avesse incastrato, quindi avevo anche un cavaliere che non voleva ballare con me. Ottimo.

Michele si avvicinò dicendomi:

«Bene, ora dimentica tutto quello che abbiamo detto per il valzer, nel tango non c'è un vero e proprio spazio fisso tra i partners, è molto più… intimo ecco.»

«Se è intimo perché dovrei ballarlo con uno sconosciuto? È il mio ballo giusto? Fammi imparare solo i balli che devo fare con voi tre e basta, non ballerò più con nessuno.»

Si poteva fare giusto? Alla fine ero io la festeggiata, se così si poteva dire.

«Sarebbe una grande offesa da parte tua e nostra se non ballassi con nessuno. Lo prenderebbero come un rifiuto. Inoltre non sarai tu a scegliere la danza, tu potrai solo accettare di ballare o meno con un vampiro, ma sarà lui a decidere il tipo di ballo che farete. Ora, siccome Gabriel è più alto di Raffaele e nel tango ci si guarda negli occhi, è meglio che tu vada a metterti delle scarpe col tacco, quelle che hai sono troppo basse.»

Guardai le mie Converse, sì, non erano adatte per ballare.

Andai a cambiarmi le scarpe scegliendo le più alte che avevo, così almeno potevo verificare se riuscivo a ballare su quei trampoli e poi odiavo sentirmi piccola, non che fossi bassa, ma accanto a un omone di quasi due metri vengono dei complessi a tutte.

I jeans mi lasciavano abbastanza mobilità e il maglioncino nero andava benissimo visto che le scarpe erano nere.

Quando scesi di nuovo non sentii le note del classico tango della gelosia, ma un'altra musica molto più bella. Avrei dovuto scaricarmela il prima possibile.

«Che musica è?» Chiesi a Michele per allentare la tensione.

Stavo per ballare il tango con Gabriel.

Sentivo le mani tremarmi e di riflesso chiusi e riaprii i pugni più volte, fingendo di sgranchirmi le dita.

Mantieni la calma e cerca di non cadere o pestargli i piedi, ripetei a me stessa. Dopotutto era solo un ballo, quando combattevamo gli stavo ancora più attaccata, ma era diverso. La musica, i movimenti, tutto rendeva quel momento ancora più difficile per me. L'aria intorno a noi era così elettrica che la sentivo pizzicarmi la pelle.

«Si chiama 'Por una cabeza', ti piace?»

«Molto. Su cominciamo.»

Michele mi spinse verso Gabriel e prese posto come al solito dietro di me, tenendomi per la vita. Gabriel mi stava molto più attaccato di Raffaele. Poi Michele cominciò a spiegarmi.

«Okay Deva, questo è molto diverso dal valzer, dovrai ricordare quando fare determinati passi alternati al tuo compagno, perciò presta attenzione.»

Mi fece vedere come ruotare la gamba all'indietro descrivendo un semicerchio senza abbassarmi, dovevo fare anche due giri con le mani di Gabriel che mi tenevano ferma per la vita.

E quando credevo sarei morta dall'imbarazzo, dovetti ricredermi, perché c'era un passo in cui lui praticamente mi metteva una mano sul seno.

Allora mi staccai.

«Micha ma fai sul serio? Dovrei farmi mettere le mani addosso da uno sconosciuto? Mi ha toccato le tette!» Ero incredula.

No, non avrei ceduto, non nego che ballarlo con Gabriel era stupendo, ma non avrei mai permesso a nessun altro di toccarmi così.

«Non ti ho toccato le tette se è per questo! Tu sei piccola, la mano va subito sotto l'ascella e io ho le mani grandi. Credimi, nessuno oserà toccarti le tette al tuo debutto se vuole uscirne vivo.» Mi spiegò Gabriel irritato.

Lo fissai con le mani sui fianchi, okay,fai un bel respiro e ricomincia Deva, ce la puoi fare. È solo un ballo, per l'amore di Dio.

Presi di nuovo posizione e ricominciai.

Dopo parecchi giri di tango, ero orgogliosa di me, questo mi riusciva molto meglio, non ero mai caduta né avevo pestato i piedi di Gabriel, nemmeno una volta.

«Avrei dovuto immaginarlo che eri portata per il tango.» Mi disse Michele mentre faceva ripartire la musica.

«Di sicuro mi piace molto più del valzer. E poi perché avresti dovuto immaginarlo?» Chiesi mentre Gabriel mi spingeva di nuovo al centro della sala.

«Perché è il ballo preferito di Gabriel» lo sentii mormorare sovrappensiero.

«E questo cosa c'entra?» chiesi curiosa. «A te piace il tango? Non lo avrei mai detto» dissi rivolta a Gabriel.

«Perché no?» Mi incalzò lui mentre la musica iniziava a riempire di nuovo la stanza.

«Non credevo ti piacesse stare così appiccicato a qualcuno, anche se solo per un ballo.» Non gli era mai piaciuto il contatto fisico quindi non me lo spiegavo.

«Il fatto che non cerchi il contatto fisico con tutti, non significa che non mi piaccia. Soprattutto se la ballerina è capace e arrendevole.»

Ah. Questo sì che bruciò come acido, immaginai lui tra le braccia di una bella bionda tutta curve e moine che si muoveva sinuosa, strusciandosi su di lui ad ogni occasione. La gelosia mi assalì sovrana.

«Quindi ti piacciono le donne sottomesse?» Chiesi con una punta di veleno.

«Assolutamente sì. Non mi è mai piaciuto combattere anche a letto.»

Questo sì che fa male, pensai amareggiata.

Conficcai le unghie nel suo maglione, mentre nella mia testa si susseguivano scene di lui che si rotolava tra le lenzuola con donne dai volti diversi, ma sempre pronte ad esaudire ogni suo desiderio. Se questi erano i suoi gusti, era ovvio che non provasse nessuna attrazione per me che lo sfidavo anche nelle piccole cose.

Sei uscita dai giochi ancora prima di cominciare, mi disse la vocina nella mia testa. Lo trapassai con lo sguardo e continuammo a ballare in silenzio per tutta la sala, cercai di concentrarmi il più possibile per non sbagliare un passo e non sussultare ogni volta che le sue mani si posavano di nuovo su di me.

Finita quella canzone, mi staccai e mi voltai verso Michele.

«Finito?» Lui mi rivolse uno sguardo turbato sentendo il mio tono acido.

«Sì puoi andare, continuiamo un'altra volta.»

Il giorno dopo era domenica, perciò ero libera sia dalle lezioni sia dagli allenamenti. Ero ancora arrabbiata per quelle cose che mi aveva detto Gabriel, avevo passato tutta la notte a pensare a lui con un migliaio di donne diverse.

Alla fine il sonno mi aveva presa per sfinimento, avevo sognato quelle stesse scene come se le stessi vedendo dall'alto, vedevo lui steso sul letto, di schiena, che si muoveva lento sul corpo di una donna di cui non riuscivo a vedere il viso, riuscivo a scorgere solo i lunghi capelli sparsi sul cuscino. Quando i movimenti del bacino di Gabriel si facevano più frenetici, la donna si voltava dall'altro lato e apriva gli occhi, gridando in presa all'estasi.

Era sempre la stessa bionda delle mie visioni.

Così mi ero svegliata di soprassalto, senza riuscire più a dormire.

Mi ero vestita ed ero scesa di corsa in piscina, una bella nuotata mi avrebbe aiutato di sicuro.

Sissi mi guardava confusa, mentre sbattevo le porte dello spogliatoio. Mi lanciai in acqua ed iniziai a nuotare con energiche bracciate.

Non so quante vasche avevo fatto, quando mi accorsi che a bordo piscina c'era qualcuno. Continuai a nuotare, sperando che chiunque fosse capisse che non era giornata.

«Hai intenzione di allenarti per le olimpiadi?»

Cavolo. Era Gabriel, l'ultima persona che avrei voluto vedere in quel momento.

Lo guardai solo per un attimo, poi con la scusa di sistemarmi i capelli distolsi lo sguardo.

«Volevi qualcosa?»

Che tradotto era: ti serve qualcosa di urgente o mi lasci in pace? Dal mio tono doveva averlo capito, perché vidi che si allontanava.

Finii di legarmi i capelli e ripresi a nuotare ancora più arrabbiata di prima.

Era venuto solo per stuzzicarmi?

Mentre la mia mente rimuginava sul perché fosse venuto a cercarmi sentii un tonfo dietro di me. Qualcuno si era tuffato. Mi voltai e vidi una sagoma scura sott'acqua.

Era andato a mettersi il costume e ora era nell'acqua. Bé, non potevo cacciarlo visto che era casa sua, ma ovviamente potevo andarmene io.

Stavo quasi per avvicinarmi al bordo quando mi sentii una codarda, vivevamo sotto lo stesso tetto accidenti, se non volevo evitarlo per sempre avrei dovuto superare la cosa. Emerse pochi metri più avanti, si girò e nuotò verso di me.

«Che ne dici di una gara per sbollire la rabbia?» Mi disse lui con un sorriso furbo.

«Non sono arrabbiata» mi affrettai a negare. Il suo sorriso si allargò.

«Bene allora facciamo una gara e basta.» Si avviò verso il bordo della piscina e attese che io lo raggiungessi. Mi guardò e poi disse.

«Velocità o resistenza?»

«Velocità» sapevo che in resistenza non potevo batterlo.

«Ottimo. Quattro vasche allora. Al mio tre. Uno. Due. Tre.»

Si lanciò in avanti e lo seguii.

Alla seconda vasca lui era di pochi metri più avanti, io aspettai l'ultima capriola sott'acqua per spingermi quanto più potevo, iniziai a nuotare come se ne andasse della mia vita, riversando in quella ultima vasca tutta la frustrazione accumulata in quel giorno. Alla fine le mie dita sfiorarono per prima le mattonelle del bordo.

«Ho vinto!» Ansimai quando riuscii a parlare di nuovo.

«Complimenti Scricciolo! Mi hai battuto per un pelo» cedeva così facilmente? Un dubbio si insinuò nella mia mente.

«Non mi hai fatto vincere vero?» Chiesi sospettosa.

«L'ho mai fatto?» Anche lui era senza fiato.

«No».

Gabriel non era proprio il tipo da farmi vincere solo per sentirmi meglio. In quel momento realizzai che mi aveva dato proprio quello di cui avevo bisogno. Gabriel riusciva a capire esattamente come comportarsi quando nemmeno io avrei saputo cosa fare per sentirmi meglio.

Realizzai che era inutile prendersela con lui, non potevo arrabbiarmi perché aveva avuto o desiderava delle donne. Non era colpa sua se mi ero innamorata di lui, non mi aveva mai incoraggiata né dato false speranze.

Forse era meglio godermi ogni minuto che passavo con lui e basta, senza pensare alle conseguenze.

Sembrava che il tempo si fosse fermato, era tutto chiaro adesso, potevo passare il tempo ad arrabbiarmi o godermi ogni singolo istante passato assieme a lui, in pratica dovevo smetterla di comportarmi come una bambina viziata e iniziare a pensare come una donna.

Lo guardai mentre entrambi restavamo appoggiati al bordo per riprenderci dalla stregua nuotata, lo sguardo mi cadde di nuovo su quelle labbra dischiuse, per la seconda volta desiderai con tutta me stessa che mi baciassero. Volevo sentire le sue labbra sulle mie, sperimentare in prima persona l'emozione del primo bacio e volevo che fosse lui a darmelo, volevo che fossero le sue le labbra a sfiorare le mie per la prima volta, che fosse lui il mio primo bacio. Volevo lui e basta.

Potresti anche baciarlo tu, mi suggerì la vocina nella mia testa.

Sentivo una strana sensazione allo stomaco, il cuore iniziò a battermi all'impazzata, sembrava quasi volesse prendere il volo. Forse erano quelle le famigerate farfalle allo stomaco di cui tutti parlavano nei libri, mi sentivo come sul ciglio di una scogliera, davanti a me c'era il dirupo, l'ignoto, un salto di decine di metri nel vuoto che non sapevo come sarebbe finito, se su un letto di fiori multicolori o sopra rocce dure e aguzze, dall'altra c'era la vecchia, sicura strada. Potevo voltare le spalle al dirupo e tornare sui miei passi, o decidere di fare il salto e scoprire cose mi riservava il futuro.

Potevo affrontare il cambiamento? Ero pronta a saltare accettando tutte le conseguenze?

Lui poteva scostarsi schifato, subire il mio assalto in silenzio oppure scoppiarmi a ridere in faccia. E poi, contro ogni previsione e ad una percentuale quasi nulla, poteva rispondere al mio bacio.

Nella mia testa si susseguirono una moltitudine di scenari possibili, se si fosse rifiutato come avremmo vissuto poi? Non volevo perderlo, ma ero stanca di negare quello che provavo per lui. Ne ero innamorata, non potevo più nasconderlo.

Chiusi gli occhi e l'immagine di una margherita mi riempì la mente. Lo faccio o non lo faccio, lo faccio o non lo faccio?

Li aprii di scatto e fissai l'oggetto del mio desiderio.

Ero stanca di pensare, stanca di tutti quei se e quei ma, stanca di nascondermi.

Volevo davvero continuare così? Non sapevo cosa significava essere una Furia, ma sapevo di non essere mai stata una codarda. Se quel passo avrebbe cambiato le cose tra di noi, lo avrei accettato, me ne sarei fatta una ragione alla fine, ma non potevo continuare a sentirmi così in bilico.

Fallo.

Fallo.

Senza rendermene conto mi sporsi verso di lui, sempre più vicino, sempre più vicino finché non arrivai a sentire il suo respiro sulla mia pelle.

Non si era mosso, restava lì immobile in attesa della mia mossa, quelle labbra erano un richiamo irresistibile.

Inclinai la testa di lato per assaggiare la sua bocca, aveva smesso di respirare, ma più che terrorizzato, mi sembrava combattuto.

Sfiorai il suo naso con il mio, sapevo di dover chiudere gli occhi, ma avevo quasi paura a farlo.

Sissi abbaiò e io sobbalzai, c'era qualcuno che mi stava chiamando dal piano di sopra. Mi allontanai subito mentre lui si voltava dall'altra parte.

«Clara ti sta cercando» mi disse lui.

Tornai alla realtà con la stessa delicatezza riservata ai mozzi di mare svegliati con una secchiata di acqua gelida.

Per un attimo rimasi spiazzata, non sapevo nemmeno più dove mi trovavo. Il mio cervello mi fornì un velocissimo rewind sugli avvenimenti di qualche minuto prima. Io incazzata, gara, euforia della vittoria, sensazione ravvicinata delle sue labbra, smania di saltargli addosso, mille paranoie, finalmente una decisione. Era successo tutto nel giro di pochi minuti?

Battei le palpebre più volte e staccai gli occhi dal suo viso, se continuavo a guardarlo incantata non mi sarei mai ripresa di sicuro.

Uscii meccanicamente dalla piscina e mi avviai verso gli spogliatoi.

Dio, c'era mancato così poco, sorrisi pensando che nonostante tutto non mi aveva fermata né si era tirato indietro.

Quello era il giorno in cui avevo dato il mio primo quasi bacio.

Capitolo 22

Le lezioni di ballo continuavano inesorabili, per ultimo imparai il fox trot, che era addirittura peggio del valzer.

Alla fine decidemmo che avrei ballato il valzer con Michele, tango con Gabriel e fox trot con Raffaele. Gli altri chissà, non ero nemmeno poi così sicura di voler ballare con dei perfetti sconosciuti.

Dopo quell'episodio in piscina, anche tra me e Gabriel tornò tutto come prima. Lui si comportava come se niente fosse cambiato e questo, se da un lato mi rassicurava, da un altro mi faceva pensare che forse per lui non aveva significato nulla, d'altronde non era difficile superare qualcosa a cui si dava poca importanza.

I preparativi per il matrimonio continuavano e alla fine decisero di sposarsi esattamente un mese dopo il mio compleanno, alla fine di giugno, poi sarebbero partiti per una lunga luna di miele. Clara ancora non mi aveva detto se la sua trasformazione in vampiro sarebbe avvenuta durante il viaggio oppure al ritorno. Dopotutto erano solo un paio di giorni di pazzia in cui si desiderava solo e soltanto sangue, piano piano sarebbe tornato tutto normale.

Era appena iniziato marzo quando appresi da Michele che, per il mio debutto, alcuni vampiri della sua discendenza sarebbero venuti da molto lontano, perciò avremmo dovuto ospitare qualcuno a casa nostra.

Adele ovviamente, da maniaca delle pulizie quale era, anche se mancavano più di due mesi all'atteso evento aveva già iniziato a far arieggiare le stanze del terzo piano, che erano sempre state chiuse; le aveva pulite da cima a fondo costringendo suo figlio e suo marito a fare continui lavoretti, dai lampadari, alle tende, aveva fatto spostare perfino gli armadi per vedere le condizioni di tutte le mura.

Alla fine disse che ne avremmo potuti ospitare almeno dieci, anche di più se alcuni venivano in coppia e potevano dividere la stanza.

In tutta quell'agitazione, mi resi conto che pensavo sempre a quel giorno come il giorno del debutto e non al giorno in cui avrei compiuto la maggiore età.

Chissà, forse avrei trovato il mio consorte proprio quella sera visto che, a quanto diceva Raffaele, ormai ero una celebrità tra i vampiri e sarebbero venuti tutti a vedere la pupilla dei fratelli Sincore, colei che avevano tenuto nascosta al mondo intero.

Non riuscivo a capire, però, perché ogni volta che parlavo del mio consorte si zittivano tutti, perfino Clara, all'inizio pensavo che fosse solo un caso, ma poi decidetti che evidentemente non volevano darmi false speranze, dicendo che lo avrei trovato subito o dopo un anno.

La vera questione era: dopo il famigerato debutto, avrei avuto più libertà? Altrimenti come avrei fatto a trovare il mio consorte stando sempre chiusa in casa?

Forse avrebbero iniziato ad invitare più persone a casa, ma non ne ero così sicura, Gabriel odiava avere ospiti in casa sua.

Accantonai la questione, aspettando che si presentasse l'occasione giusta per discuterne con Michele.

A volte mi ritrovavo a fantasticare che quella sera stessa, a metà del ballo, Gabriel mi avrebbe portata fuori in giardino, confessandomi che era lui il mio consorte, poi mi avrebbe presa tra le braccia e mi avrebbe baciata appassionatamente. E poi pensavo anche alla mia reazione, ovviamente mi sarei goduta attimo per attimo il bacio tanto atteso, in seguito lo avrei ucciso di botte per avermelo tenuto nascosto così a lungo.

Forse proprio ucciso no, ma di sicuro avrei mandato a segno qualche cazzotto, possibilmente non sul viso.

Poi però, puntualmente, mi svegliavo e la solita vocina antipatica nella mia testa mi diceva, cara mia se sapeva di essere il tuo consorte non credi che almeno avrebbe mostrato un minimo interesse non fraterno in tutti questi anni?

Già, secondo quello che Michele mi diceva, per il mio consorte io sarei stata come l'aria, mi avrebbe amata all'istante, provvedendo a me in qualsiasi modo e momento, mettendo sempre me al di sopra di tutto e tutti e la stessa cosa avrei provato io. Quindi no, non poteva essere lui.

Chissà come lo avrei riconosciuto… forse sarebbe stato il classico colpo di fulmine di cui tutti i libri parlano, ma come poteva il mio cuore dimenticare completamente quello che provavo per Gabriel?

Bah, inutile scervellarsi adesso, tanto nessuna di quelle domande aveva una risposta certa, per cui dovevo solo aspettare e vivere giorno per giorno, il tempo avrebbe dato le sue risposte.

Ma come impegnarlo, il tempo? Certo, la mia giornata era sempre piena, ma avevo bisogno di trovare un altro cavillo da risolvere per distrarmi dalla faccenda del consorte.

Decisi che era tempo di sciogliere un enigma che mi perseguitava da quasi un anno. Quello che avevo fatto con la ferita di Clara, ero in grado di controllarlo o meno? Se le Furie avevano detto la verità a Michele il giorno in cui mi avevano portata da lui, allora la trasformazione non doveva essere lontana.

Il giorno perfetto si presentò qualche settimana dopo, io e Michele eravamo rimasti da soli in casa, Raffaele era uscito con Clara per occuparsi di alcune faccende in vista del matrimonio, mentre Gabriel era uscito per incontrare Brian che, a quanto avevo capito, ormai era una specie di spia in campo nemico che li teneva aggiornati sui movimenti sospetti.

La porta del suo studio era aperta quindi entrai senza bussare e mi diressi verso di lui, era seduto alla scrivania e teneva delle lettere davanti a sé, quando mi vide gli chiesi.

«Che fai di bello?»

«Niente di bello. Leggo le risposte ad alcune lettere che ho spedito. Ne avrò ancora per qualche minuto. Ti occorre qualcosa?»

Michele era sempre pronto a fermare qualsiasi cosa stesse facendo per dedicarsi a me.

Non lo avevo mai cercato per capriccio, nemmeno da bambina, se volevo compagnia, sapeva che mi sarei messa a giocare o a leggere davanti al camino senza dargli nessun fastidio.

«Niente. Ero passata solo a vedere che stavi facendo.»

Mi spostai di lato e aggirai la scrivania fino a trovarmi affianco a lui. Guardai la sua grossa mano appoggiata sul bracciolo della sedia, allungai il braccio e gli sbottonai il polsino per potergli alzare la manica della camicia.

Dovevo distrarlo, perché lui iniziava a guardarmi sospettoso.

«Mi serve un consiglio. Ma non so proprio come spiegartelo.»

Cercai di prendere tempo, l'asola era così minuscola che solo al terzo tentativo riuscii a liberargli il polso.

Iniziai a arrotolargli la camicia lungo l'avambraccio.

«Ti ascolto.»

Il suo tono calmo tradiva una certa preoccupazione, non capiva perché lo stessi spogliando.

«Bè forse è meglio se te lo faccio vedere» lui corrugò le sopracciglia e capii che stava perdendo la pazienza.

«Deva...»

Portai il braccio destro dietro la schiena ed estrassi il piccolo coltello che avevo recuperato in cucina.

«Mi dispiace» sussurrai. E sferrai il colpo.

Lui rimase immobile mentre la lama gli lacerava la carne. Sì ero veloce, ma se avesse voluto, avrebbe potuto almeno cercare di evitare il colpo.

Il sangue iniziò ad uscire lento, ovviamente non lo avevo ferito gravemente, non volevo fargli male.

Lui mi guardava con gli occhi spalancati.

Misi la mano sul taglio e chiusi gli occhi. Mi concentrai sul dolore che doveva provare e iniziai a sentirmi in colpa perché era causa mia, ero stata io a infliggergli quel male, quindi toccava a me curarlo.

Quando lui capì cosa stava facendo mi scostò la mano.

«Cosa stai facendo? Perché vuoi farlo?»

«Per favore Micha. Devo capire come riuscire a controllarlo. Ti prego»

Vide i miei occhi imploranti, ci pensò un secondo e poi mi lasciò andare il braccio. Riportai la mano sul taglio e ripresi da dove mi ero interrotta.

Non sentivo niente però… così mi assalì la rabbia.

E se fosse stata una ferita grave? Io avrei potuto salvarlo, invece non sapevo nemmeno come guarire un minuscolo taglio! Non solo gli avevo provocato una ferita che sì, sarebbe guarita presto, ma che comunque in quel momento gli provocava del dolore, ma ora non sapevo nemmeno come aiutarlo.

Improvvisamente sentii la pelle formicolare sul mio braccio, proprio dove il coltello gli aveva lacerato la pelle.

Sentii la pelle spaccarsi e il liquido caldo iniziare a colarmi lungo il braccio, sorrisi felice.

Ci ero riuscita.

Quando aprii gli occhi, mi assicurai che tutta la pelle di Michele fosse intatta prima di staccare la mano dal suo braccio.

Lui fissava il taglio gemello sul mio braccio, stupefatto.

«Straordinario» sussurrò.

Poi lo vidi alzarsi di corsa e trascinarmi nel bagno in camera mia. Aprì i cassetti accanto al lavandino e ne estrasse dell'ovatta e l'acqua ossigenata, poi prese un piccolo asciugamano e lo bagnò con acqua tiepida.

Io ero ancora esterrefatta per quella nuova scoperta.

«Ci sono riuscita! Quindi avevi ragione tu! Posso prendermi le ferite degli altri e posso farlo sempre!»

Ero felicissima, mi sentivo davvero speciale in quel momento, tutti continuavano a dirmi che ero fondamentale per la razza e bla bla bla, ma in quel momento mi resi conto che potevo essere indispensabile per un altro motivo.

«Chissà se puoi anche infliggerle in questo modo.» Disse lui mentre mi puliva la ferita con l'asciugamano.

«In che senso?» Chiesi curiosa.

«Hai pensato solo ad alleviare il mio dolore giusto?»

«Sì, non te l'ho chiesto perché dovevo sentirmi in colpa per averti ferito. Così ho pensato che fosse colpa mia e che dovevo provare io il tuo dolore.»

In quel momento iniziò a passarmi lentamente l'ovatta imbevuta sul taglio, per disinfettarlo.

«Immagina di trovarti nella situazione opposta. Invece che prendere il dolore vuoi infliggerlo. C'è un' icona molto antica che ritrae le tre Furie che circondano un uomo. Quest'ultimo si preme le mani sulle orecchie per via delle loro urla, ma sul corpo ha delle macchie di sangue. Per questo ho pensato che, forse, nello stesso modo in cui guarisci le ferite, puoi anche infliggerle.» Se potevo fare una cosa del genere sarebbe stata un'arma in più.

«Vuoi dire che avrei potuto risparmiarmi tutti questi anni di allenamento con Gabriel?» Dissi sbalordita.

Lui rise al mio tono e rispose.

«Chissà. Forse sì. Finché non avrai piena padronanza dei tuoi poteri non potremo saperlo. Ora che hai capito come fare però, non hai più bisogno di fare pratica, giusto?» Forse aveva ragione, ma poi pensai che solo la pratica rende perfetti.

Capitolo 23

Ovviamente non ebbi più modo di mettere alla prova quella mia nuova abilità. Mancava solo un mese al mio compleanno e in quella settimana sarebbe arrivato il primo ospite.

Come mai così presto, lo appresi solo quella sera, quando Raffaele mi disse che un membro della loro discendenza, che non vedevano da anni, poteva aiutarli a tenere sott'occhio i possibili movimenti dei licantropi, visto che li conosceva molto da vicino.

Era mercoledì e io e Gabriel stavamo lottando con i bastoni sul prato dietro casa, ormai faceva abbastanza caldo da poterci allenare fuori.

Stavo per avere la meglio, quando il rumore del campanello mi distrasse e Gabriel colse l'occasione per farmi cadere col sedere per terra.

Mi fissò interdetto, sapevo già cosa stava per dire così lo anticipai.

«Mai distrarsi, lo so. Un secondo di esitazione e sono morta.»

Mi rialzai e sbirciai all'interno. Michele mi copriva completamente la visuale, quindi non riuscivo a vedere chi fosse entrato, l'ospite doveva arrivare domani mi avevano detto…

«Ahi!» Mi portai la mano alla testa.

Mi aveva dato una bastonata in testa?

«Che stai guardando?» Mi rimproverò lui.

«Voglio vedere solo chi è!» Mi giustificai io.

In quel momento vedemmo Michele avvicinarsi alla portafinestra ed affacciarsi.

«Venite dentro» esclamò, e quando rientrò lasciando la porta aperta mi arrivò l'odore del nuovo arrivato.

Più che il suo odore sentii solo un forte profumo. Un vampiro che usava tutto quel profumo? Pensavo che odiassero i profumi.

Certo che doveva arrivare proprio mentre mi stavo allenando ed ero sporca e sudata?

Seguii Gabriel all'interno, la sua mole mi copriva completamente la visuale fino a quando mi spostai di lato e intravidi dei lunghi capelli biondi mossi.

«Gabriel! Che piacere vederti!» Disse in inglese con una voce mielosa e un vago accento francese.

Mi bloccai. Era una donna? Vidi le sue unghie perfette laccate di rosso avvinghiarsi intorno al collo di Gabriel e carezzarlo prima di lasciarlo andare.

«Benvenuta Sarah.» Disse lui in tono gentile.

Da quando in qua era gentile?

«Sarah lascia che ti presenti Deva.»

Mi feci avanti e la guardai in tutta la sua figura, non mi sarei fatta di sicuro intimidire da una bambolona.

Era alta all'incirca quanto me, aveva gli occhi di un castano chiaro, sembravano quasi dorati, i lunghi capelli biondi le scendevano in morbide onde fino a sotto il seno, fisicamente era bellissima. Ok i vampiri di solito erano tutti bellissimi, ma lei era il classico ideale di donna che piaceva agli uomini, tette grandi, vita piccola, sedere alto, gambe lunghissime.

Mi pulii la mano sui pantaloni della tuta prima di porgergliela. Infondo ero sempre una persona educata e anche se a pelle non mi piaceva per niente, non potevo comportarmi da bambina.

Lei mi strinse la mano lasciandola flaccida, che cavolo di stretta di mano era? Aveva il polso rotto?

«È un piacere conoscerti.» Disse lei. «Ho tante cose da raccontarvi miei cari.» Disse lei distogliendo l'attenzione da me come se fossi insignificante.

«Seguimi Sarah, ti mostro la tua camera. Potremmo parlare dopo che ti sarai sistemata.» Lei si avviò dietro Michele.

Io rimasi lì immobile osservandoli salire le scale.

Mi voltai e vidi Gabriel guardarle il sedere strizzato nella gonna super attillata.

«Fai sul serio?» Gli chiesi guardandolo a bocca aperta.

La prima donna che entrava in casa e lui già le sbavava dietro? Era irrazionale lo so, ma sarei voluta andare di sopra e dirgli di tornare da dove era venuta.

Poi pensai che non era colpa sua se rappresentava il sogno erotico dei maschi.

Certo però che poteva anche vestirsi in modo meno succinto.

«Che c'è Scricciolo? Sei gelosa? La conosciamo da anni tranquilla, sembra una tigre, ma è una brava persona. Ti piacerà se le darai un'occasione.»

Una tigre? L'aveva definita una tigre? E che significava che la conoscevano da anni? Da quanti? Un momento... aveva detto che ero gelosa?

«Gelosa? Di quella bambola gonfiabile? E poi che nome è Sarah?»

Ok, adesso stavo davvero esagerando. Ma mi aveva istigata lui.

Lui si mise a ridere e mi disse.

«Oh sì, sei proprio gelosa. Forse è meglio che vai a lavarti.» Mi diressi verso la mia camera a passo di carica.

Dopo la doccia mi ero convinta che dovevo ricominciare daccapo, mi stavo comportando come un animale che protegge il suo territorio ed era infantile da parte mia, così seguii il consiglio di Gabriel e decisi che le avrei dato una possibilità. Indossai un paio di jeans, un dolcevita viola e un paio di anfibi.

Scesi in sala da pranzo anche se avevo poco appetito, ma mi sembrava scortese non presentarsi affatto visto che Adele di sicuro mi aveva già preparato da mangiare.

Mi sedetti davanti al piatto di ravioli, ma ne mangiai solo metà, passai invece al più invitante piatto di frutta fresca già tagliata e lo ripulii velocemente.

Mi spostai in salotto dove trovai Gabriel, Michele e Sarah che conversavano animatamente, lei continuava a toccarli ogni volta che ne aveva la possibilità, anche se toccava molto più spesso il braccio di Gabriel, ridendo allegra, o forse a me sembrava così perché ci facevo caso maggiormente.

Poco dopo fecero il loro ingresso anche Raffaele e Clara, dopo le dovute presentazioni io non riuscivo proprio ad inserirmi nella conversazione, sembrava che parlassero un'altra lingua, per la serie 'adesso è l'ora dei grandi, i bambini tutti a letto!'

No, non mi sarei arresa così facilmente, perciò colsi l'occasione quando Raffaele, cogliendo il mio imbarazzo, mi chiese come fosse andata la giornata.

«Ah bene, ho anche atterrato Gabriel un paio di volte con i bastoni.» Dissi soddisfatta.

«Però! Peccato me lo sia perso.» Commentò Raffaele con un sorriso divertito.

«Oh, Gabriel sconfitto da una ragazzina? Non starai perdendo colpi spero!» Esclamò lei ridendo.

Ragazzina? Mi aveva appena chiamata ragazzina? La collera mi invase.

Non staccarle la testa, non staccarle la testa, non staccarle la testa.

Ripetendo questo mantra, mi diressi verso il tavolino dei liquori e mi versai una generosa dose di Martini. Lo sorseggiai piano, non mi piaceva berlo tutto d'un fiato, ma lo gustavo lentamente.

Raffaele mi rivolse uno sguardo preoccupato, mentre gli altri continuavano a parlare dei vecchi tempi passati assieme.

Dopo un'ora di risatine e aneddoti vari, decisi che era inutile stare lì, così mi congedai e salii le scale.

Quella convivenza si preannunciava davvero dura.

Tre giorni dopo decisi che tra me e Sarah non poteva assolutamente funzionare.

Anzi. Per essere precisi, se avessi potuto dare ascolto al mio istinto, si sarebbe trovata a marcire in un fosso.

Era esagerato? Assolutamente no.

In quei giorni non aveva fatto altro che intromettersi mentre parlavo con chiunque, mi trattava con sufficienza, quasi fossi una stupida che non sapeva mai cosa stesse dicendo, in pratica non riuscivo più ad avere una conversazione completa con nessuno senza che lei si intromettesse.

Ma la goccia che fece traboccare il vaso, fu quella sera.

Raffaele aveva percepito il mio crescente malumore, che raggiungeva picchi massimi alla presenza di Sarah, così mi propose di andare in sala ad allenarci un po' con i vari balli.

Ovviamente non me lo feci ripetere due volte, anche se non mi piacevano i balli da sala, era sempre meglio che fare da pubblico a quel teatrino del 'ti ricordi quando?' così andai a recuperare le scarpe col tacco che usavo sempre per ballare con loro e lo raggiunsi in sala.

Fortunatamente era sgusciato via senza che nessuno lo seguisse.

Fece partire la musica e iniziammo dal fox trot, avevamo deciso di ripetere quello e il valzer, il tango mi riusciva molto bene, ma quei due proprio non mi andavano giù. Dopo tre fox trot passammo al valzer, eravamo arrivati a metà musica quando mi resi conto che non eravamo più soli, Gabriel e Sarah ci osservavano bisbigliando dal fondo della sala. Quando lui si abbassò per avvicinare l'orecchio alle sue labbra sorridenti e lei lo prese sottobraccio, inciampai, e sarei di sicuro caduta se Raffaele non mi avesse sorretta.

«Tutto bene? Vuoi fermarti?» Mi chiese sottovoce.

«No è tutto ok. Va bene.»

Non volevo cedere e darle soddisfazione facendole capire di avere qualche potere su di me. Perciò cercai di non fissarli di continuo e mi concentrai sui miei passi e sulla musica, sbirciando con la coda dell'occhio.

Dopo due giri di valzer decisi che ero troppo distratta per imparare qualcosa, mentre Raffaele fermando la musica si rivolse a Gabriel.

«Perché non ripetete anche un po' il tango?»

Avrei fatto di tutto per togliere quelle unghie laccate da dosso a Gabriel, che in quel momento si staccò dalla parete, liberandosi dalle grinfie della bionda, e venne verso di me.

Raffaele fece partire la musica e noi prendemmo posizione.

Iniziammo a ballare studiandoci a vicenda, evidentemente non sapeva come prendermi in quel momento, e in effetti nemmeno io sapevo cosa provavo.

Ero tra le sue braccia, quindi felicissima, ma sentivo addosso gli occhi dell'arpia, perciò non volevo assolutamente sbagliare.

Mi concentrai semplicemente sui passi e mi abbandonai alla sensazione delle sue braccia su di me.

Quando la musica finì, ero così soddisfatta della mia performance da non accorgermi nemmeno che lei si era avvicinata, finché non parlò.

«Un tango alquanto accademico direi. Permetti?» Disse rivolta a me.

Potevo dire di no? Doveva essere lui a trovare una scusa, non potevo rifiutare per lui. Quindi feci un passo di lato, sperando che lui si tirasse indietro, invece prese la sua mano tesa e si misero in posizione.

Io mi spostai verso il muro, dove Raffaele stava trafficando con l'impianto stereo. Fece partire un altro tango, 'il tango della gelosia', che mai come in quel momento era azzeccato.

Iniziarono lentamente, con lei che faceva uno strano movimento con il collo del piede, glielo faceva risalire lungo tutto il polpaccio, in un passaggio arrivò ad accarezzarlo addirittura da dietro fino alle cosce. Lo guardava negli occhi con un sorriso malizioso appena accennato, gli occhi languidi.

Ovviamente era bravissima e lui non faceva nessuna resistenza, anzi, continuava a farle scorrere le mani addosso, senza vergogna.

Era uno spettacolo davvero imbarazzante, almeno per chi guardava, sembrava quasi una danza erotica, loro invece sembravano su un altro pianeta, ogni volta che staccavano gli occhi l'uno dall'altra per i vari volteggi, si cercavano subito con lo sguardo e tornavano a fissarsi intensamente. Mi venne in mente l'immagine di uno dei miei film preferiti, 'Orgoglio e Pregiudizio', quando Darcy balla con Elisabeth e all'improvviso tutta la sala scompare dalla scena. E al centro della pista restano solo loro due.

Se però avevo apprezzato la scena del film, adesso avrei volentieri tagliato tutto, compresa lei. Preferibilmente all'altezza del collo. Un bel taglio netto. Veloce, indolore, efficace. Poi gli avrei ficcato un bel limone in bocca e l'avrei esposta al centro del tavolo del rinfresco, il giorno del mio debutto.

Sicuramente sarebbe stata più utile.

Più li guardavo più mi veniva la nausea. Avevo i pugni così serrati che sentivo le unghie affondarmi nella carne, ma non mi importava, anzi, era meglio così, perché le mani mi prudevano.

Solo lei? Ovviamente no. Dopo aver finito con lei, sarei passata a quell'idiota, stupido, scimmione di un vampiro.

E pensare che qualche giorno prima lo avevo quasi baciato! Davvero aveva significato così poco per lui? Ma che cavolo! Anche se non mi voleva in quel senso, mi aveva sempre cresciuta, non aveva pensato minimamente al fatto che mi stava uccidendo in quel momento?

Avrei voluto chiudere gli occhi per risparmiarmi quello spettacolo tremendo, che ero sicura mi sarebbe rimasto impresso per parecchio tempo, ma il mio corpo non rispondeva più ai miei comandi. Non riuscivo a muovermi, non riuscivo a distogliere lo sguardo. È come quando guardi un film horror, sai che sta per arrivare il mostro, lo senti dal crescendo della musica, lo percepisci dall'atmosfera buia, dalla dannata ragazza idiota che se ne va in giro scalza, in vestaglia bianca e al buio, e tu vorresti gridarle 'che fai cretina? Non andare lì!' ma lei fa esattamente il contrario e tu non riesci a staccare gli occhi dallo schermo, anche se sai che il mostro sta arrivando.

Finita la canzone mi resi conto di avevo trattenuto il respiro, il cuore mi batteva all'impazzata e la testa mi pulsava come se qualcuno ci stesse appendendo un enorme cartello con scritto 'rinunciaci!', quando Raffaele mi toccò il braccio riportandomi alla realtà.

Stavo ribollendo di rabbia.

Ero arrabbiata con quella smorfiosa.

Ero arrabbiata con Gabriel.

Ma soprattutto ero arrabbiata con me stessa. Quanto ero stata stupida a credere che lui potesse vedermi sotto una luce non fraterna? Per lui ero solo la ragazzina che erano stati costretti a crescere. Nient'altro.

Si erano fermati proprio vicino a noi, quindi a lei bastò girarsi per dirmi:

«Piaciuto? Ovviamente non è la prima volta che io e Gabriel balliamo insieme, per avere un'intesa del genere ci vogliono anni di pratica, ma se vuoi posso svelarti qualche trucco.» Mentre parlava continuava a far scorrere le dita lungo il braccio nudo di Gabriel, che a quelle parole le rivolse uno sguardo contrariato, alzando un sopracciglio.

Ah bravo! Adesso la guardava così? E mentre ballava? Si erano quasi accoppiati! E adesso le rivolgeva uno dei suoi sguardi ammonitori? Avrei tanto voluto avere a portata di mano uno dei miei bastoni per suonarglielo su quella zucca vuota. Un triplo trauma cranico con tanto di ematoma poteva solo farlo migliorare.

Quello mi fece davvero scoppiare.

Dimenticai le buone maniere, dimenticai dove fossi e con chi, riuscivo a vedere solo le sue mani che gli stringevano e accarezzavano la pelle, lei che si strusciava di schiena per tutta la lunghezza del suo corpo, lui che le posava una mano aperta appena sotto il seno…

Sentii la pelle pizzicarmi, la fissai con tutto il disprezzo che avevo in corpo e con un falso sorriso stampato in faccia.

«Grazie dell'offerta Sarah, ma non ballerei mai al mio debutto un tango del genere. Ma se dovessi impazzire e decidere di fare l'attrice porno, accetterò di sicuro i tuoi consigli.»

Per un attimo mi godetti la sua espressione sbalordita.

Ero così infuriata che non mi accorsi nemmeno che qualcuno mi chiamava, mentre andavo in camera mia.

Capitolo 24

Evitai tutti per i due giorni successivi, non mi presentai alle lezioni di Michele, né agli allenamenti con Gabriel.

Andavo solo in piscina per almeno quattro ore al giorno e poi mi richiudevo in camera, in compagnia di Sissi.

Era così che mi ero ridotta? A nascondermi in casa mia?

Le immagini di quel tango volgare continuavano a comparirmi davanti agli occhi, in pratica era stata una vera e propria proposta indecente pubblica, lei gli si era offerta su un piatto d'argento.

Non riuscivo a cancellare nemmeno lo sguardo rapito di lui, come se non avesse mai visto una donna! E poi non si era nemmeno disturbato a cercarmi, quando non mi aveva vista arrivare agli allenamenti.

Bé, forse l'arpia gli aveva completamente fuso il cervello.

Decisi di uscire dall'acqua quando i muscoli iniziavano a bruciarmi, salii in camera e passando davanti alla stanza di Raffaele, lo sentii urlare.

«Che cazzo ti passa per la testa? Hai visto com'è ridotta?»

Sembrava davvero infuriato, ma con chi stava parlando? Stava forse litigando con Clara? Non avevano mai litigato…

«Ti rendi conto delle conseguenze della tua decisione? Ormai è fatta! Perché vuoi aspettare altro tempo? Deve saperlo!»

«Questa decisione non spetta a te nanerottolo, quindi tieni la bocca chiusa e resta al tuo posto.»

Gabriel. Stava litigando con Gabriel.

«Il mio posto è accanto a lei! E non ho intenzione di vederla così un solo minuto di più! Vuoi fare lo stronzo? Bene! Continua così e perderai l'unica possibilità di farti perdonare!»

Sentii dei passi, così mi infilai veloce in camera mia.

Il giorno dopo Michele venne a bussare alla mia porta, stavo leggendo seduta davanti alla finestra.

Aprii la porta e mi spostai per farlo entrare, aveva un'aria molto strana, si avvicinò al letto e si sedette, io rimasi in piedi in attesa.

«So del tuo battibecco con Sarah» cominciò lui.

Battibecco? Veramente erano state solo due frasi.

Continuai a guardarlo, aspettando che continuasse.

«Mi dispiace che si sia creata questa situazione, ovviamente se vuoi posso trovare una scusa per allontanarla, se questo può farti stare meglio. Mi occuperò io delle conseguenze, voglio solo che tu stia bene.»

La parte più egoista di me voleva accettare l'offerta all'istante, ma poi mi costrinsi a ragionare da adulta, non potevo permettere che Michele finisse in una situazione scomoda per colpa della mia gelosia, che era sicuramente motivata anche se tra me e Gabriel non c'era nulla, ma sarebbe stata un'offesa molto grande cacciare di casa un membro della loro discendenza.

A breve sarebbero arrivati gli altri ospiti, quindi la situazione sarebbe migliorata.

«Lascia stare Micha. Altre due settimane e tornerà tutto come prima. Voglio solo che finisca il prima possibile.»

Ero così stanca di tutta quella rabbia... avrei voluto dormire fino al giorno del debutto. Lui mi fece cenno di raggiungerlo sul letto, io mi avvicinai, ma non mi sedetti.

«Deva, questa è casa tua, se non ti senti al sicuro qui, allora è un grande problema per me.»

«Grazie per l'aiuto Micha, ma credi davvero che mandando via lei si sistemerà tutto? No, non credo. Non dopo quello che ho visto, mi dispiace.»

Distolsi lo sguardo mentre le immagini di loro due, che sussurravano tra loro, mi invadevano di nuovo la mente.

«Posso farti una domanda personale? Puoi evitare di rispondermi se vuoi.»

Il mio istinto iniziò a gridare 'pericolo pericolo!'

Michele faceva sempre delle domande scomode. Così mi preparai all'impatto.

«Sei innamorata di lui?»

Baam! Quella frase mi arrivò addosso come una doccia gelata.

La risposta era ovvia, ma cosa avrei potuto dire? Sì, mi sono innamorata di tuo fratello, uno degli uomini che mi ha cresciuta, ma a lui non importa niente di me? Non volevo essere causa di dissenso tra di loro. Dopotutto erano fratelli. Non dovevano litigare per colpa mia.

Cercai in tutti i modi di ingoiare il magone che avevo in gola, alla fine sentii gli occhi inumidirsi e incrociai il suo sguardo.

Lui si alzò e mi abbracciò, allora mi lasciai andare alla lacrime che per giorni avevo trattenuto, per paura di crollare.

Non so per quanto piansi, lui mi cullò per tutto il tempo accarezzandomi i capelli, quando finalmente alzai la testa e mi asciugai gli occhi con il dorso della mano, gli avevo praticamente inzuppato la camicia, ma a lui non sembrava importare.

Dopo quella chiacchierata decisi che era tempo di uscire da quella prigionia autoinflitta, scesi per consumare il mio pasto dopo due giorni di digiuno, ovviamente Adele mi aveva preparato di tutto, ma non avevo molta fame, perciò presi due mele e le mangiai in cucina, seduta sul bancone accanto al frigo.

Quando Clara entrò nella stanza, prima mi guardò aggrottando la fronte davanti al mio pasto frugale, poi mi rivolse un sorriso caloroso, iniziò a parlarmi dei nuovi ospiti che sarebbero arrivati nei prossimi giorni, tra loro c'era anche una coppia che, come lei e Raffaele, si era innamorata quando lei era ancora umana per poi farsi trasformare poco tempo dopo.

Invece di fermarmi in salotto decisi di andare nella stanza dei film, misi nel lettore una compilation di canzoni che avevo creato io stessa.

Alzai il volume al massimo e mi stesi sul divano, fortunatamente la stanza era insonorizzata, anche se, nel caso qualcuno fosse passato davanti alla porta, avrebbe sentito sicuramente il frastuono proveniente dall'interno.

Non so quando mi ero addormentata, so solo che a un certo punto mi svegliò la sensazione di essere portata in braccio su per le scale, mi accucciai sentendo quell'odore familiare, finché non sentii la morbidezza del letto sotto di me, ma non realizzai chi fosse la persona in questione fino al mattino dopo, quando aprii gli occhi.

Gabriel mi aveva messa a letto.

Quel giorno avevo intenzione di presentarmi agli allenamenti, forse non avrei trovato nessuno, ma comunque ci andai.

Indossai un paio di leggings neri, una canottiera elastica e le scarpe da ginnastica azzurre, e alla solita ora mi feci trovare sul prato dietro casa.

Dopo dieci minuti di attesa decisi di iniziare da sola, forse non si sarebbe presentato per niente, ma mi sentivo stupida a stare lì senza fare nulla. Sissi se ne stava distesa in cima alle scale, con le zampe anteriori incrociate, almeno avevo compagnia. Posizionai sul muretto una serie di bottiglie di plastica ammaccate e recuperai la lunga catena che avevo arrotolato intorno all'albero vicino e iniziai a farla roteare, l'obiettivo era far cadere le bottiglie una ad una, senza far cadere quella vicina, cosa molto più facile da fare con le bottiglie di vetro, ma difficilissima con quelle di plastica che, essendo molto più leggere, tendevano a seguire la compagna accanto con molta facilità.

Servivano dei colpi secchi e veloci, lanciati nella giusta direzione.

In totale erano sette bottiglie, iniziai da quella più esterna a sinistra per riscaldarmi, che cadde a terra senza problemi, continuai a far muovere la catena avvolgendomela intorno alla vita e roteando velocemente su me stessa per dare la giusta angolazione al colpo, cadde anche la seconda bottiglia.

Decisi di provare con un colpo più difficile, facendo cadere la bottiglia al centro. Continuai così finché non ne rimasero due, stavo per sferrare il colpo, quando sentii qualcuno aprire la portafinestra, interruppi il movimento e ricominciai daccapo, quando si dice che la curiosità uccise il gatto...

Mi concentrai di nuovo e con due colpi veloci feci cadere prima una bottiglia e poi l'ultima.

Posai la catena per terra e iniziai a recuperare le bottiglie sparse

«Ci pensi troppo. Segui più l'istinto e colpisci quando te lo suggerisce lui.»

Chiusi gli occhi per un istante, beandomi della sensazione di calore che mi trasmetteva la sua voce.

Chissà se si rendeva conto dell'effetto devastante che aveva su di me.

«Inoltre lasci che ti si avvolga troppe volte intorno, così devi dare più energia per farla roteare.»

Tornai indietro riprendendo posizione, non lo avevo ancora guardato in faccia, annuivo soltanto.

Lui mi porse la catena e passai i successivi venti minuti ad ascoltare i motivi per cui sbagliavo ad avvolgerla in quel modo.

Quando decise che avevo capito il meccanismo, andò a recuperare i bastoni e cominciammo a lottare con quelli.

Non parlammo più del mio astio per Sarah, semplicemente la ignoravo, distogliendo lo sguardo ogni volta che sentivo montare la rabbia quando lei non si lasciava sfuggire occasione per toccarlo, o per sedersi accanto a lui, o per parlare con lui in privato.

In quel periodo mi resi conto che l'alcol poteva davvero essere utile, il Martini era davvero un toccasana in alcuni momenti, riuscivo a pensare solo alla sensazione di bruciore che mi dava quella bevanda, era come se in quei pochi attimi, il mio cervello si svuotasse, non c'era più Sarah, non c'era più Gabriel, sparivano tutti, rimaneva solo il sapore intenso dell'alcool.

Chissà, forse sarei morta di cirrosi epatica prima del debutto, o almeno prima di compiere il mio primo omicidio.

Erano passati dieci giorni dall'arrivo dell'arpia in casa nostra.

Più passavano i giorni, più la vedevo affondare gli artigli nella carne di Gabriel, e anche nel suo cervello a giudicare dal comportamento di lui.

Gli unici momenti che passavo con lui erano durante l'allenamento, poi puntualmente si presentava lei, con le sue solite gonne microscopiche, lo distraeva e io li lasciavo soli.

Purtroppo il mio controllo non migliorava, anzi, due sere prima, quando lei gli aveva poggiato una mano sul petto, avevo stretto così tanto i pugni da ferirmi a sangue i palmi delle mani con le unghie.

In tutto questo però, c'era da dire che Gabriel rimaneva sempre impassibile, non riuscivo a capire se lo facesse per aumentare il desiderio di lei o perché non sapesse davvero come comportarsi.

Quella sera ero seduta sul tappeto in salotto, a giocare con Sissi, non sopportava che gli si facesse il solletico sotto la pancia, perciò io continuavo a istigarla mentre lei faceva finta di mordermi le mani.

Raffaele era seduto sul divano con Clara, e Gabriel si stava versando da bere, ero nel bel mezzo della lotta con la mia amica a quattro zampe, quando sentii Clara dirmi

«Ah Deva, sono arrivati i nostri vestiti! Li ha consegnati l'atelier pochi minuti fa, provateli il prima possibile, così controlli se le modifiche sono state eseguite bene!»

«Sono arrivati tutti e due?» Le risposi.

«Sì, dopo te li lascio in camera tua sul letto, va bene?»

Sissi approfittando della mia distrazione mi saltò addosso, atterrandomi di schiena e iniziando leccarmi tutta la faccia, io risi di cuore e la lasciai fare prima di scostarla via per alzarmi.

Bisognava cogliere la felicità come veniva no? E lei riusciva sempre a farmi stare meglio.

In quel momento sentii risuonare dei tacchi per le scale.

Arpia in arrivo.

Il mio buonumore crollò di colpo.

Nonostante tutto, cercai di non lasciar trapelare nessuna emozione esternamente, mentre dentro mi sentivo corrodere come se avessi acido nello stomaco.

Quando entrò e salutò tutti con la sua voce svenevole, mi alzai e mi sedetti accanto a Raffaele che stava discutendo con Clara del matrimonio, lui mi passò un braccio sulle spalle e mi strinse.

Clara mi aveva vista crescere e non era mai stata gelosa, anzi, era affettuosa con me come lo era Raffaele.

A mio favore c'era da dire che resistetti all'incirca trenta secondi prima di sbirciare Gabriel e Sarah, stavano parlando sottovoce, ma quando cercai di tendere l'orecchio per sentire cosa stavano dicendo, lei si voltò e ci raggiunse, prendendo posto sull'altro divano.

«Allora Clara? Quando avete deciso di affrontare la trasformazione?»

Sobbalzai impercettibilmente, ma Raffaele se ne accorse, così strinse il braccio intorno alle mie spalle.

Clara ne aveva parlato con lei?

Per un attimo cercai di essere obbiettiva, senza ovviamente riuscirci completamente visto che nella mia mente lei restava sempre e comunque l'arpia, ma mi sforzai di guardarla senza il mio astio.

Nonostante si vestisse in modo molto provocante, non si vantava mai della sua bellezza, forse perché sapeva di non averne bisogno, inoltre ogni volta che entrava in una stanza riusciva ad attirare tutta l'attenzione su di sé, manovrando la conversazione a suo piacimento, era l'anima della festa per così dire, di sicuro in sua compagnia non ci si annoiava mai.

Se non avessi passato gli ultimi dieci giorni a pensare a tutti i modi in cui potevo farla fuori, avrei potuto addirittura chiederle consiglio per non sentirmi un pesce fuor d'acqua al mio debutto, di sicuro il suo era stato un successo.

Quindi pensai che, siccome era facile parlare con lei, era chiaro che Clara si fosse confidata. Anche se la cosa mi infastidiva parecchio, mi resi conto che, essendo due donne adulte, avevano molti più punti in comune rispetto a me; quando l'arpia era stata trasformata doveva avere all'incirca la stessa età di Clara, che aveva compiuto da poco ventotto anni.

«Ancora non abbiamo deciso, non vogliamo pianificare tutto nei minimi dettagli.» Rispose lei con un sorriso.

La sua gentilezza non mi aveva contagiato minimamente in tutti quegli anni.

«Io vi consiglio di non aspettare troppo. La trasformazione ha dei vantaggi infiniti sotto molti aspetti, se togli i primi attimi di follia, ma sono sicura che con Raffaele accanto a guidarti non avrai problemi a superare tutto. A me ci sono voluti parecchi mesi per imparare a controllarmi.»

Prestai più attenzione.

L'arpia che ammetteva una debolezza? Dovevo assolutamente sentire il resto, dopotutto studiare i punti deboli del nemico era una delle massime che mi aveva insegnato Gabriel.

«Mesi?» Le fece eco Clara con tono preoccupato.

«Oui. Vedi, ogni vampiro è diverso, penso dipenda dalla loro natura nascosta. Tutte le persone nascondono una parte di sé agli altri, la trasformazione semplicemente toglie ogni inibizione. Da umana ero sempre così controllata e attenta a non scompormi mai, dopotutto era così che si comportavano le nobildonne una volta. Dovevano sempre ponderare ogni parola, ogni sorriso, era sempre tutto calcolato. Potevo solo viaggiare con l'immaginazione, sognando passioni sfrenate e avventure pericolose. Così, quando subii la trasformazione, la mia natura appassionata esplose letteralmente.»

Per un attimo provai quasi comprensione per lei, doveva essere un incubo vivere secondo una serie di regole dettate da matrone bigotte.

«Per mia fortuna avevo Gabriel accanto. È stato un ottimo maestro.» Continuò lei.

Mi pentii all'istante del mio cedimento di un attimo prima.

Era quasi riuscita a convincermi, quella vecchia gallina.

Quindi era stato Gabriel a trasformarla?

Immagini dei suoi canini che gli bucavano la pelle del candido collo mi invasero la mente, lei che ansimava tra le sue braccia e lui che le offriva il suo sangue.

Mi alzai e mi diressi verso la mia salvezza liquida.

Presi la prima bottiglia di Martini che riuscii a vedere, quando iniziai a riempirmi il bicchiere scoprii che era Martini bianco.

Ne presi un sorso generoso mentre Gabriel, che si era avvicinato da dietro al divano, mi lanciava un'occhiata contrariata.

Era l'ultimo che poteva farmi la predica sugli abusi dell'alcol, visto che stava sempre con un bicchiere in mano.

«Deve essere stato terribile per te.» Disse Clara comprensiva.

Che cosa stava facendo? Fraternizzava col nemico anche dopo quell'informazione? Ah Clara… io e te dobbiamo parlare un po', pensai.

«Terribile? Oh no, affatto. È stato un periodo di rivelazione. Credimi, il sesso tra vampiri è semplicemente straordinario. Vero Gabriel?»

«Brutta stronza!» Dissi sbattendo il bicchiere ancora mezzo pieno sul tavolino.

Fortunatamente lo avevo detto in italiano, quindi lei non mi aveva capita, si erano tutti voltati a fissarmi scioccati, tranne lei che mi guardava confusa.

Era la prima volta che dicevo ad alta voce una cosa del genere, ma in quel momento mi resi conto che quella parolaccia ci stava tutta.

Quindi non solo l'aveva trasformata, ma era anche rimasto con lei a calmare i suoi bollenti spiriti.

Ma che gentiluomo! Chissà che sacrificio era stato per lui, occuparsi di quella faccenda.

Sapevo che non si potevano lasciare i vampiri appena creati allo sbaraglio, chi li aveva creati doveva prendersene cura e assicurarsi che non facessero strage di innocenti, ma non credevo dovessero occupare anche altre mansioni!

Dio, ero così furiosa che nemmeno mi accorsi quando il mio braccio riprese la bottiglia di Martini, riempiendo il bicchiere fino all'orlo.

Me lo portai alle labbra, incurante del fatto che nella fretta ne avessi versato sia sul tavolo che sulla mia maglietta.

Stavo bevendo con la determinazione di un condannato a morte, quando sentii Gabriel che si avvicinava a me e lei dire dal divano con tono accusatorio.

«Non dovreste permetterle di bere in quel modo.»

Per poco il liquido non mi andò di traverso.

Mi voltai come se vedessi tutto a rallentatore, la fissai e continuando a guardarla vuotai il bicchiere.

Sì, il Martini mi avrebbe sicuramente aiutata a non staccarle la testa, quindi per lei, il fatto che bevessi, era una salvezza.

«Si dà il caso che fra meno di una settimana compia diciotto anni Sarah, e anche se i tuoi diciotto anni sono passati da un pezzo posso informarti che siamo nel ventunesimosecolo, e forse non ti sei tenuta informata sui recenti avvenimenti, visto che passavi il tuo tempo a rotolarti tra le lenzuola con Gabriel, ma si chiama maggiore età per un motivo ben preciso.»

Ero riuscita a sembrare fredda e distaccata? Speravo proprio di sì.

«Oh petit, se ci fossimo rotolati solo tra le lenzuola, non avremmo passato anni a incontrarci così spesso, non credi?» Disse sorridendo maligna.

Okay, io ci avevo provato.

Avanzai verso di lei con tutta l'intenzione di ucciderla, quando sentii la voce di Gabriel risuonare decisa nella stanza.

«Adesso basta!» mi bloccai. «Sarah, gradirei che la nostra vita privata rimanesse tale.» Disse acido verso di lei. Spostai il mio sguardo dall'arpia a lui, poi rivolgendosi a me disse.

«E tu smettila di comportati come una bambina.»

Come una bambina?

Quella strega era in casa mia, a insultarmi, e io ero una bambina?

Ah bé, era ovvio, visto che lei mi considerava una bambina, lo pensava anche lui. Dopotutto mi aveva sempre trattata come una bambina, giusto?

La rabbia continuò a salire.

«Perdonami Gabriel, non credevo fosse così sensibile sull'argomento.» Si intromise lei.

Per un attimo la vista mi abbandonò e divenne tutto nero.

Sentii Raffaele alzarsi di scatto e avvicinarsi a me con le mani alzate.

Alla fine lasciai che le parole uscissero dalla mia bocca senza pensarci nemmeno un secondo.

«Come una bambina? È questo che pensi? È così che mi vedi? Per te è tutto un gioco, perché è così che mi consideri da sempre! Non riesci a vedere nient'altro?»

Ti prego dì qualcosa, qualunque cosa, ma non lasciare che faccia la figura dell'illusa, pensai con tutte le mie forze.

Ma lui restava lì, immobile, con i suoi occhi di ghiaccio che mi scrutavano dentro, e quando parlò non era quello che volevo sentire.

«Sotto che luce dovrei vederti? Hai iniziato a comportati male da quando lei è arrivata qui, ti avevo chiesto di darle una possibilità, di conoscervi, ma tu sei peggio di un mulo e hai continuato per la tua strada come al solito. Hai sentito che minacciava il tuo territorio e hai iniziato ad attaccare, ti comporti come un dannato licantropo!» Esplose lui.

«Forse dimentichi che io non sono un vampiro! Non sono fredda come voi, non piego la gente al mio volere e soprattutto non faccio sesso solo perché sono in calore come un animale!» Gli risposi urlando.

«Deva calmati. Vieni con me per favore.» Mi voltai di scatto verso Raffaele. Sembrava impaurito e aveva le mani alzate con i palmi rivolti verso di me.

Cosa credeva? Che lo avrei morso? Che lo avrei attaccato come un cane rabbioso? E sopratutto, cosa cavolo stava guardando? Perché i suoi occhi erano puntati in basso? Seguii il suo sguardo e abbassai la testa, scoprendo il motivo di tutta quella paura da parte sua.

Le mie mani erano mostruose, le dita si erano allungate, le nocche erano sporgenti, sembrava quasi che tutte le ossa stessero per lacerare la pelle, ma la cosa più spaventosa erano gli artigli.

Dove prima c'erano delle normali unghie, ora si trovavano cinque artigli, spessi e neri, lunghi almeno cinque centimetri.

Per un attimo pensai che fosse una specie di maledizione, avevo chiamato arpia così tante volte quella vampira insopportabile che adesso una qualche specie di giustizia divina stava trasformando me in un mostro con gli artigli.

«Forse è meglio che vai con lui e torni qui quando ti sarai calmata.» La voce di Gabriel era così calma e tranquilla.

Lui era tranquillo quindi, non gli interessava minimamente che io stessi per trasformarmi in un mostro, si preoccupava solo di non fare una brutta figura con la sua amante.

Chissà che vergogna era stata per lui scoprire di essere il sogno segreto di una ragazzina viziata.

Stranamente mi calmai, lo guardai negli occhi e gli dissi la cosa più cattiva che mi venne in mente.

«Aveva ragione il cavaliere di tuo padre. Avrebbero dovuto chiamarti Satana.»

Per un attimo ebbi la soddisfazione di vederlo ferito dalle mie parole.

Gli voltai le spalle, prima che il suo sguardo riuscisse a farmi sentire in colpa.

Capitolo 25

Quando chiusi a chiave la porta della mia stanza mi affrettai a frugare sotto il cuscino, alla ricerca del mio lettore mp3. Lo trovai, staccai le cuffie e mi avvicinai alla cassettiera sopra cui erano disposte le casse.

Collegai il jack delle casse nella stessa entrata delle cuffie e impostai la ripetizione casuale, girai la manopola del volume al massimo e mi sedetti per terra, con la schiena appoggiata al letto.

Sentii le prime note e riconobbi subito la canzone.

Ah, Chop Suey dei System of a Down, molto azzeccata direi.

Chiusi gli occhi e mi concentrai sulla canzone, aveva un testo bellissimo, era tra le mie canzoni preferite.

Dopo un paio di brani, sentii Sissi grattare con le unghie la porta di legno, mi alzai e sbloccai la serratura per permetterle di entrare.

Quando ripresi posto sullo scendiletto si avvicinò subito alle mie gambe e si stese, poggiandomi il muso in grembo, le accarezzai la testa e piegai il collo all'indietro sul materasso, a occhi chiusi.

Non so quante ore erano passate, le centoventotto canzoni iniziarono a ripetersi, quando decisi che avevo bisogno di una doccia.

Non avevo intenzione di tornare di là, perciò presi la mia tenuta per la notte e mi avviai verso il bagno.

Il getto d'acqua calda aiutò a calmarmi, e ripensai a quanto era successo. Nonostante fossi ancora furiosa per quello che avevo scoperto, mi resi conto che ero davvero gelosa in modo ingiustificato, io e Gabriel non stavamo insieme, quindi lui era libero di andare a letto con chiunque, che la donna in questione poi, fosse una vampira che avevo odiato fin dall'inizio, non faceva molta differenza.

Il punto era che io non avevo nessun diritto su di lui.

Ma la cosa che più mi affliggeva era il suo sguardo ferito, quando gli avevo praticamente sbattuto in faccia quel crudele aneddoto della sua vita che non mi aveva raccontato nemmeno personalmente, quindi avevo sbagliato non solo enormemente verso di lui, ma anche verso Raffaele.

Inoltre lo avevo messo in una posizione molto scomoda con una sua discendente, dopotutto Sarah era un membro molto importante nella loro discendenza e, considerando il fatto che i capifamiglia dovevano sempre occuparsi dei vampiri che avevano creato, di sicuro lui non l'avrebbe mai abbandonata né cacciata di casa per risollevare il mio ego.

Uscii dalla doccia e indossai i pantaloncini azzurri e una canottiera.

Avevo i capelli ancora bagnati ed ero scalza quando decisi che dovevo assolutamente scusarmi con lui, almeno per quell'ultima frase.

Era quasi l'alba, quindi ero quasi sicura di trovarlo in camera sua.

Mi avviai lungo il corridoio buio, la sua stanza era quella in fondo. Quando arrivai feci un profondo respiro e mi avvicinai per bussare, ma vidi uno spiraglio di luce attraversare il pavimento davanti alla sua porta, era socchiusa.

Mi avvicinai e misi una mano sulla maniglia spingendo verso l'interno.

«Gab?»

Se aveva la porta aperta di sicuro non era nudo e non si stava nutrendo, ma non mi sembrava educato entrare in camera sua senza dare un minimo avvertimento.

Lo cercai nella penombra e per la prima volta capii il significato della frase 'mi è caduto il mondo addosso', in effetti solo il peso del mondo intero avrebbe potuto schiacciarmi come il dolore che provai in quel momento.

Lui era disteso supino sul letto, mente Sarah era seduta cavalcioni su di lui con la gonna sollevata sulle cosce, avevano le labbra incollate e mentre le mani di Gabriel erano posate sulle sue spalle come se volesse spingerla ad alzarsi, una mano di Sarah lo artigliava dietro il collo e l'altra era nei suoi pantaloni.

Rimasi ferma come una statua, non riuscivo a muovermi, volevo voltarmi, ma non ci riuscivo, avrei voluto anche tirarla via per i lunghi capelli biondi e scaraventarla contro il muro, ma i muscoli non rispondevano più.

Ero pietrificata.

Fissavo sconvolta le loro labbra unite, i loro corpi incollati.

Dio, quanto faceva male.

Sentii lei ansimare e lui spostarsi, per pronunciare il suo nome

«Sarah cosa…?»

In quel momento si girò verso la porta per esporre il collo alla bocca di lei, un invito inequivocabile per un vampiro. Solo allora si accorse che il focoso tête-à-tête era diventato uno scomodo triangolo.

«Scricciolo?»

Io mi riscossi. Lo misi a fuoco e per un momento incrociai il suo sguardo sbigottito.

Non vidi altro.

Sentivo solo il battito del mio cuore risuonare come un tamburo.

Iniziai a correre, mentre il cuore continuava a pompare rumoroso, sembrava volesse scoppiarmi dal petto.

Arrivata nell'atrio mi guardai intorno, in cerca di una vita di fuga.

La portafinestra era aperta, mi lanciai in quella direzione, ma inciampai scendendo gli scalini.

Ansimavo e di sicuro non era per la piccola corsa visto che ero allenata a ben altro.

Il dolore iniziava ad essere insopportabile.

Mi portai una mano al petto e sentii pungermi la pelle.

Abbassai lo sguardo e vidi che le mie mani erano di nuovo mostruose, con gli artigli che si allungavano davanti ai miei occhi.

La pelle mi bruciava, sentii le lacrime inondarmi gli occhi mentre dalla gola mi salivano solo dei versi strozzati.

Stavo morendo?

Mi guardai addosso, ma non vidi nulla, eppure mi sentivo come se le fiamme mi stessero divorando.

Mi strappai la canottiera, nella speranza che l'aria fresca sulla pelle calmasse quel bruciore.

Sentii delle urla, seguite da un gran trambusto, provenire dall'interno.

Arrivarono tutti correndo, Gabriel era ancora senza maglietta, Sarah aveva tutti i capelli scompigliati, quando Raffaele mi vide raggomitolata sul prato, corse verso di me urlando.

«Deva che succede? Deva? Mi senti?»

Continuava a ripetere il mio nome, ma il dolore era troppo forte, nella mia mente non c'era altro. Solo dolore. E volevo che finisse.

Ma come farlo smettere? Non sapevo nemmeno cosa mi stava succedendo.

Iniziai a urlare.

«Che cazzo è successo?» Sentii la voce di Michele e Raffaele che continuavano a fare la stessa domanda, presumibilmente a Gabriel.

Io non vedevo nessuno, non sentivo nessuno, era come se la mia mente si fosse chiusa completamente.

Avevo un solo pensiero in testa.

Dolore.

Dolore.

Dolore.

Li sentii litigare, capii che Clara voleva venirmi vicino, ma Raffaele la tratteneva.

Aprii gli occhi e vidi che si erano allontanati tutti e mi guardavano terrorizzati.

Ma che facevano lì impalati?

Li guardai uno ad uno e poi fermai lo sguardo su Michele. Perché non faceva nulla per spegnere quel fuoco?

Le lacrime continuavano a bagnarmi la faccia e mi facevano ancora più male, erano come lava che mi sgorgava dagli occhi.

Volevo smettere, ma più scendevano più facevano male, più facevano male più piangevo. Lo guardai implorante e sussurrai

«Aiutami»

Vidi i suoi occhi riempirsi di lacrime.

Non lo avevo mai visto piangere.

Riuscii anche a vedere che Gabriel era caduto in ginocchio, ma in quel momento non mi importava, poteva anche tenersi la bambola bionda, non mi interessava più. Volevo solo che quel dolore finisse.

Abbassai lo sguardo sulle mie mani, gli artigli erano conficcati nel terreno umido, le mani avevano quello strano aspetto ma erano… grigie?

Salii con lo sguardo e vidi che stavo diventando completamente di quel colore.

Per un attimo l'immagine di Galadriel, che resiste alla tentazione dell'anello offertogli da Frodo, invase la mia mente, ero dello stesso colore.

Respira, respira, puoi controllarlo, anche se non sai minimamente cosa stia succedendo.

Respira.

Continuavo a ripeterlo a me stessa, ma non funzionava.

Intanto Michele stava scendendo cautamente i gradini, si avvicinava piano e ripeteva.

«Deva ti prego calmati. Concentrati sulla mia voce. Lascia stare la rabbia, devi calmarti, se permetti alla rabbia di invaderti, allora si libererà la Furia. Devi calmarti.»

Continuava a parlare.

Era questo che stava succedendo? Mi stavo trasformando? Cercai di concentrarmi sulla sua voce, potevo controllarmi.

O almeno così speravo.

«Ti stai trasformando, il tuo corpo sta cambiando, per questo stai così male. Ma puoi combatterlo, non lasciare che la rabbia ti invada. Non sei ancora pronta per la trasformazione. È la rabbia che hai provato ad aver scatenato tutto. Devi lottare, non permettere alla Furia di dominarti.»

Facile a dirlo!

Non era lui quello che stava andando a fuoco e che stava cambiando colore!

Chiusi gli occhi e cercai di limitare i singhiozzi che mi scuotevano da capo a piedi. Sentivo come se mi mancasse l'aria e annaspassi in cerca di un poco di ossigeno. Se lui restava lì a parlarmi, forse potevo farcela.

Avrei fatto tutto purché il dolore finisse.

«Andrà tutto bene. Si sistemerà tutto. Ma voglio che ti concentri adesso e smetti di pensare a quello che hai visto.»

«Perché? Perché adesso?» Gracchiai tra le lacrime con la voce rotta dal pianto.

«Perché hai provato il dolore più forte di tutti» mi spiegò lui.

Il dolore più forte? Che significava?

In quell'istante una consapevolezza mi invase.

Guardai di fronte a me, dove il mio pubblico restava ancora impietrito, Gabriel si era alzato, perciò alzai la testa e lo guardai negli occhi.

Mossi la bocca per pronunciare le uniche due parole che avevo nella testa, ma la voce era così flebile che sperai avessero letto il labiale per capirmi, perché io non avevo la forza di ripeterle.

«Sei tu?»

Era lui il mio consorte? Perché nessuno rispondeva? Avevano tutti delle facce… colpevoli? Sarah invece non capiva nulla, osservava la scena stupefatta. Lo sapevano tutti?

Spostai lo sguardo sulle quattro persone che, per diciotto anni, avevo considerato la mia famiglia.

Lo sapevano tutti.

Probabilmente lo sapevano dal giorno in cui ero nata.

Mi avevano presa in giro per tutto quel tempo parlandomi del debutto, dell'amore, del giorno in cui avrei trovato il mio consorte.

Erano rimasti a guardare, mentre colui che doveva adorarmi sopra ogni cosa, mi ignorava e mi umiliava.

Forse perché lui non mi voleva.

In quel momento un altro dolore mi colmò.

La mia famiglia mi aveva tradito e il mio consorte non mi voleva.

Spalancai le porte alla rabbia e gridai con tutto il fiato che avevo in gola.

Sentii la pelle della schiena lacerarsi, qualcosa stava cercando di uscirmi dalle scapole, le mie ossa si allungarono, la pelle divenne completamente di quel colore grigio-verde, sentii qualcosa che si allungava sulla mia schiena, distendendosi sempre di più.

Erano ali.

Avevo le ali come quelle dei pipistrelli, con due grandi artigli che sentivo fuoriuscire dalle spalle e allungarsi fino ad oltrepassare la mia testa.

Anche le unghie dei piedi erano diventati artigli, benché più piccoli di quelli delle mani.

Abbassai lo sguardo e vidi che avevo ancora i pantaloncini addosso, si erano lacerati quando il bacino aveva iniziato ad allargarsi.

Li strappai del tutto e mi resi conto di non essere una donna nuda. Ero una specie di statua di bronzo, completamente levigata, guardandomi tra le gambe mi vennero in mente i manichini.

Ero una Furia.

La prima cosa di cui mi resi conto, fu che il dolore era sparito.

Mi alzai sentendomi molto più alta del solito.

Lui.

Non controllavo più il mio corpo, l'istinto guidava ogni mio movimento.

Stavo avanzando verso Gabriel e mi fermai davanti a lui. Non lo avevo mai visto così preoccupato, colpevole e terrorizzato. Non era da lui. Sentivo la sua angoscia e l'istinto mi suggeriva di alleviare le sue pene, trovare un modo per farlo stare meglio. Mi avvicinai ancora.

Dovevo toccarlo.

Il braccio si alzò da solo, la mano si aprì, posando i quattro polpastrelli sulla sua fronte, scese lungo il suo viso, facendo attenzione a non ferirlo con gli artigli, fino a che non arrivai al mento.

Era il mio consorte.

Ogni fibra di quella creatura lo desiderava, lo amava, lo venerava.

Fili dorati entrarono nella mia visuale.

I capelli dell'arpia.

Mi aveva tradita. Mi aveva rifiutata.

La mano si ritrasse e dalla bocca mi uscì un urlo spaventoso.

Volevo solo vendetta.

Uccidila.

Uccidila.

Uccidila.

Dovevo andarmene. Da qualche parte in quel corpo c'ero ancora io.

Le ali si aprirono in tutta la loro lunghezza.

Guardai quegli occhi di ghiaccio che tanto avevo amato, guardai ognuno di loro, guardai la casa in cui ero cresciuta.

Non era vero niente.

Distesi le ali e volai via.

RINGRAZIAMENTI

Non è così semplice per me dire grazie, ma farò uno sforzo per l'occasione.

Ringrazio i miei genitori, per il supporto e la pazienza. Ringrazio il mio fidanzato, per avermi incoraggiata. Ringrazio mia sorella e mia cugina, le prime ad essersi appassionate alla mia storia. Ringrazio il mio Scricciolo che ancora non sa di essere il centro del nostro universo. Ringrazio Andrea per i consigli e le tirate d'orecchio. Infine ringrazio Marco ed Annalia, i primi ad aver creduto in me, quando nemmeno io ci credevo.

LA STELLA DELL'EIRE
Valentina Marcone

VALENTINA MARCONE
LA STELLA DELL'EIRE
IL SECONDO VOLUME DELLA SAGA LA CROCE DELLA VITA

VALENTINA MARCONE
LA CROCE DELLA VITA

Compra subito il secondo
volume della saga
"La Croce della Vita"

Disponibile su:

Amazon - Google Play - Play Store
La Feltrinelli - Ibs - Nativi Digitali

Ti è piaciuto questo libro?

Nativi Digitali Edizioni pubblica testi di autori italiani emergenti in formato digitale e cartacei in print on demand, il nostro è un mercato di nicchia, non disponiamo di budget importanti per investimenti pubblicitari e quindi facciamo affidamento anche alla buona volontà dei nostri lettori per farci conoscere. **Vuoi sostenerci?** Hai diversi modi per farlo:

- Scopri gli altri ebook dal catalogo sul **nostro sito www.natividigitaliedizioni.it** e acquistali dallo **store** che preferisci

- Lascia una recensione onesta nella store dove l'hai comprato

- Seguici sui nostri **canali social**

- Se il libro che hai appena letto ti è davvero piaciuto e ritieni che meriterebbe più diffusione, **parlane** ai tuoi amici lettori, oppure sui forum e gruppi di appassionati.

In ogni caso, ricorda: non farti prendere dal panico e, ovunque vai, porta con te un asciugamano.

Indice generale